Schlossgartensterb

# SCHLOSSGARTENSTERBEN

## Emmerichs dritter Fall

Kriminalroman
von
Stefanie Wider-Groth

Für Wolfgang

SW 18. 10. 2011

THEISS

*Schlossgartensterben* ist ein Kriminalroman. Haupt- und Nebenfiguren sowie die Handlung sind frei erfunden. Ähnlichkeiten oder Namensgleichheiten mit lebenden Personen sind rein zufällig und nicht beabsichtigt.

**Bibliografische Information der Deutschen Nationalbibliothek**
Die Deutsche Nationalbibliothek verzeichnet diese Publikation in der Deutschen Nationalbibliografie; detaillierte bibliografische Daten sind im Internet über http://dnb.d-nb.de abrufbar.

Umschlaggestaltung und Foto: Stefan Schmid Design, Stuttgart


Lektorat: Karin Haller, Stuttgart
Satz und Gestaltung: Satzpunkt Ursula Ewert GmbH, Bayreuth
Druck und Bindung: CPI – Ebner & Spiegel, Ulm
ISBN 978-3-8062-2422-1

Elektronisch sind folgende Ausgaben erhältlich:
eBook (PDF): 978-3-8062-2489-4
eBook (epub): 978-3-8062-2490-0

# Vorwort

Die Handlung des vorliegenden Romans spielt im Mai des Jahres 2010 vor dem Hintergrund der zu dieser Zeit gerade langsam anschwellenden Proteste gegen das „Jahrhundertprojekt“ Stuttgart 21. Während des Schreibens, und auch noch danach, gewannen diese Proteste in unerwarteter Weise an Dynamik. Die geplante Tieferlegung eines eigentlich nicht übermäßig bedeutsamen Bahnhofes sorgte sowohl bundes- als auch weltweit für Schlagzeilen, die sich im Mai kaum einer vorstellen konnte. Ereignisse, die zu diesen Schlagzeilen führten, konnten allerdings aufgrund der erforderlichen Einheit von Zeit und Handlung in diesem Buch nicht mehr berücksichtigt werden.

Stefanie Wider-Groth, im Oktober 2010

*„Wer einmal lügt, dem glaubt man nicht,*
*auch wenn er dann die Wahrheit spricht."*
Volksweisheit

# 1

*„Lass mich los", sagte sie, legte eine Hand auf seine Brust und schob ihn weg. „Da vorne kommt Gerhard, ich will nicht, dass er uns so sieht."*

*„Sicher?" Er biss sie ins Ohrläppchen, mit der, wie er hoffte, richtigen Mischung aus Zärtlichkeit und Brutalität. Langsam zog er seine Hand unter ihrem T-Shirt hervor und spürte ihren Rücken beben. Gerhard war ein Trottel, er würde es ihm sagen, eines Tages, aber zum richtigen Zeitpunkt. Im Park war es dämmrig geworden, im Schatten der uralten Bäume sogar dunkel, es gab keinen Grund, sich Sorgen wegen Gerhard zu machen. Sie strich sich eine Strähne aus dem Gesicht, zog das T-Shirt straff, ging vom dicken Stamm der Platane, an der sie gelehnt hatten, zurück auf den Hauptweg und winkte. Ein paar Halbwüchsige auf Skateboards ratterten vorbei, vereinzelte Radfahrer und späte Spaziergänger strebten stadteinwärts Richtung Klettpassage, ein Mann mit Kappe richtete einen Fotoapparat auf den Bahnhof, eine alte Frau kramte auf einer nahen Bank in ihrer Tasche herum. Gerhard kam näher, sah sie und winkte zurück. Es widerstrebte ihm zutiefst, die nächsten eineinhalb Stunden mit ihm verbringen zu müssen, aber es war Teil des Planes, und er würde sich daran halten, an diesen Plan. Gerhard, mit seinen eisgrauen Locken und seinem sicherlich nicht unerheblichen Alter, war ein kampferprobter Linker, gestählt durch zahlreiche Aktionen von Wackersdorf bis Mutlangen und immer noch drahtig und durchtrainiert. Von gestern natürlich, als die Leute noch dachten, mit Solidarität und Gewaltfreiheit etwas erreichen zu können – aber was hatten sie denn erreicht, diese Alten? Die Atomkraftwerke waren gebaut worden trotz ihres Widerstandes, ebenso wie die Startbahn-West am Frankfurter Flughafen oder die neue Messe auf den Stuttgarter Fildern. Die Pershings waren stationiert worden. Dass sie inzwischen überflüssig geworden waren, verdankte die Republik nicht diesen Idealisten, sondern den Ostdeutschen und der Wiedervereinigung, die sich flugs ein paar westdeutsche Politiker als Verdienst ans Hemd geheftet hatten, während sie die Bevölkerung der neuen Bundesländer schutzlos den Segnungen des Kapitalismus überließen. Jetzt protestierten sie gegen den Umbau des Stuttgarter Hauptbahnhofes, die Idealisten, gewaltfrei natürlich, wie es sich gehörte, doch ihr Protest würde vergeblich sein. Wenn er überhaupt etwas für sie übrig hatte, dann war es Verachtung. Nicht sie waren die Anarchisten, es waren die Reichen. Diejenigen, die das Geld und die guten Beziehungen hatten.*

*Sie brauchten sich nicht an die Regeln der restlichen Gesellschaft zu halten, konnten die Bedürfnisse und Interessen ihrer Mitmenschen nach Belieben ignorieren und bestimmten dennoch deren Geschicke. Er hatte genug Zeit verplempert, bis er dies begriffen hatte, und noch einige gebraucht, um sich aus seinem bisherigen Umfeld zu befreien. Für Leute wie ihn gab es nur wenige Wege, die in diese Kreise führten, und einer davon war sie. Sie war die Tür, sein Körper, den sie begehrte, der Schlüssel dazu. Ihre Marotten einschließlich Gerhards galt es zu ertragen, bis der Schlüssel im Schloss sich gedreht hatte.*

*„Sehen wir uns morgen?", fragte er, nachdem er Gerhard förmlich die Hand gereicht hatte.*

*„Wir telefonieren", entgegnete sie hastig und eilte davon.*

* * *

Der Gehweg der Berchtesgadener Maximilianstraße war nicht besonders breit. Verbreiterte man ihn, sinnierte Reiner Emmerich, Kriminalhauptkommissar im Urlaub, während er höflich einer Gruppe italienischer Touristen in atmungsaktiver Freizeitkleidung Platz machte, müßig, würden allerdings keine Autos mehr durch die Straße passen, die ohnehin nur zwei schmale Fahrspuren vorweisen konnte. Dabei handelte es sich bei der Maximilianstraße um eine der Hauptverkehrsadern des Ortes. Emmerich schlenderte sie gemächlich entlang, froh darüber, keinen anderen Fragen als sinnfreien, stadtplanerischen Überlegungen nachgehen zu müssen. Der Versuchung, das Schaufenster der ortsansässigen Enzianbrennerei einer genaueren Inspektion zu unterziehen, widerstand er heldenhaft und folgte stattdessen seiner Gattin in die Fußgängerzone, gedanklich bereits mit seinem Abendessen beschäftigt. Sie hatten vor, es in einem sehr bayerischen Gasthaus einzunehmen, welches das Wort „Bier" schon im Namen führte und bereits in Sichtweite war, als er ein energisches Rucken am Ellbogen verspürte.

„Da", sagte Gabi und zeigte auf ein Schaufenster. „Das sieht doch gut aus, findest du nicht?"

In Emmerichs Vorstellung platzte ein dicker Semmelknödel wie ein dünner Luftballon.

„Nein", entgegnete er alarmiert, nach einem flüchtigen Blick auf die Preise der ausgestellten Damenoberbekleidung.

Gabis Augen verengten sich in einer Art, die ihn um die angenehme Urlaubsstimmung fürchten ließ.

„Warum nicht?", wollte sie herausfordernd wissen.

„Weil es", meinte Emmerich unbehaglich, „nicht zu dir passt."

„Ich könnte es auf's Volksfest anziehen", widersprach Gabi unbeeindruckt. „Auf dem Cannstatter Wasen sind Dirndl jetzt groß in Mode."

„Wann waren wir das letzte Mal auf dem Volksfest, Spatz?"

„Man könnte ja mal wieder hingehen."

„Man vielleicht schon. Aber nicht ich."

„Weil du ein alter Miesepeter bist."

„Ich bin im Urlaub."

„Ich auch", erklärte Gabi kampflustig und verschwand um die Ecke des Trachtenmodengeschäftes. Emmerich ließ ein paar Sekunden verstreichen, bevor er ihr folgte.

„Hör mal, Spatz", begann er in versöhnlichem Ton. „Das Volksfest ist nicht mehr, was es einmal war. In den Zelten muss man reservieren, das Remmidemmi ist noch schlimmer als an Fasching. In Schale soll man sich werfen, es gibt Prominentenstammtische, womöglich berichtet auch noch das Fernsehen und …"

„Eben", sagte Gabi trocken. „Deshalb könnte man ja mal wieder hingehen."

Emmerich seufzte und widmete seine Aufmerksamkeit einer Puppe in Hosen und einem gewalkten Janker.

„Wenn du schon unbedingt etwas kaufen musst", lenkte er ein und damit vom Thema ab, „dann würde ich so eine Jacke nehmen. Damit kannst du in Stuttgart mehr anfangen als mit einem Dirndl."

Gabis Reaktion entsprach nicht ganz seinen Erwartungen.

„Jacke?", wiederholte sie elektrisiert. „Natürlich. Das ist überhaupt die Idee. Komm, lass uns essen gehen."

Emmerich musterte seine Gattin erstaunt, doch diese strebte bereits dem Gasthaus entgegen und schien das Interesse an Damenoberbekleidung verloren zu haben.

„Wie angenehm, wir können draußen sitzen", zwitscherte sie wohlgemut, rutschte auf eine hölzerne Bank und zündete sich eine Zigarette an. Als er Schweinsbraten bestellte, erhob sie keine Einwände wegen zu vieler Kalorien, auch nicht, als er hinterher ein zweites Hefeweißbier und einen Enzian zur besseren Verdauung orderte. Nach mehr als zwanzig Jahren Ehe war Emmerich sonnenklar, dass es sich bei dieser Ruhe um eine trügerische handelte, doch hatte er seinerseits nicht vor, sie durch unnötige Fragen zu zerstören. Eine gute Stunde später waren sie in schönster Harmonie zurück in der Vorderbrandstraße, wo ihre Ferienwohnung lag. Gabi machte es sich mit einem grünen Veltliner aus dem nahen Österreich und einem Buch bequem, Emmerich döste bei einem weiteren Hefeweizen vor sich hin und wunderte sich kein bisschen, als seine Gattin plötzlich erklärte:

„Es macht dir sicherlich nichts aus, wenn ich morgen noch ein paar Kleinigkeiten besorge, bevor wir packen."

„Kein Problem. Lass dir Zeit."

„Du schläfst ja sowieso."

„Mmmh."

„Ich brauche nicht viel. Nur Mitbringsel für Jule und Mama."

„Kauf dir ruhig auch was Schönes, Spatz."

„Vielleicht noch etwas Hübsches für Frau Sonderbar."

Emmerichs Harmonie erfuhr einen leichten Dämpfer. Von Reiseandenken hielt er nicht viel, heutzutage bekam man praktisch alles überall, und wenn nicht, dann konnte man es bestellen. In seinen Augen gab es längst keinen vernünftigen Grund mehr, Dinge persönlich aus dem Urlaub nach Hause zu schleppen. Dass man der Mutter oder der Tochter etwas mitbrachte, mochte gerade noch angehen, eine derartige Fürsorge aber auf seine Sekretärin auszudehnen, ging ihm zu weit.

„Wozu das denn?", fragte er daher mit mildem Unmut.

„Weil sie", belehrte ihn Gabi nicht ohne eine gewisse Herablassung, „am Dienstag Geburtstag hat. Wie übrigens jedes Jahr um diese Zeit. Du könntest es dir vielleicht einmal merken."

„Tut mir leid." Emmerich machte ein hinreichend zerknirschtes Gesicht. „Dafür habe ich dich."

* * *

*„Schön, dass du uns das Klettern beibringen wirst", sagte Gerhard, trotz der späten Stunde immer noch topfit. „Eigentlich freut es mich, dass du dich uns angeschlossen hast. Viele junge Leute sind heute sehr passiv. Die wissen gar nicht mehr, was es heißt, Widerstand zu leisten, und lassen sich alles gefallen."*

*„Sie müssen arbeiten", antwortete er knapp und fügte in Gedanken hinzu „und haben keine Zeit für diesen Firlefanz. Wer kann die halbe Nacht auf alten Bäume hocken, um sie zu beschützen, wenn er morgens rausmuss?" Und wozu auch? Es würden neue Bäume wachsen, in fünfzig oder hundert Jahren würde kein Hahn mehr danach krähen, ob der Neubau des Hauptbahnhofes Leuten wie Gerhard Kopfzerbrechen bereitet hatte. Klar, Baustellen waren mit Unannehmlichkeiten verbunden, aber es war ja niemand gezwungen, in der Stadt wohnen zu bleiben, während gebaut wurde. Widerstand, ob nun gewaltfrei oder nicht,*

*gegen derartige Projekte war die pure Zeitverschwendung, so viel glaubte er im Lauf seines bisherigen Lebens gelernt zu haben. Gewinnen in dieser Gesellschaft konnte letztlich nur, wer sich rechtzeitig und ohne Rücksicht auf Verluste die Taschen vollstopfte und zusah, dass er wegkam. Eben das hatte er sich für seine eigene Zukunft vorgenommen, zu diesem Zweck war er hergekommen in eine der reichsten Städte des Landes, und er konnte es schaffen, bevor er sein vierzigstes Lebensjahr erreicht haben würde.*

*„Für das Training sollten wir aber woanders hingehen", fuhr Gerhard fort. „Vielleicht in einen Wald, oder so. Damit sie nicht zu früh herauskriegen, was wir vorhaben. Und wir sollten demnächst anfangen. Irgendwann reicht es nicht mehr, wenn wir nur Patrouille laufen. Was meinst du?"*

*„Mir ist das egal. Ich mache es so, wie ihr es für richtig haltet."*

*„Und diese andere Sache … wirst du noch einmal darüber nachdenken?"*

*„Das andere ist meine Sache. Es hat mit der Kletterei nichts zu tun. Geht dich überhaupt nichts an, Kumpel. Ich hoffe, wir sind uns einig."*

*„Wie du meinst." Der alte Mann schien von seiner Antwort wenig zu halten, aber das war nicht sein Problem, sondern das von Gerhard. „Ich geb dir Bescheid, sobald ich weiß, wie groß die Gruppe sein wird. Kommst du nächste Woche wieder mit?"*

*„Wenn mir nichts dazwischenkommt."*

*„Danke. Einen guten Heimweg wünsch ich dir."*

*„Ebenfalls. Gute Nacht."*

*Er sah Gerhard, der in lockerem Trab zur Klettpassage joggte, nach, bis er verschwunden war, wandte sich um und ging in Richtung Landespavillon. Sie würde ebenfalls am Kletterkurs teilnehmen und beeindruckt sein. Ihre Ehe stand kurz vor der Auflösung, es galt lediglich, noch ein wenig nachzuhelfen. Zwei Jahre, vielleicht auch drei, und er hatte es geschafft. Ein paar Leute würden sich womöglich das Maul zerreißen, wenn sie ihn heiratete, und es war anstrengend, ihr ständig etwas vorzumachen. Aber andere Jobs forderten ebenfalls vollen Einsatz und ließen einen am Monatsende mit lediglich etwas über tausend Euro in der Lohntüte zurück, weshalb er sich längst entschieden hatte, keinen davon mehr auszuüben. Sie dagegen versprach einen richtigen Gewinn, sie war ein Sechser im Lotto, den er sich nicht entgehen lassen würde. Rechter Hand raschelte etwas im Gebüsch, eine Ratte oder ein Kaninchen vielleicht, von denen es im Park nicht wenige gab. Er sah auf seine Uhr, beschloss, sich vor der Heimfahrt mit dem Bus noch etwas Erleichterung zu verschaffen, stellte sich hinter eine steinerne Skulptur am Wegesrand, öffnete seine Hose und ließ den Dingen ihren Lauf, als er eine schneidende Stimme in unmittelbarer Nähe vernahm:*

*„He da! In dieser Stadt pinkelt man nicht an die Denkmäler der Herzöge und Fürsten. Schon gar nicht, wenn man nur ein dahergelaufener Rotzlöffel mit Glatze ist!"*

*Es war das Letzte, was er in diesem Leben, das kein vierzigstes Jahr mehr beinhalten sollte, zu hören bekam.*

# 2

Emmerich träumte. Zu Hause hatte er selten Gelegenheit, lange genug in den Federn zu verweilen, um in jenen merkwürdigen Zustand zwischen Wachen und Schlafen zu geraten, in dem es ihm gelang, einen Traum bewusst wahrnehmen zu können. Umso interessierter verfolgte er nun das abstruse Geschehen, das sich in seiner Vorstellung abspielte, seit geraumer Zeit folgte er einem Mann in einer hellen Jacke über eine Wiese und stolperte dabei immer wieder über Löcher und kleine Hindernisse. Aus den Löchern quoll etwas, das aussah wie Kaffeesahne. Emmerich hatte das diffuse Gefühl, dass dieses Zeug irgendwie gefährlich war und langsam in den Stoff seiner Hosen eindrang, jedoch war es ihm unmöglich, umzukehren. Der Mann erreichte einen einzelnen, grauen Felsblock, wo er stehen blieb und sich zu entkleiden begann. *Nicht ausziehen,* rief Emmerich, ohne zu wissen, weshalb, und hörte den Mann antworten:

„Hossa! Hossa! Hossa, Hossa, Hossa!"

Emmerich kniff die Augen zusammen und schüttelte den Kopf. Das Traumbild verflüchtigte sich, nicht aber die Stimme, die ihre „Hossa"-Rufe beharrlich wiederholte. Die Stimme, so wurde Emmerich langsam klar, gehörte Rex Gildo, verstorben zwar, aber keineswegs als ein Teil seines Traumes aus dem Jenseits agierend, sondern vielmehr als neuester Klingelton von Gabis Handy, das – zusätzlich vibrierend – auf dem Nachttisch herumbrummte. Emmerich richtete sich schlaftrunken auf, stellte fest, dass seine Gattin das eheliche Lager bereits verlassen hatte und griff nach dem Telefon. Es war dasselbe Modell wie sein eigenes, er hatte es vor einiger Zeit günstig – zwei für eins – im Sonderangebot erstanden und daher keine Schwierigkeiten, die grüne Taste zu finden, die er nun beinahe mechanisch drückte:

„Jepp?"

„Frau Emmerich?", fragte fordernd eine männliche Stimme. „Könnte ich wohl Ihren Mann sprechen?"

„Sie sprechen bereits mit ihm", entgegnete Emmerich, dem die Stimme bestens bekannt war, träge. „Morgen, Chef."

„Morgen?", kam die entrüstete Antwort. „Es ist kurz vor Mittag."

„Schon?"

„Sagen Sie bloß nicht, ich hätte Sie geweckt."

„Aber nein", log Emmerich höflich, an der Anzeige des Reiseweckers die tatsächlich schon fortgeschrittene Zeit ablesend.

„Ich brauche Sie dringend", erklärte sein Vorgesetzter ohne weitere Rückfragen. „Wann können Sie hier sein?"

„In Stuttgart?"

„Wo sonst? Auf Sansibar vielleicht?"

„Ich bin noch im Urlaub. In Bayern."

„Hier gibt's einen Leichenfund mit mutmaßlichem Fremdverschulden. Das übernehmen Sie. Bis Sie zurück sind, setze ich Frenzel darauf an. Nur, damit Sie Bescheid wissen."

„Das heißt, wir sprechen uns Montag?"

„Nein, heißt es nicht. Ich fliege morgen in aller Herrgottsfrühe für zwei Wochen nach Portugal. Sie müssen ohne mich klarkommen. Verstärkung nur, wenn's nicht anders geht. Hier hat keiner mehr Zeit. Bei dem bisschen Personal, das man wegen dieser blöden Krise noch zur Verfügung hat."

Emmerich gähnte. Ohne den Chef klarzukommen, gehörte sicher nicht zu den Dingen, die ihn überfordern würden, ebenso wie er es gewohnt war, keine Verstärkung zu erhalten. Bei der Polizei wurde gespart, seit Jahren schon und lange bevor die Wirtschaftskrise begonnen hatte.

„Haben wir uns verstanden?", wollte der Chef in forschem Tonfall wissen.

„Aber sicher", gähnte Emmerich ein zweites Mal. „Gute Erholung wünsche ich Ihnen."

„Ebenfalls. Wenn ich zurück bin, will ich Ergebnisse sehen."

Emmerich war nun endgültig wach und sich darüber im Klaren, dass sein Urlaub frühzeitig zu Ende war. Nachdenklich starrte er das Handy an und überlegte, warum der Chef wohl Gabis Nummer gewählt haben mochte, bis ihm einfiel, dass er sein eigenes – um jedweder Störung vorzubeugen – absichtlich zu Hause vergessen hatte. Eine Maßnahme, die sich nun als nutzlos erwies. Emmerich schlug die blau-weiß gemusterte Bettdecke zurück, tauschte seinen Schlafanzug gegen Jogginghose und T-Shirt und ging ins Wohnzimmer des zweckmäßig eingerichteten Ferienapartments. Auf dem Esstisch entdeckte er eine Thermoskanne nebst Tasse sowie einen Zettel. *Bin gegen Mittag zurück* stand in Gabis schönster Schreibschrift darauf. Emmerich schenkte sich Kaffee ein und dachte, dass dies ein recht dehnbarer Begriff war. Angenommen, „Mittag" begänne um zwölf, blieb ihm gerade noch eine halbe Stunde, um sich in einen präsentablen Zustand zu versetzen. Oder, um mit Frenzel zu telefonieren. Wie er seine Frau kannte, war kaum mit einer wohlwollenden Reaktion auf geschäftliche Belästigungen während der knapp bemessenen gemeinsamen Ferienzeit zu rechnen. Es galt also, die Zeit ihrer Abwesenheit zu nutzen. Emmerich nahm das Handy, wählte die Nummer des Stuttgarter Polizeipräsidiums und fügte Frenzels Direktwahl an.

„Bist du das, Mirko?", fragte er, als nach dem zweiten Klingeln abgenommen wurde.

„Wer sonst?", fragte der jüngere Kollege kurz angebunden zurück. „Es ist meine Nummer."

„Der Chef hat mich angerufen. Was ist das für eine Leiche?"

„Männlich, Ende zwanzig bis Mitte dreißig", schnarrte Frenzel unwirsch. „Ich dachte, du bist noch im Urlaub."

„Stimmt schon. Trotzdem soll ich den Fall übernehmen."

„Ist mir bekannt. Im Moment eilt es nicht. Die Spurensicherung arbeitet. Mit der Identifizierung sind wir auch noch nicht so weit. Kein Grund, sich den Urlaub versauen zu lassen, ich komme schon klar."

„Sehr rücksichtsvoll." Emmerich konsultierte die vorrückenden Zeiger seiner Armbanduhr. „Trotzdem … gib mir schnell die wichtigsten Fakten. Gabi ist gerade unterwegs."

„Ist dir langweilig, oder was?", stichelte Frenzel und kicherte.

„Komm schon …"

„Wir wissen noch nicht viel. Der Tote wurde im Schlossgarten gefunden. Hinter einem Denkmal. Heute früh, so gegen fünf oder halb sechs. Keine Papiere, kein Handy, nur so ein Plastikdings in der Gesäßtasche. Könnte eine Kundenkarte oder ein Mitgliedsausweis sein. Da steht ein Name drauf, und wir versuchen gerade, herauszufinden, ob es seiner ist."

„Todesursache?"

„Schussverletzung."

„Suizid?"

„Glaub ich kaum, so wie der aussah." Frenzels Stimme klang eine winzige Spur gereizt. „Sicher kann ich natürlich erst nach der Obduktion sein. Das dauert seine Zeit. Es gibt wirklich nichts, was ich dir im Moment konkret sagen könnte."

Im Hintergrund vernahm Emmerich das Klingeln eines Telefons.

„Hör zu", sagte Frenzel hastig. „Ich hab jetzt gerade wirklich keine Zeit. Wir sehen uns am Montag. Mach dir keine Sorgen, und grüß Gabi von mir."

„Sicher nicht", entgegnete Emmerich ins Leere hinein, trank noch einen Schluck Kaffee und trug das Handy zurück zum Nachttisch. An der Wohnungstür vernahm er Geräusche, ihm blieb gerade noch Zeit, wieder auf die rustikale Eckbank zu schlüpfen und einen entspannten Eindruck zu machen.

„Hi", lächelte Gabi, mit Tüten beladen, von denen mindestens zwei unübersehbar den Namen des Trachtenmodengeschäftes trugen. „Bist du gerade erst aufgestanden?"

„Gewissermaßen", gähnte Emmerich und räkelte sich demonstrativ.

„Gewissermaßen?"

„Ich hab schon eine Tasse Kaffee getrunken."

„Du hättest dich wenigstens rasieren können."

„Weißt du, Spatz", sagte Emmerich listig, ohne auf ihre Bemerkung einzugehen, „dass du sehr gut aussiehst, heute? Richtig erholt?"

„Du auch", gab seine Gattin das Kompliment zurück. „Im Prinzip. Mit einer Rasur würdest du besser aussehen."

„Findest du?"

„Ein frisches T-Shirt würde auch nicht schaden."

„Ein frisches T-Shirt? Wegen einem Tag?"

„Du hast dieses hier schon die ganze Woche an. Wenn's reicht."

„Aber nur hier drin", insistierte Emmerich, der keinen Sinn darin entdecken konnte, ein für seine Begriffe äußerlich vollkommen sauberes Hemd durch ein neues zu ersetzen, das dann zusätzlich gewaschen werden musste. „Wenn wir ausgehen ..."

„Mein Stichwort", fiel ihm Gabi unternehmungslustig ins Wort. „Was machen wir heute?"

„Heute? Ich dachte, du wolltest packen."

Ihrem Gesichtsausdruck konnte er unschwer entnehmen, dass dies die falsche Antwort gewesen war.

„Erstens", wurde er umgehend informiert, „packe nicht ich, sondern wir. Und zweitens ist das Wetter super. Das sollten wir noch einmal ausnützen."

Emmerich versuchte, Zeit zu gewinnen, indem er sich eine weitere Tasse Kaffee einschenkte, musste aber feststellen, dass die Thermoskanne leer war. Seine Gedanken weilten bei Mirko Frenzel und einer Leiche hinter einem Stuttgarter Denkmal. Wobei, wenn man es genau bedachte, sich die Leiche in der Zwischenzeit vermutlich nicht mehr dort befand. Und anmerken lassen durfte er sich seine Gedanken ohnehin besser nicht. Dennoch widerstrebte es ihm, sich aus der Reichweite von Gabis Handy zu entfernen, das sie bei gemeinsamen Unternehmungen im Urlaub für gewöhnlich nicht mitnahm.

„Erzähl mir lieber, was du eingekauft hast", machte er daher einen halbherzigen Versuch, sie von potenziellen Ausflugszielen abzulenken, was ihm erwartungsgemäß misslang.

„Alles Mögliche", nuschelte Gabi vage. „Wir könnten uns noch diese Almbachklamm ansehen, die soll sehr romantisch sein."

Emmerich bezweifelte, dass ein Handy in einer schmalen Klamm eingehende Anrufe empfangen würde, und fand nach kurzem Nachdenken eine andere Lösung.

„Auch meinen Schnaps?", fragte er liebenswürdig. „Hast du den auch bekommen?"

„Was denn für einen Schnaps?" Gabi krauste die Stirn und sah ihn argwöhnisch an.

„Meinen Enzian. Und eine Flasche von diesem Kräuterlikör. Der meinem Magen so guttut. Wir hatten ausgemacht, dass wir etwas davon mit nach Hause nehmen."

„Ach?", sagte Gabi ungläubig. „Das hatten wir ausgemacht?"

„Aber sicher", flunkerte Emmerich virtuos und erhob sich. „Komm, wir fahren in die Salzburger Straße zur Brennerei. Ich zieh mir nur noch schnell ein frisches T-Shirt über."

* * *

Anna-Maria Semmler, geborene Kolb, stand auf der Terrasse ihres Hauses im Stuttgarter Osten, hatte sich ein Paar übergroße Gartenhandschuhe angezogen und entfernte mit angeekelter Miene einige Schnecken aus den Blumenkübeln. Der Mai neigte sich seinem Ende zu, abgesehen von kühlen Temperaturen, reichlich Regen und Schnecken hatte er in diesem Jahr wenig gebracht und dennoch ihr Leben verändert. Durch die halb geöffnete Terrassentür hörte sie Horst telefonieren:

„Ja … das können Sie schreiben … unsere Mitarbeiter sind unser wertvollstes Kapital … nein, Unternehmenszahlen kann ich Ihnen nicht nennen, aber wir sind gut aufgestellt für die Zukunft …"

Anna-Maria sog scharf die Luft ein und stieß sie mit einem Schnauben wieder aus. Die Kolb & Semmler GmbH beschäftigte seit geraumer

Zeit und von Jahr zu Jahr weniger eigene Mitarbeiter, aber Horst würde sich hüten, etwas Derartiges einem Pressefritzen auf die Nase zu binden. Früher war das anders gewesen, da hatte man sich die Arbeiter und Handwerker noch nicht für billiges Geld aus Osteuropa besorgen und nach getaner Arbeit wieder nach Hause schicken können. Anna-Marias Gedanken wanderten zurück in ihre Kindheit, als sie in Gummistiefeln an der Hand ihres Vaters durch endlose Baustellen gestapft war. Damals hatte es Platz gegeben in der Stadt, der Krieg hatte Brachflächen hinterlassen, die eine ganze Generation mit Arbeit versorgten. An eine erinnerte sie sich besonders gut, ein Geviert aus behelfsmäßigen Baracken, von den Einheimischen „Vereinigte Hüttenwerke" genannt. Freundliche, sehr üppige Damen in kurzen Röcken und tief ausgeschnittenen Oberteilen hatten sie dort regelmäßig mit Bonbons und Lutschern beschenkt, bis ihr Vater dies mittels energischer Zurechtweisungen unterbunden hatte. Seit den 80er-Jahren ragten am selben Ort die Klötze des Schwabenzentrums in die Höhe, Kolb senior hatte daran sicherlich ebenso gut verdient wie beim Bau der S-Bahn oder seinen weiteren Unternehmungen. Heute dagegen war der Stuttgarter Kessel voll, er platzte sozusagen aus allen Nähten, die Topografie ließ eine weitere Ausdehnung der Innenstadt nicht zu. Was im Prinzip nichts Schlechtes war, wie Anna-Maria dachte, doch für die Kolb & Semmler GmbH war dies natürlich keine befriedigende Situation. Horst leitete sie seit knapp zehn Jahren alleine, Anna-Maria allerdings brachte den Geschicken der Firma derzeit nur mäßiges Interesse entgegen. Im Moment sogar genau genommen gar keines, wäre da nicht Horst gewesen, der durch die Terrassentür trat und fragte:

„Hat ein Herr Glöckner angerufen, während ich heute Vormittag im Büro war?"

„Nicht, dass ich wüsste." Anna-Maria streifte die Handschuhe ab und legte sie samt der noch daran haftenden Schnecken auf ein Tischchen. „Wer ist das?"

„Ein wichtiger Geschäftspartner. Sagst du mir jetzt, wo du gestern Abend warst?"

„Seit wann interessiert es dich, was ich mache?"

„Anni, bitte …"

„Ich mag es nicht, wenn du mich Anni nennst."

„Es hat dich zwanzig Jahre lang nicht gestört."

„Doch."

Horst kniff die Augen zusammen und blähte die Backen auf.

„Verzeihung, ich habe jetzt keine Zeit, mich mit dir zu streiten …"

„Du hast nie Zeit."

„ … aber heute Abend … heute Abend will ich wissen …"

„Ich war mit Sally zusammen."

„Du warst wieder bei diesen Leuten?"

„Selina ist meine Freundin. Ich bin eine erwachsene Frau. Ich kann machen, was ich will."

„Kannst du nicht. Selina steht auf der falschen Seite. Du bist der Firma etwas schuldig."

„Sag bloß …"

Horsts Handy klingelte, er zog es aus der Innentasche seines Jacketts.

„Glöckner", erklärte er knapp. „Ich muss los. Wir sprechen später darüber. Heute Abend …"

* * *

# 3

Mit Gabis Handy in der Hosentasche saß Emmerich hinter dem Steuer der alten A-Klasse und empfand ein leichtes Gefühl des Triumphes: Es war ihm gelungen, das Telefon an sich zu bringen, ohne dass sie etwas bemerkt hatte. Da es sich bei ihrem Ausflug um eine wichtige Mission handelte, fuhr er selbst, sie benötigten eine knappe Viertelstunde für die Strecke zur Enzianbrennerei, wo er den Wagen mit rasantem Schwung auf den Parkplatz steuerte.

„Guck mal", sagte Gabi beim Betreten des gelb gestrichenen Gebäudes. „Die haben hier auch eine Ausstellung."

„Guck du", versetzte Emmerich nach einem kurzen Blick auf das entsprechende Hinweisschild. „Ich gehe schnell in den Laden und komme gleich nach."

Er wandte sich nach links, wo einige Stufen zum Verkaufsraum führten. Dessen Inhalt war geeignet, sein Herz höher schlagen zu lassen. Schnäpse, Brände, Kümmel, Liköre und die dazu passenden Süßigkeiten harrten in enormen Mengen ihrer Käufer, von denen es in Anbetracht des Angebotes nach Emmerichs Einschätzung zahlreiche geben musste. Der Laden selbst wurde zu einem guten Teil von fidelen Senioren bevölkert, die zwar in norddeutschen Idiomen scherzten, sich jedoch durch das Tragen von Landhausmode als Einheimische zu tarnen versuchten. Die Ursache der gelösten Stimmung hatte er schnell ausgemacht, rechter Hand lag ein Probierstand, an dem es allerlei klare und cremige Flüssigkeiten zu verkosten gab. Emmerich zögerte nur kurz, bevor er den Probierstand links liegen ließ, erstand eine Flasche Enzian sowie den Kräuterlikör für seinen Magen und verließ den Laden auf der gegenüberliegenden Seite. Dort geriet er unversehens in die Fänge mehrerer Damen mit edelweißbedruckten Halstüchern und Lodenhütchen.

„Sie", sagte eine von ihnen und hickste. „Würden Sie bitte ein Foto von uns machen? Mit der Hütte da drüben im Hintergrund?"

„Tut mir leid." Emmerich unterdrückte einen Anflug von Panik angesichts so viel beschwipster Weiblichkeit. „Ich muss ganz dringend telefonieren."

„Macht doch nichts", tröstete ihn eine Zweite munter. „Wir warten, bis Sie fertig sind."

Emmerich drehte den Damen demonstrativ den Rücken zu und drückte die Wahlwiederholung.

„Dezernat Tötungsdelikte, Frenzel am Apparat", leierte Mirkos gelangweilte Stimme. Der Damen wegen senkte Emmerich die seine zu einem Flüstern.

„Ich bin's. Gibt es schon was Neues?"

„Reiner? Kannst du nicht lauter reden? Ich verstehe dich kaum."

„Ist gerade schlecht."

„Wegen Gabi?"

„Nicht wegen Gabi. Nun sag schon …"

„Sieht so aus, als hätten wir ihn identifiziert. Tröge, Thomas, dreiunddreißig Jahre alt, wohnhaft in Stuttgart-Ost. Wir versuchen, die Angehörigen ausfindig zu machen."

„Mehr habt ihr nicht?"

„Todeszeitpunkt vermutlich gegen elf Uhr in der Nacht."

„Was? Da wird mitten in einem öffentlichen Park einer erschossen, und dann findet man den erst am nächsten Morgen?"

„Du weißt selbst, wie ausgestorben die Stadt unter der Woche manchmal ist. Um diese Zeit. Es war dunkel. Das Denkmal steht nicht mitten im Park, sondern eher am Rand."

„Trotzdem. Elf Uhr. Da müssten doch noch Leute unterwegs gewesen sein. Woher wollt ihr überhaupt so genau wissen, wann …?"

„Zwei Zeugen haben sich gemeldet. Wollen Schüsse gehört haben, aber nichts gesehen. Sie waren nicht nahe genug dran."

„Nachsehen gegangen sind sie nicht?"

Frenzel gab ein Geräusch von sich, das wie „Pfffff" klang.

„Würdest du nachsehen gehen? Und dich womöglich in eine Schießerei verwickeln lassen?"

„Ich …"

„Na, also."

„Sonst noch was?"

„Der Hosenstall stand offen."

„Von wem?"

„Vom Toten."

„Wirklich? Was schließen wir daraus?"

„Noch gar nichts." Mirko räusperte sich in einer Art, die als Anzeichen für ein strapaziertes Nervenkostüm interpretiert werden konnte.

„Wir warten den Bericht der Spurensicherung ab. Hat alles Zeit, bis du zurück bist."

Emmerich sah sich verstohlen um und musste zur Kenntnis nehmen, dass die Damen noch da waren. Sie schienen tatsächlich auf ihn zu warten, winkten und machten Zeichen, die das Abdrücken eines Fotoapparates andeuteten.

„Ich weiß nicht, ob ich heute noch einmal anrufen kann", sagte er in gedämpftem Ton, während er den Damen ein gequältes Nicken zuteil werden ließ. „Aber du könntest mir einen Gefallen tun. Kopier das Wichtigste und wirf es in meinen Briefkasten. Dann kann ich morgen Abend schon mal einen Blick darauf werfen."

„Wenn du meinst", entgegnete Mirko wenig begeistert. „Ist aber nicht nötig. Ich komme prima zurecht."

Emmerich sah einen, ob der ihm übertragenen Verantwortung zu Hochform auflaufenden Frenzel vor seinem inneren Auge und wusste, dass etwas Lobendes von ihm erwartet wurde.

„Sehr schön", grummelte er daher, das Gefühl des eigenen Abseitsstehens ignorierend.

„Schon gut, ich mach's." Mirko kannte seinen Vorgesetzten offenbar gut genug, um die richtigen Schlüsse aus dessen Grummeln zu ziehen. „Bis bald mal."

„Dito", gab Emmerich zurück und drückte die rote Taste.

„Na?", kicherte eine der Damen und hielt ihm eine kleine, silberne Kamera hin. „Machen Sie nun das Foto? Unser Bus fährt nämlich gleich weiter."

* * *

Nachdem sie die Reste ihrer leichten Mittagsmahlzeit beseitigt und das benutzte Geschirr gereinigt hatte, ging Anna-Maria Semmler zur Garderobe und nahm ihr eigenes Handy aus der Handtasche. Es war nicht das, welches sie üblicherweise benutzte, sondern ein kleines, rotes Prepaid-Gerät, in dessen Speicher sich nur eine einzige Nummer befand. Anna-Maria schaltete es ein, drückte die Zahlen ihrer PIN und wartete. Keine SMS. Kein eingegangener Anruf in Abwesenheit. Mit einer Mischung aus liebevoller Nachsicht und gelinder Verärgerung rief sie die einzige Nummer auf, wählte und ließ es klingeln. Niemand meldete sich. Anna-Maria runzelte die Stirn, ließ das Handy in die Tasche ihres rohseidenen Hausanzuges gleiten, ging ins Wohnzimmer und griff zum Festnetzapparat.

„Hallo, Sally", sagte sie, als abgenommen wurde. „Ich bin's."

„Anna, Schätzchen, ich hätte dich auch noch angerufen."

„Hast du heute Nachmittag schon etwas vor?"

„Arbeit, meine Liebe. Warum fragst du?"

„Ich … ich dachte, du hättest vielleicht Lust, mit mir ein wenig laufen zu gehen. Einen guten Platz für unser Klettertraining finden."

„Schön wär's." Selina seufzte. „Aber die Umstände sprechen dagegen."

„Schade." Anna-Maria räusperte sich und schwieg.

„Du hast doch irgendetwas auf dem Herzen", folgerte ihre Freundin messerscharf. „Was ist los?"

„Es ist nur … falls Horst dich anrufen sollte … falls er wissen möchte, wo ich gestern Abend war …"

„Dann sag ich ihm, du warst bei mir", lachte Selina. „Aber mach dir keine Sorgen, er wird nicht anrufen. Horst hasst mich."

„Ach, nein, das glaube ich nicht. Er mag dich vielleicht nicht besonders, aber …"

„Macht nichts. Ich kann ihn auch nicht leiden."

„Selina, bitte. Er ist mein Mann."

„Schon gut, Schätzchen. Ich ruf dich wieder an."

„Ja", entgegnete Anna-Maria einsilbig, beendete das Gespräch und nahm erneut das Handy heraus. Wieder ließ sie es klingeln. Und wieder nahm keiner ab. Sie tippte eine kurze SMS des Inhalts, dass sie in einer Stunde am bekannten Treffpunkt sein würde, vertauschte den Hausanzug gegen ihren Laufdress und machte sich auf den Weg zum Frauenkopf.

* * *

Emmerich hatte den freundlichen Bitten nachgegeben und mit mehreren Digitalkameras das immer gleiche Motiv der Damen vor der historischen Brennhütte festgehalten. Fröhlich kichernd wurde er schließlich entlassen, brachte seine Tüte zum Auto und ging zurück in das gelb gestrichene Gebäude. Gabi stand in einem kleinen Schauraum und studierte die auf diversen Wandtafeln erklärte Geschichte der Enzianbrennerei.

„Was machst du denn so lange?", fragte sie, nicht ohne einen leisen Vorwurf in der Stimme.

„Da war ein Bus voller Rentner", erläuterte Emmerich, plötzlich froh darüber, einen plausiblen Grund für die verlängerte Dauer seiner Abwesenheit zu haben. „Die wollten alle ein Gruppenfoto. Ich konnte praktisch nicht Nein sagen."

„So, so", meinte Gabi und wandte sich der Betrachtung einer altertümlichen Gerätschaft zu. „Sieh dir das bloß an. Was die Leute für Mühen auf sich genommen haben. Wie einsam es gewesen sein muss, da oben in den Bergen nach diesen Wurzeln zu suchen. Und alles nur wegen Schnaps."

„Das ist halt ein uraltes Kulturgut", versuchte Emmerich eine Erklärung, widmete sich pflichtschuldig den Tafeln und las ein paar Zeilen. Der Herstellungsprozess hochprozentiger Getränke interessierte ihn eindeutig weniger als das Ergebnis. „Es gibt sogar Theorien, dass die Menschheit nur deswegen sesshaft wurde."

„Wegen Schnaps?"

„Ich glaube, eher wegen Bier. Oder Wein. Schnaps kam erst später dazu."

Er spürte ein leises Vibrieren in der Hosentasche und hatte das Gefühl, rote Ohren zu bekommen, obwohl er wusste, dass ihm dies nie passierte. Sekunden später ertönte der dazugehörige Ton, und Gabi zog überrascht die Brauen hoch.

„Komisch", sagte sie und sah ihn an. „Das klingt, als wäre es meines. Dabei hab ich's auf dem Nachttisch liegen gelassen."

„Ich kann das erklären, Spatz", erwiderte Emmerich hastig und zog das Handy heraus. „Aber vorher muss ich ran."

Er drückte die grüne Taste und hielt das Telefon ans Ohr.

„Hier ist Gitti", rief eine Stimme von sehr weit weg. „Gitti Kerner. Der Chef hat mich angerufen. Wegen einer Leiche im Schlossgarten."

„Mich ebenfalls", entgegnete Emmerich knapp. Neben ihm verfinsterte sich Gabis Miene zusehends.

„Wir sollen den Fall übernehmen", tönte aus der Ferne die Kollegin. „Ich bin aber noch im Urlaub. Im Elsass. Vor Sonntagabend schaffe ich es nicht."

„Kein Problem. Frenzel ist dran." Emmerich grinste schief und fügte nach einem kurzen Seitenblick vorsichtshalber hinzu: „Ich bin auch noch im Urlaub."

„Das heißt, wir sehen uns gleich am Montag?"

„Genau."

„Und wir kommen nicht zu spät?"

„Wird schon nicht so dramatisch sein."

„Dann bin ich beruhigt. Eine gute Heimfahrt wünsche ich Ihnen."

„Gleichfalls. Bis dann."

„Warum hast du *mein* Handy dabei?", fragte Gabi, kaum dass das Gerät wieder in Emmerichs Tasche verschwunden war.

„Das … also, weißt du … das war nur so ein Impuls. Ein spontaner Impuls."

„Quatsch", sagte Gabi rüde.

„Also schön, ich dachte, ich nehme es mit und rufe mal im Büro an. Nur so, um zu hören, ob alles in Ordnung ist."

„Es warst aber nicht du, der angerufen hat."

„Nein. Das war … äh … Frau Kerner. Hauptkommissarin Brigitte Kerner."

„Was wollte sie?"

„Mir sagen, dass sie im Urlaub ist."

„Unsinn." Gabi sah ausgesprochen unerfreut drein. „Warum sollte sie das tun? Da steckt etwas anderes dahinter. Wir sind uns doch einig, was den Unterschied zwischen deiner Arbeit und unserem Urlaub betrifft?"

„Spatz, bitte. Der Urlaub ist schon fast vorbei."

„Aber nur fast. Ich will jetzt nicht an einen deiner Fälle denken müssen."

„Musst du nicht."

„Ich will heute Abend in Ruhe essen gehen."

„Können wir doch."

„Und morgen gemütlich nach Hause fahren."

„Werden wir machen."

„Okay", sagte Gabi und wirkte wieder etwas gelassener. „Dann gehen wir jetzt zurück und packen."

Ohne Hast schlenderten sie zum Auto, wo Emmerich den Beifahrersitz einnahm. Er war längst kein passionierter Fahrer mehr, genoss auf dem Rückweg den Blick über die Landschaft und ließ sich bei heruntergelassenem Fenster die frische Luft, von der er im Stuttgarter Kessel nur träumen konnte, um die Nase wehen.

„Schon grandios, das Watzmann-Massiv, wenn das Wetter mal schön ist", bemerkte Gabi, als sie das Salzbergwerk passiert hatten und vor dem Kreisverkehr am Berchtesgadener Bahnhof an einer roten Ampel hielten.

„Ja, Spatz", entgegnete Emmerich schläfrig, das vertraute Vibrieren in der Hosentasche spürend. „Ich muss noch mal, tut mir leid."

„Wir haben die Eltern gefunden", sagte Mirko Frenzel zufrieden. „Roswitha und Dieter Tröge aus Donaueschingen. Sie kommen am Montagvormittag ins Präsidium, ich hole sie vom Bahnhof ab. Ist dir das recht?"

„Aber ja."

„Die Kopien habe ich fertig."

„Prima."

„Kannst du wieder nicht reden?"

„Du sagst es."

„Dann rufe ich dich morgen Abend an."

„Gute Idee."

„Das ist die Höhe", erklärte Gabi bissig, während sie den Kreisverkehr umrundete und rechts Richtung Königssee abbog. „Nicht einmal in Bayern hat man seine Ruhe."

* * *

# 4

Der Wald um den Stuttgarter Frauenkopf herum gehörte nicht unbedingt zu den bei der Bevölkerung populären Strecken, auf denen sich an schönen Tagen Freizeitsportler, Hundebesitzer und Spaziergänger gegenseitig auf die Füße traten. Anna-Maria, für gewöhnlich auf solch einsamen Wegen zur Furchtsamkeit neigend, benutzte einen abwärtsführenden Trampelpfad, der vom vielen Regen matschig geworden war, aber gewährleistete, dass zufällige Begegnungen mit Dritten so gut wie ausgeschlossen waren. Schnaufend erreichte sie eine Lichtung an einem kleinen See, machte einige Dehn- und Streckübungen, begann zu warten und geriet ins Grübeln. Denn mit Verstand betrachtet, war es ein Wahnsinn, überhaupt hierher zu kommen. Anna-Marias derzeitiges Problem bestand darin, dass sie ihren Verstand seit einigen Wochen mit voller Absicht ausschaltete. Sie hatte ihren vierzigsten Geburtstag samt der begleitenden Lektüre dazu passender Ratgeber seit einem halben Jahr hinter sich und geglaubt, gegen die Gefahren dieses Alters gefeit zu sein. Bis *er* in ihr Leben getreten war. Selina hatte ihn angeschleppt, zu einem dieser Stammtische, die Anna-Maria nur gelegentlich und mit halbem Herzen besuchte, denn sie gehörte nicht zu denen, die sich aktiv gegen den Umbau des Stuttgarter Bahnhofes engagierten, ihr lag lediglich daran, den Kontakt zu ihrer Freundin aufrechtzuerhalten. Ein Bursche, sieben Jahre jünger als sie selbst, mit Glatze und Piratentuch keineswegs der Typ, dem sie normalerweise Aufmerksamkeit schenken würde. Wäre da nicht dieser Blick gewesen. Von Anfang an beunruhigend und schon beim nächsten Stammtisch so unwiderstehlich, dass sie sich wider besseres Wissen mit dem Kerl zum Laufen verabredet hatte. Unweit der kleinen Lichtung war dann passiert, was Anna-Maria für vollkommen unmöglich gehalten hatte, seither trafen sie sich regelmäßig, und sie war geradezu süchtig geworden nach diesen Treffen. Noch war sie sich sicher, dass Horst zur Gänze ahnungslos sein musste, doch wer konnte schon wissen, wie lange das so bliebe? Selina dagegen hatte schon nach kurzer Zeit Verdacht geschöpft:

„Du gönnst dir ja sonst nichts", hatte sie ihre verliebte, verwirrte und vom schlechten Gewissen geplagte Freundin getröstet. „Dein Alter hat nie Zeit, deine Kinder sind so gut wie erwachsen, und ein bisschen Spaß darf frau im Leben haben. Du passt schließlich auf, dass er dir nichts anhängt?“

Anna-Maria hatte dies bejaht, obwohl es eine Lüge war. Ihre Affäre mit ihm war etwas, das sich ihrer Kontrolle zunehmend entzog, ähnlich dem Heißhunger, der sie manchmal nachts überfiel und der sich nur durch den sofortigen Konsum mehrerer Tafeln Schokolade befriedigen ließ. Ihre Verabredungen mit Tom hatten den Heißhunger merkwürdigerweise verschwinden lassen, doch war ihr klar, dass Tom auf lange Sicht in keinem Fall gesünder für sie war als Schokolade. Heute wartete sie zudem vergeblich, das rote Handy schwieg, ihre Versuche, ihn zu erreichen, blieben erfolglos. Nach einer halben Stunde gab sie auf, trabte zurück zum Parkplatz und rief Gerhard an:

„Ich bin's, Anna. Wie war eure Patrouille gestern?“

„Schon okay“, entgegnete Gerhard gleichgültig. „Der Typ ist zwar ein bisschen komisch …“

„Wie meinst du das?“

„Nun ja, seine Art … die Glatze … wie soll ich sagen … er ist eben komisch. Normalerweise würd' ich meinen, so einer passt gar nicht zu uns, aber …“

„Aber was?“

„Ich weiß nicht. Du sagtest ja, er sei ein Freund von dir, dann wird er schon in Ordnung sein.“

„Er ist ein Freund von Sally.“

„Mir egal.“ Gerhard hüstelte ein wenig. „Warum rufst du an?“

„Nur so. Ich dachte … hat er vielleicht gesagt, ob er heute etwas vorhat?“

„Was geht mich das an? So gut kennen wir uns nun auch wieder nicht.“

„Ich weiß. Tut mir leid, wenn ich dich gestört habe.“

„Hast du nicht. Bis Montag auf der Demo?“

„Ja … nein … mal sehen. Mach's gut, tschüss.“

Anna-Maria unterbrach das Gespräch, wählte ein letztes Mal Toms Nummer und erfuhr, dass der Teilnehmer derzeit nicht erreichbar war. Kopfschüttelnd schaltete sie das rote Handy aus und machte sich auf den Heimweg.

* * *

In Berchtesgaden waren Emmerichs unterdessen beim Packen. Das hieß, eigentlich packte Gabi, denn Emmerich selbst, der sich weniger zu den Faltern denn zu den Stopfern rechnete, was das Befüllen von Reisegepäck anging, betrachtete die Angelegenheit längst als erledigt, saß mit einem Hefeweizen auf dem Balkon und dachte über den ihm bevorstehenden Montag nach. Kein besonders guter Montag würde das werden, Gespräche mit Hinterbliebenen waren etwas, woran er sich auch nach Jahren im Beruf nicht gewöhnen konnte. Er hatte gelernt, die Trauer der anderen nicht an sich heranzulassen, sie auf keinen Fall ins private Leben mitzunehmen, doch nicht immer gelang ihm dies wirklich. Besonders dann nicht, wenn es sich bei diesen anderen um Eltern handelte. Als Vater einer nunmehr neunzehnjährigen Tochter stellte er unwillkürlich Vergleiche an, Vorstellungen, dass Jule etwas zustoßen könne, krochen in ihm empor und mussten unterdrückt werden. Emmerich seufzte und nahm einen Schluck vom Hefeweizen.

„Schmeckt's?", fragte Gabi, den Kopf durch die Balkontür steckend, sarkastisch. „Du könntest den Kühlschrank ausräumen."

„Ist da noch was Wichtiges drin?"

„Zwei Eier, Schinken, Butter, ein paar Joghurts ... ich kann's auch wegwerfen, wenn es dir lieber ist."

„Nicht nötig." Emmerich, dessen schwäbischer Seele Verschwendung ein Gräuel war, erhob sich schwerfällig. „Wo ist die Kühlbox?"

„In der Küche. Willst du noch duschen?"

„Warum?"

„Weil ich die Handtücher einpacken möchte."

„Nur zu."

Duschen schien ihm unwichtig zu sein angesichts des bevorstehenden Montags. Gabi wuselte geschäftig davon, Emmerich wandte seine Aufmerksamkeit dem Kühlschrank zu, als er leise das bekannte „Hossa" vernahm.

„Dein blödes Präsidium will bestimmt nichts von mir", sagte Gabi beleidigt und hielt ihm ihr Handy hin. Emmerich schloss die Kühlschranktür und nahm das Telefon.

„Ja, Mirko, was gibt es?"

„Eine Frage zu unserer Vorgehensweise. Ich hab hier Stress mit einem wichtigen Mann von der Stadt."

„Welcher Art?"

„Heute soll wohl eine Parkbegehung sein. Mit anderen sehr wichtigen Leuten. In Sachen Bahnhofsneubau."

„Was geht uns das an?"

„Stuttgart 21 geht uns alle an. Aber jetzt im Ernst, die wollen genau dorthin, wo unser Tatort liegt. Und der ist noch abgesperrt."

„Das bleibt auch so, bis wir ihn freigeben."

„Der Mann droht mir. Mit Verbindungen zur Staatsanwaltschaft und zum Innenministerium. Die Sache dulde keinen Aufschub."

„Lass ihn drohen", entgegnete Emmerich ungerührt. Ärger dieser Art erleichterte niemandem die Arbeit, ließ sich aber gelegentlich nicht vermeiden. Mirko musste lernen, damit umzugehen.

„Aber …", sagte der und legte gleich wieder eine Pause ein.

„Was aber?"

„Er tobt am Telefon. Will persönlich vorbeikommen und den leitenden Beamten sprechen."

„Dann verweise ihn an die Staatsanwaltschaft. Oder an seine Verbindungen ins Ministerium."

„Du meinst, ich muss gar nicht persönlich mit ihm …?"

„Bestimmt nicht. Wir haben Wichtigeres zu tun."

„Uff", äußerte Mirko und klang erleichtert. „Da bin ich jetzt aber beruhigt."

Emmerich dachte kurz nach und wagte einen pädagogischen Ansatz.

„Weißt du", sagte er diplomatisch. „Du musst dir ein dickeres Fell zulegen. Im Umgang mit solchen Leuten. Die polizeiliche Ermittlungsarbeit hat immer Vorrang, da kann toben, wer will …"

„Aber nicht jetzt", unterbrach Gabi ihn in schnippischem Ton. „Wird das heute noch was mit dem Kühlschrank?"

* * *

Am frühen Abend betrat Anna-Maria Semmler mit gemischten Gefühlen das *Schlampazius*. Die Kneipe im Stuttgarter Osten war eine Institution, existent, seit Anna-Maria denken konnte, und eine der wenigen, die die Moden des Zeitgeistes scheinbar unbeschadet zu überstehen, in der Lage war. Ausgestattet mit gebrauchtem Mobiliar und Erinnerungsstücken aus Jahrzehnten hinter der Theke hatte sich das *Schlampazius* eigentlich kaum verändert, dennoch fühlte Anna-Maria sich darin nicht recht wohl, sie war noble Italiener oder trendige Bars gewohnt. Dagegen konnte sie sicher sein, dass Horst sich nie hierher verirren würde, während Selina an der Theke saß, als befinde sie sich in ihrem Wohnzimmer. Etwas zögerlich nahm Anna-Maria den Barhocker daneben und orderte ein Wasser.

„Ich kann nicht lange bleiben", erklärte sie bedrückt. „Horst erwartet mich zu Hause."

„Ach, nein." Selina grinste und nahm einen kräftigen Schluck von ihrem Radler. „Muss das Essen auf dem Tisch stehen? Pünktlich, vor der Tagesschau?"

„Du weißt doch, wie er ist", entgegnete Anna-Maria lakonisch. „Am Wochenende will er es gemütlich."

„Ich könnte nie so leben." Selina schüttelte den Kopf und schauderte.

„Da sind wir halt verschieden." Anna-Maria betrachtete ihre Freundin nachdenklich. Im Gegensatz zu ihr war Selina groß und stämmig, mit kurz geschnittenen Haaren, die sie mit Gel in Form brachte, und liebte Holzfällerhemden und Safariwesten. Ein Mannweib, wie Horst zu sagen pflegte, der Selina in der Tat keine Sympathien entgegenbrachte und Begegnungen mit ihr aus dem Weg ging. „Deshalb hätte ich ja auch nie gedacht, dass ausgerechnet mir so etwas passiert."

„Du solltest die Affäre nicht zu ernst nehmen."

„Das sagt sich leicht."

Selina nahm ihre Hand und tätschelte sie fürsorglich.

„Weißt du, Schätzchen, Typen wie Tom sind nicht zum Verlieben da. Sie sind Blumen am Wegesrand, man pflückt sie, stellt sie in die Vase und freut sich eine Weile daran. Wenn sie verwelkt sind, trennt man sich von ihnen."

„Er will mit mir in den Urlaub fahren …"

„Den du bezahlen sollst, da wette ich darauf."

„Gestern hat er mir gesagt, er wäre noch nie einer Frau wie mir begegnet. Heute geht er nicht einmal ans Telefon."

„Du bist nicht die Erste, der er das gesagt hat."

„Woher willst *du* das wissen?"

„Dreimal darfst du raten." Selina ließ ihre Hand los und lachte laut. „Natürlich hat er mir das Gleiche vorgemacht. Ich weiß nur, wie ich damit umgehen muss."

Anna-Maria starrte ihre beste Freundin ungläubig an.

„Du hast auch etwas mit Tom?"

„Hatte, meine Liebe, hatte", verbesserte Selina sie gut gelaunt. „Wir waren zwei- oder dreimal im Bett. Nett, aber auf die Dauer nicht das Wahre."

„Warum hast du ihn dann überhaupt mitgebracht? Zu deinem … unserem Stammtisch?"

„Das ist doch ganz was anderes, die Baumwächter haben jede Unterstützung nötig. Und er war ganz wild darauf. Hätte ich gewusst, dass er da weitermacht mit seiner Anmacherei, dann hätte ich es wohl gelassen. Aber letzten Endes zählt der Kampf, nicht wahr? Prost."

„Noch was zu trinken?", wollte der Barmann des *Schlampazius* wissen, und Selina bestellte sich ein zweites Radler. Anna-Maria registrierte es wie durch einen Schleier hindurch.

„Wen ... wen hat er denn noch so alles ... angemacht?", fragte sie zaghaft und mit brüchiger Stimme.

„Mein Gott, woher soll ich das wissen? Moni und Loretta sicherlich, Jutta und Conny vielleicht ..."

„Du meinst, er ist heute mit einer anderen zusammen? Dass er deshalb nicht ans Telefon ..."

„Mach dir darüber bloß keinen Kopf. Wirklich, Schatz, manchmal bist du schon etwas naiv und weltfremd, da oben, in deinem goldenen Kokon in der Gerokstraße."

# 5

Die Heimfahrt der Eheleute Emmerich war, sah man von den auf der A 8 zwischen Salzburg und Stuttgart üblichen Stockungen ab, unspektakulär verlaufen. Nach fast sechsstündiger Fahrt fühlte Emmerich sich dennoch wie gerädert, als Gabi die alte A-Klasse in der zweiten Reihe vor der Haustür anhielt, ein missbilligendes Geräusch von sich gab und sagte:

„Hast du für heute noch eine Verabredung?"

„Ich?" Emmerich öffnete den Sicherheitsgurt und streckte sich. „Wie kommst du darauf? Wir sind doch im Urlaub."

„Dann schau mal, wer da vor der Haustür steht. Ich fresse einen Besen, wenn das nicht dein Kollege Frenzel ist."

Emmerich wandte den Blick nach links und sah in der Tat einen jüngeren Mann mit einem dicken Umschlag in der Hand, der ihnen den Rücken zuwandte, am Haus nach oben sah und auf etwas zu warten schien. In der anderen Hand trug der Mann allerdings einen Blumenstrauß und am Körper einen schicken Anzug.

„Seit wann sieht Frenzel aus wie Casanova?", tat Emmerich daher Gabis Bemerkung ab, stieg aus und öffnete den Kofferraum.

„Suchen Sie jemand Bestimmtes?", rief dagegen Gabi. „Kann ich Ihnen helfen?"

Der Mann drehte sich um.

„Na, was für ein Glück, dass ihr gerade heimkommt. Eine blöde Einrichtung ist das, mit den Briefkästen im Treppenhaus."

„Ich weiß nicht, ob man da von Glück sprechen kann", entgegnete Gabi unfreundlich. „Dieser Umschlag sieht mir nicht gerade danach aus. Und mit den Briefkästen sind wir immer gut zurecht gekommen."

„Wenn keiner aufmacht?" Mirko Frenzel kam zum Auto. „Wie soll man da etwas einwerfen? Tag, Frau Emmerich, hallo Reiner."

„Mirko, bist du's doch. Wie kommst du denn daher?"

„Hab noch eine Verabredung und wollte dir vorher deine Kopien bringen. Aber wenn wir uns jetzt schon mal treffen, können wir das Wichtigste auch gleich besprechen."

„Wie du meinst. Komm einfach mit nach oben." Emmerich wies auf die Haustür und hievte zwei Reisetaschen, die Kühlbox und einen Koffer aus dem Auto.

„Sie können gerne das Gepäck mitnehmen", sagte Gabi mit falscher Freundlichkeit. „Und fühlen Sie sich ruhig wie zu Hause. Ich mache mich auf die Parkplatzsuche."

Emmerich verdrehte die Augen, nahm Koffer und Kühlbox und deutete wortlos auf die Reisetaschen. Im vierten Stock öffnete er, ein wenig außer Atem, die Wohnungstür und freute sich, wieder daheim zu sein.

„Hereinspaziert", sagte er, ließ das Gepäck im Flur stehen und nahm den Kater, der bereits schnurrend um seine Beine strich, auf den Arm. „Wir gehen auf die Veranda. Was zu trinken?"

„Nein, danke, nichts, ich bleibe nicht lange", keuchte Frenzel hinter ihm. „Diese Treppen würden mich wahnsinnig machen. Habt ihr Steine in den Taschen?"

„Gabi hat eingekauft", entgegnete Emmerich mit einem Augenzwinkern. „Du weißt ja, wie Frauen sind. Hier entlang."

Er dirigierte den Kollegen durch die Küche, hinaus auf den verglasten Balkon und deutete auf einen Klappstuhl. „Nimm Platz und fang an."

„Das Wesentliche steht hier drin." Mirko legte den Umschlag auf den zum Stuhl passenden Klapptisch. „Identität, Tatortfotos und so weiter. Ein Glas Wasser wäre vielleicht doch nicht schlecht. Aus dem Hahn."

„Sag's doch gleich." Emmerich ging zum Kühlschrank, nahm ein Hefeweizen heraus, schenkte es mit angemessener Sorgfalt in das dazugehörige Glas, ließ ein weiteres mit kaltem Wasser volllaufen und reichte es Frenzel.

„Danke", sagte der und stellte den Blumenstrauß hinein. „Neu ist, dass Tröges Rucksack aufgetaucht ist. In einem Abfallbehälter, der an der Ostendstraße neben einer Telefonzelle steht."

„Ostendstraße? Das liegt nicht unbedingt in Tatortnähe."

„Ganz im Gegenteil. Und das Ding wäre dort vermutlich auch nie gefunden worden, wenn nicht mehrfach ein Handy darin geklingelt hätte. Ein Passant, der telefonieren wollte, hat's zufällig gehört. Er war so schlau, den Rucksack aus dem Papierkorb zu nehmen und bei den Kollegen in Stuttgart-Ost auf dem Revier abzugeben."

„Die Frage lautet also: Wie kam der Rucksack dorthin?", überlegte Emmerich, sich auf den zweiten Klappstuhl gegenüber setzend.

„Zwei Möglichkeiten", entgegnete Mirko, ohne nachzudenken. „Entweder, Tröge selbst hat ihn dort entsorgt, oder es war der Täter."

„Ich neige zur zweiten Lösung. Wer wirft ein eingeschaltetes Handy weg?“

„Ganz meine Meinung“, stimmte Frenzel zu. „Und was würde das bedeuten?“

„Du wirst es mir bestimmt gleich sagen.“

„Täter und Opfer stammen aus demselben Stadtteil.“

„Liegt nahe.“ Emmerich nippte am Hefeweizen und wischte sich den Schaum vom Mund. „Muss aber nicht sein. Wissen wir schon, wer da angerufen hat?“

„Leider nicht. Inzwischen ist das Handy aus, vermutlich war der Akku leer. Die KTU wird es sicher bald herausfinden.“

„Was war sonst noch drin? Im Rucksack?“

„Die Spurensicherung hat ihn. Morgen wissen wir mehr.“

„Das heißt, du bist morgen im Büro?“

„Ich bin verantwortlich, solange du Urlaub hast.“

„Und ich kann kommen, wenn es nötig ist. Ich habe morgen nichts Bestimmtes vor, jedenfalls nicht, soweit … “

„Du hast Bandprobe, mein Guter“, fiel ihm Gabi ins Wort und trat auf die Veranda. „Morgen ist Sonntag, schon vergessen?“

„Aber doch erst abends, Spatz.“

„Du musst wissen, was du tust. Soll das Gepäck da stehen bleiben, wo es ist?“

„Ich räume es gleich weg.“

„Schöne Blumen haben Sie da, Herr Frenzel“, sagte Gabi und warf einen demonstrativen Blick auf ihre Armbanduhr.

„Schöne Blumen?“ Mirko wechselte einen Blick mit Emmerich und grinste schief. „Natürlich. Die sind nur für … ääh … also, für …“

„Schon gut“, winkte Emmerich ab und stand auf. „Du gehst zu deiner Verabredung und ich kümmere mich um unser Gepäck. Ruf einfach an, wenn du mich brauchst.“

* * *

Die Toasts Hawaii rochen ein wenig angebrannt, als Anna-Maria sie aus dem Ofen nahm, es fiel ihr schwer, sich auf ihr Tun zu konzentrieren. Mechanisch kratzte sie die dunklen Stellen ab, bevor sie die mit Käse überbackenen Scheiben auf die Teller gab. Nicht, dass Anna-Maria Toast Hawaii besonders mochte, es gab nur einfach wenige Gerichte, die sie zubereiten konnte und die ihrer Schwiegermutter schmeckten. Zweimal im Monat, samstags oder sonntags, kam sie zu Besuch, immer einen ganzen langen Nachmittag, der sich früher einmal durch das Spielen mit den Kindern erträglich gestaltet hatte. Inzwischen jedoch verabschiedeten sich Adrian und Jasmin meist sofort nach dem Kaffeetrinken, während Horst und seine Mutter alte Erinnerungen austauschten, mit denen Anna-Maria nichts anzufangen wusste. Genau genommen schätzte sie diese Besuche ebenso wenig wie die Toasts Hawaii, da Margarete Semmler sich, von alten Erinnerungen abgesehen, ausschweifend und meist ausgesprochen unfreundlich über gemeinsame Bekannte oder Unbekannte zu äußern pflegte. Es wäre Horsts Aufgabe gewesen, dem hässlichen Geklatsche Einhalt zu gebieten, doch Horst tat nichts dergleichen. Seine Mutter, das hatte Anna-Maria schon kurz nach der Eheschließung verstehen müssen, war ein sakrosanktes Wesen, dessen Tun und Lassen nicht hinterfragt wurde und über jeden Zweifel erhaben war.

„Ich würde ja nichts sagen", erklärte sie gerade mit gerümpfter Nase, als Anna-Maria mit den Tellern das in hellen Tönen gehaltene Wohnzimmer betrat. „Aber das Mädchen zieht sich an wie eine aus dem Rotlichtviertel. Zu meiner Zeit ging man so nicht aus dem Haus."

„Du sprichst jetzt hoffentlich nicht von Jasmin", sagte Anna-Maria säuerlich und servierte die Toasts.

„Es geht um die Tochter ihrer Nachbarin", warf Horst mit warnend hochgezogenen Brauen ein. „Da hast du völlig recht, Mama."

„Jasmin könnte auch mal ein paar neue Schuhe vertragen." Margarete Semmler suchte ihre Brille aus der Tasche und besah den Teller. „Was hast du denn da Schönes gekocht, mein Kind?"

„Toast Hawaii", knurrte Horst missbilligend. „Du könntest dir für Mama wirklich mehr Mühe geben. Bei uns gab es früher immer gemischten Braten, wenn meine Großeltern zu Besuch kamen."

„Nein, lass nur Horsti, lass nur", wehrte Margarete ab. „Ich weiß doch, dass die jungen Frauen heute keine Zeit mehr haben und auch nicht mehr richtig kochen können. Ich stelle keine Ansprüche, das wisst ihr doch. Mir macht es gar nichts aus, wenn die Toasts zu lang im Ofen waren. Soll ich mit Jasmin vielleicht einmal einkaufen gehen?"

„Jasmin hat genügend Schuhe", entgegnete Anna-Maria beherrscht. „Sie trägt Chucks, die sind gerade angesagt und müssen nicht neu aussehen."

„Bist du sicher? Bei Horsti in der Klasse wollten damals auch alle so besonders alte Jeanshosen tragen, aber Horsti war immer gut gekleidet.

Darauf muss man als Mutter achten. Und sieh nur, was aus ihm geworden ist." Margarete Semmler betrachtete ihren Sprössling, der unangenehm berührt zur Decke sah, mit liebevollem Stolz. „Eine Mutter muss alles für ihre Kinder tun."

„Das macht die Anni schon", ergriff der Gelobte unerwartet die Partei seiner Gattin. „Du weißt, dass ich ihr viel verdanke. Jetzt iss, sonst wird es kalt."

„Natürlich weiß ich das." Margarete Semmler griff zum Besteck. „Umso schlimmer wäre es, das Ganze jetzt auf's Spiel zu setzen, gell?"

Anna-Maria, die es sich längst zur Regel gemacht hatte, derartige Unterhaltungen ohne sichtbare Gefühlsregung über sich ergehen zu lassen, kam nicht umhin, ihre Schwiegermutter überrascht anzusehen. Es hatte ein seltsamer Unterton in dieser Bemerkung gelegen, den sie nicht zu deuten wusste, fast, als wolle Margarete ihrem geliebten Horsti drohen. Worüber hatten die beiden gesprochen, während sie in der Küche gewesen war? Sie wandte ihren Blick zu ihm, doch Horst war stumm mit seinen Toasts beschäftigt und konzentrierte sich auf's Kauen. *Er weiß von nichts und sie schon gar nicht,* beruhigte sie sich selbst. *Wenn nur Tom endlich ans Telefon gehen würde.*

* * *

„Jule hat Gulasch gemacht", sagte Gabi, nachdem Emmerich Mirko zur Tür geleitet hatte. „Ist das nicht nett von ihr?"

„Und wo ist sie?"

„Bei Nicki. Übers Wochenende."

„Wer ist Nicki?"

„Eine Freundin. Soweit ich weiß."

„Klingt mir mehr nach einem Kerl."

„Und wenn es so wäre? Sie ist alt genug um zu wissen, bei wem sie übernachtet."

„Ja", seufzte Emmerich ergeben und versuchte, sich die Enttäuschung darüber, dass sein einziges Kind bei ihrer Heimkunft durch Abwesenheit glänzte, nicht anmerken zu lassen. Er würde sich an diesen Zustand gewöhnen müssen, auch wenn es schwerfiel. „Dann hab ich wenigstens Zeit für Mirkos Umschlag."

Gabi schüttelte den Kopf und lächelte. Mit Nachsicht.

„Du und deine Arbeit."

„Was denn? Der Urlaub ist zu Ende, oder?"

„Und die Taschen? Packen sich von selber aus? Das Gulasch? Wärmt sich selber auf?“

„Spatz, es …“

„Schon gut, Hasi, lies nur. Ich bin ja froh, dass dir die Arbeit Freude macht.“

„Danke, Spatz. Du bist die beste Ehefrau von allen.“

„Nein. Das war die von Ephraim Kishon.“ Gabi versetzte ihm einen freundschaftlichen Knuff und verschwand auf die Veranda. Um eine zu rauchen, wie Emmerich vermutete. Wenig später hörte er sie telefonieren. Er selbst begab sich samt Umschlag ins Wohnzimmer, setzte sich aufs Sofa und ließ den Inhalt des Umschlags auf den Couchtisch gleiten. „Fakten in Kürze“ stand in Mirkos krakeliger Handschrift, deren Entzifferung ihm schon immer Rätsel aufgegeben hatte, auf einem losen Beiblatt. „Männliche Leiche, identifiziert als Tröge, Thomas, geboren 14. März 1977 in …“ Emmerich schnalzte missbilligend mit der Zunge. Tröges Geburtsort mochte nach diesen Angaben weiß Gott wo liegen, das Wort konnte von „Bratkeil“ bis „Rostteil“ so ziemlich alles heißen. „Aufgefunden letzten Freitag gegen 5.15 Uhr durch den Zeugen Heiko Sauer (Aussage liegt bei)“, las er unter Aufbietung seiner ganzen Konzentration weiter. „Fundort identisch mit Tatort. Schwulenstrich liegt in der Nähe. Termin mit Ehepaar Tröge, Montag um 11.00 Uhr. Fotos etc. anbei. Schönes Wochenende, Mirko.“ Emmerich kam zu dem Schluss, dass Frenzel neuerdings zum Zynismus neigen musste, und griff nach den Bildern. Der Tote lag auf dem Rücken, neben oder auch hinter dem Sockel eines steinernen Monumentes, dessen Vorderansicht ebenfalls beigefügt worden war und zwei Ritter oder Ähnliches darstellte, einer im Schoß des anderen ruhend. *Ja so warn's,* brummte Emmerich leise, als Reminiszenz an den soeben beendeten bayerischen Urlaub, *ja so warn's, die oiden Rittersleut.* Eine, aus Pietätsgründen natürlich in diesem Moment völlig unangebrachte Melodie, doch immerhin war noch niemand gezwungen, innerhalb der eigenen vier Wände Rücksicht auf die Pietät zu nehmen. Bekleidet war die Leiche mit hellen Jeans, einem weißen T-Shirt, einer hellen Jeansjacke und einem Tuch, das in Piratenmanier um das offenbar darunter haarlose Haupt gewickelt war. Wie Frenzel bereits erwähnt hatte, stand der Hosenladen der hellen Jeans offen, das Geschlechtsteil des Toten hing in irgendwie anrührender Art heraus. Es waren mehrere Fotos aus unterschiedlichen Perspektiven, er legte sie vor sich auf dem Couchtisch aus, als er hinter sich ein Räuspern vernahm.

„Ein gut gebauter Typ und trotzdem kein schöner Anblick", sagte Gabi, die ihm über die Schultern sah. „Aber was ist das denn?"

„Nun ja." Emmerich hüstelte. „Der Schwulenstrich ist nicht weit weg vom Tatort. Vielleicht hat es ihn in flagranti erwischt."

„Hrmpf", gluckste Gabi. „Sachen gibt's …"

# 6

Am Sonntagmorgen riss das Martinshorn eines aus der nahen Einsatzzentrale des Roten Kreuzes startenden Krankenwagens Emmerich früh aus dem Schlaf. *Man hört's, die Heimat hat mich wieder,* dachte er ein wenig geknickt und drehte sich um, nur um festzustellen, dass er eigentlich wach war. Wach und offenbar auch willens, seinem Beruf wieder nachzugehen, denn das Erste, was ihm einfiel, war der Tote hinterm Denkmal. Vorsichtig, um Gabi nicht zu wecken, schlich er sich aus dem Schlafzimmer, setzte Teewasser auf und suchte sein Handy. Er fand es in der Innentasche seines Cordsamtjacketts, das genauso am Haken der Garderobe hing, wie er es vor dem Urlaub zurückgelassen hatte. Wobei ihm jetzt erst auffiel, dass die Innentasche dieses Jacketts, das sich seit einer unüberschaubaren Anzahl von Jahren in seinem Besitz befand, ein veritables Loch aufwies. Der Akku des Handys erwies sich als leer, Emmerich hängte es ans Ladegerät, gab zwei Beutel in den Wassertopf und schenkte sich nach kurzer Wartezeit eine Tasse Tee ein. Mit dem Festnetzapparat wählte er Frenzels Nummer im Präsidium, doch es meldete sich niemand. Emmerich setzte sich aufs Sofa und nahm sich die Aussage des Zeugen Heiko Sauer vor:

*Auf dem Weg von der Nikolausstraße zum Hauptbahnhof ist mir am Freitagmorgen hinter dem Denkmal beim Landespawillion ein Fuhß aufgefallen. Der Fuhß hat so komisch ausgesehen, dass ich dachte, ich sehe mal, was da los ist. Da lag ein Mann auf dem Boden, der nicht reagiert hat, als ich ihn angesprochen habe. Deshalb habe ich mich gepückt und seinen Puls gefühlt und dann gesehen, dass Blut auf seinem Hemd war. Der Mann war schon ganz kalt, da habe ich die Polizei gerufen.*

Die Aussage, literarisch sicherlich nicht wertvoll und orthografisch bedenklich, was Emmerich allerdings schon seit längerem nicht mehr in Staunen versetzte, war eindeutig und unterschrieben, wie es sich gehörte. Emmerich glaubte nicht an die Notwendigkeit, den Zeugen Heiko Sauer ein zweites Mal befragen zu müssen. Überhaupt gab es nichts, was er in diesem Moment, abgesehen vom Teetrinken, unternehmen konnte. Frenzels Handynummer befand sich unzugänglich in seinem erst noch aufzuladenden Gerät, auf gut Glück ins Präsidium zu fahren, erschien ihm wenig vielversprechend. Bis zum sonntäglichen Frühstück blieben ihm sicher noch zwei Stunden. Emmerich beschloss, einen Spaziergang zu machen, hinterließ Gabi eine entsprechende Nachricht, zog eine leichte Regenjacke über und machte sich auf zum mittleren Schlossgarten. Der Weg durch den Park entsprach dem, den er normalerweise zur Arbeit nahm, doch am Sonntag, zu dieser frühen Stunde, ging es dort wesentlich ruhiger zu, als er es gewohnt war. Emmerich schlug deshalb ein gemächliches Tempo ein, beobachtete Vögel und verharrte ein wenig bei den Springbrunnen vor dem Planetarium, bevor er nach ungefähr zwanzig Minuten das Denkmal erreichte. Abgesehen von ein paar Inlineskatern und einem Streifenwagen, die in einiger Entfernung langsam durch den Park rollten, konnte er niemanden entdecken. Behutsam hob er das zwischenzeitlich etwas lädiert wirkende Polizeiabsperrband an, das den Tatort umgab, und schlüpfte hindurch. Die Bedeutung des steinernen Monuments, so erinnerte er sich dunkel, war ihm einst im Heimatkundeunterricht erklärt worden, den Windungen seines Gehirns aber längst wieder entwichen. Aus Sicht des Täters jedenfalls war es kein schlechter Ort, um einen Toten in der Dunkelheit vor neugierigen Blicken zu verbergen, der Sockel breit genug und gleich dahinter ein dicht wachsendes Nadelgehölz. Mehr zu sehen gab es nicht, die Spurensicherung hatte gründlich gearbeitet, kein Zigarettenstummel, kein Fitzelchen Papier lag auf dem Boden. Emmerich blieb dennoch einige Minuten stehen, um den Ort auf sich wirken zu lassen, drehte sich ein paar Mal um die eigene Achse und starrte gerade selbstvergessen auf das Nadelgehölz, als hinter seinem Rücken eine metallische Stimme schnarrte:

„Hallo, da drüben. Weg dort, aber zackig."

Ohne Eile wandte Emmerich sich um und entdeckte den Streifenwagen in unmittelbarer Nähe des Denkmals.

„Zackig", wiederholte die Stimme des uniformierten Fahrers durch den Lautsprecher des Wagens, während auf der Beifahrerseite ein ausgesprochen junger, zweiter Beamter ausstieg.

„Würden Sie bitte zu mir kommen! Die Hände aus den Taschen lassen."

„Immer mit der Ruhe, Kollege", erwiderte Emmerich und ging zum Absperrband. „Das hat schon seine Ordnung, ich bin …"

„Stehen bleiben", forderte der Beamte. „Was haben Sie da zu suchen? Können Sie nicht lesen, was hier steht? Po-li-zei-absperrung. Das steht hier."

„Personenkontrolle." Der Fahrer des Streifenwagens war hinzugetreten. „Ihren Ausweis bitte. Schön langsam."

„Jetzt macht mal halblang, Jungs", verlangte Emmerich in belustigtem Ton und bückte sich unter dem Band hindurch, um zurück auf den Hauptweg zu gelangen.

„Stehen bleiben habe ich gesagt. Und keine dummen Witze."

„Ist ja gut." Emmerich fasste in die Taschen der leichten Regenjacke und dort ins Leere. „Ich fürchte", sagte er mit dem freundlichsten Lächeln, zu dem er an einem frühen Sonntagmorgen imstande war, „ich habe keinen Ausweis bei mir. Wir können das trotzdem schnell klären, mein Name ist …"

Die beiden Beamten wechselten einen raschen Blick.

„Einsteigen", sagte der Fahrer und wies auf den Streifenwagen. „Sie kommen zur Feststellung Ihrer Personalien mit aufs Revier. Keine weiteren Diskussionen."

* * *

Horst saß im Wohnzimmer und hörte Beethoven. Nicht, dass er in Anna-Marias Augen ein besonderes Verständnis für klassische Musik aufbrachte, Horst hörte fast jeden Sonntag Beethoven und meist auch nur die jedermann sattsam bekannte fünfte Symphonie, doch der Rest der Familie wusste, dass während der Zeit des Musikhörens Störungen unerwünscht waren. Die Kinder hatten sich daher gleich nach dem Frühstück von dannen gemacht, um sich mit irgendwelchen Freunden zu treffen, Anna-Maria dagegen saß im Arbeitszimmer und las zum dritten Mal eine SMS-Botschaft ihrer Freundin Selina. *Ruf mich an. Tom könnte etwas zugestoßen sein.* Die Nachricht war vor einer knappen halben Stunde eingetroffen, doch Anna-Maria wollte nicht zurückrufen, solange Horst sich in Hörweite befand, auch wenn Beethoven diese Hörweite erheblich einschränkte. Horst hatte ein ihr manchmal geradezu unheimlich erscheinendes Talent dafür, immer dann in Erscheinung zu treten, wenn man am wenigsten mit ihm rechnete. Sie würde mit dem Rückruf warten, bis er am frühen Nachmittag das Haus verlassen würde, um schwimmen zu gehen. Um sich selbst bis dahin die Zeit zu vertreiben, schaltete sie den Computer ein und legte ein Mahjong-Spiel in den CD-Schacht. *Tom könnte etwas zugestoßen sein.* Unkonzentriert entfernte sie Mausklick um Mausklick virtuelle Klötzchen mit asiatischen Symbolen, bis das Klingeln des Telefons sie unterbrach. Anna-Maria griff hastig nach dem Hörer, Beethoven und das Telefon vertrugen sich schlecht, wie sie aus langer Erfahrung wusste.

„Semmler."

„Mein Name ist Glöckner. Ich muss Ihren Mann sprechen."

„Mein Mann ist leider gerade unabkömmlich. Kann ich etwas ausrichten?"

„Es ist dringend."

„Im Moment darf ... kann ich ihn nicht stören."

„Ich rufe wieder an. In ... sagen wir ... zwanzig Minuten."

Am anderen Ende der Leitung wurde im selben Moment aufgelegt, in dem die Tür zum Arbeitszimmer geöffnet wurde.

„Wer war das?", fragte Horst in unfreundlichem Ton.

„Dein Herr Glöckner." Anna-Maria legte den Hörer weg. „Er ruft wieder an. Ich dachte, du wolltest nicht gestört werden. Es tut mir leid, wenn ..."

„Nein, lass nur", winkte Horst etwas zugänglicher ab. „Ich wollte heute sowieso früher ins Mineralbad Berg. Da kann ich ihn ja von unterwegs zurückrufen. Bis später dann." Horst verließ das Arbeitszimmer, sie hörte, wie er die Musikanlage abstellte, sich fertig und auf den Weg machte. Anna-Maria nahm die Mahjong-CD aus dem Laufwerk, schaltete den Computer aus und ging ins Schlafzimmer. Auf dem Hocker vor dem Bett stand Horsts Schwimmtasche, das frische Handtuch, das sie ihm bereitgelegt hatte, war unberührt.

* * *

Mit dem sicheren Gefühl, einen verdorbenen Sonntag vor sich zu haben, betrat Emmerich, flankiert von den beiden jungen Beamten, die unterirdische Polizeistation an den Treppen zur S-Bahn-Haltestelle Hauptbahnhof. Ein Mann in Jeans und sportiver Freizeitjacke, der am Tresen lehnte, drehte sich um, bekam große Augen und unmittelbar darauf einen Lachanfall.

„Gibt's nicht", prustete er zwischen zwei Salven. „Bist du verhaftet?"

„Mirko, du bist ein Vollidiot", informierte Emmerich seinen Untergebenen ungehalten. „Obwohl ich froh bin, dass du hier bist. Warum bist du hier?"

„Bin mit einem neuen Zeugen verabredet. Ein gewisser Edwin Edamer. Müsste jeden Moment eintreffen."

„Die Herren kennen sich?“, fragte der Fahrer des Streifenwagens streng, aber hörbar verunsichert. Hinter dem Tresen standen weitere Kollegen und grinsten breit. Emmerich nahm an, dass er im Verlauf der nächsten Woche zum Gespött des ganzen Präsidiums und etwa der Hälfte der baden-württembergischen Polizei avancieren würde und gab ein resigniertes Stöhnen von sich.

„Kennen“, wiederholte Mirko gedehnt. „Ich? Den da?“

„Also nicht?“, vergewisserte sich der Beifahrer irritiert.

„Doch, natürlich. Das ist Hauptkommissar Reiner Emmerich vom Dezernat Tötungsdelikte. Was hat er ausgefressen?“

„Unbefugtes Betreten eines abgesperrten Tatorts“, murmelte der Fahrer betreten. „Woher hätten wir wissen sollen … wir sind erst seit ein paar Wochen hier im Dienst …“

„… und ich hatte keinen Ausweis dabei“, tröstete Emmerich die jungen Kollegen, die verlegen zu Boden sahen. „Ihr habt völlig korrekt gehandelt. Herzlich willkommen in unserer schönen Landeshauptstadt.“

„Danke“, entgegnete der Beifahrer kleinlaut. „Dann machen wir uns mal wieder auf den Weg.“

„Schönen Tag noch“, grüßte Emmerich generös und wandte sich wieder an Mirko. „Wieso willst du ausgerechnet hier einen Zeugen vernehmen?“

„Herr Edamer kommt mit der S-Bahn, der Weg ins Präsidium war ihm zu weit. Am Telefon sprach er von Beobachtungen, die er im Park gemacht hat. Also dachte ich, ich warte hier auf ihn und gehe gleich mit ihm hin. Sonst haben wir ja leider noch nicht viel.“

„Und woher weiß Herr Edamer …?“

„Aus der Zeitung. Die Samstagsausgaben haben schon kurze Berichte gebracht. Die erste Pressekonferenz ist allerdings erst heute Nachmittag.“

„Tatsächlich? Wer wird die halten?“

„Ich“, sagte Mirko und straffte die Schultern. „Du hast ja Urlaub. Was mich zu der Frage bringt, warum du überhaupt am Tatort warst?“

„Reine Neugier“, brummte Emmerich verstimmt. „Das ist deine erste Pressekonferenz, nicht wahr? Bist du sicher, dass …“

„Ich hab schon oft genug dabeigesessen, oder?“

Ein Geräusch ließ sie beide innehalten, die Tür der Polizeistation öffnete sich, und herein trat ein kleiner Mann in einem schäbigen, braunen Anzug, der einen Einkaufstrolley hinter sich herzog.

„Edamer“, stellte er sich vor. „Ich soll hier einen Kommissar treffen.“

„Das bin ich.“ Mirko reichte dem kleinen Mann die Hand. „Ich heiße Frenzel.“

„Edwin Edamer“, ergänzte der, den Händedruck erwidernd. „Rentner und Flaschensammler. Ich habe den Mörder gesehen.“

* * *

In der Gerokstraße ging Anna-Maria Semmler unruhig und telefonierend im Schlafzimmer auf und ab.

„Wie meinst du das? Tom könnte etwas zugestoßen sein?“

„Wie ich es geschrieben habe“, entgegnete Selina sachlich. „Loretta hat mich angerufen. Sie war gestern mit Tom verabredet und wollte ihn besuchen, da …“

„Loretta? Warum? Warum wollte sie ihn besuchen?“

„Mein Gott, das ist doch jetzt egal. Loretta ist auch so eine, die sich immer in die Falschen verknallt …“

„Wieso auch?“ Anna-Maria bemerkte, dass ihre Stimme ein paar Tonlagen zu weit nach oben gerutscht war und atmete tief durch. „Bei mir ist das ganz anders, es…“

„Beruhige dich, mein Kind.“ Selina sprach tief und geduldig. „Hör auf, immer nur an dich zu denken. Für Eifersüchteleien ist jetzt nicht die rechte Zeit. Es ist nicht wichtig, was Loretta bei ihm wollte. Sie wollte ihn besuchen, was nicht ging. Weil fremde Leute in der Wohnung waren. Wie im Krimi, sagt Loretta. Leute, die weiße Anzüge trugen und alles untersucht haben.“

„Und Tom? Wo war Tom?“

„Sie hat nicht nach ihm gefragt. Ist nur ein paar Treppen weiter hochgestiegen, hat ein paar Minuten gewartet und ist gleich wieder abgehauen.“

„Blöde Kuh.“ Anna-Maria, die Loretta nur vom Sehen kannte, setzte sich aufs Bett. Ihr Herz klopfte, im Bauch verbreitete sich ein flaues Gefühl.

„Falsch, mein Herzblatt“, korrigierte sie Selina. „Du hättest auch nichts anderes getan. Niemand will in etwas hineingezogen werden.“

„Aber warum?“ Anna-Maria kreischte fast. „Was soll ihm denn passiert sein?“

„Lies die Samstagszeitung. Am Freitag wurde im Schlossgarten ein toter Mann gefunden. Tom war doch dort. In der Nacht zum Freitag. Mit Gerhard auf Patrouille. Oder etwa nicht?“

# 7

„Was Sie nicht sagen", staunte Emmerich und sah den kleinen Mann ein wenig spöttisch an. „Sicher können Sie den Täter auch beschreiben?"

„Natürlich kann ich das", nickte Edwin Edamer, an Frenzel gewandt, würdevoll. „Wer ist dieser Herr?"

„Mein Kollege Emmerich", sagte Frenzel freundlich. „Ich schlage vor, wir gehen jetzt einfach in den Park und Sie erzählen uns dort, was Sie beobachtet haben."

„Nicht, wenn ich nicht ernst genommen werde." Edamer richtete sich auf, soweit es seine gebückte Körperhaltung zuließ. „Ich sehe nämlich noch recht gut. Nur zum Lesen brauch ich eine Brille."

„Wir nehmen Sie sehr ernst." Frenzel hielt dem kleinen Mann die Tür auf und bedachte Emmerich mit einem vorwurfsvollen Blick. „Kommst du mit?"

Zu dritt durchquerten sie, Edamer in der Mitte, die Passage unter dem Bahnhofsvorplatz, bis sie den Aufgang zum Schlossgarten erreicht hatten, wo der Rentner zielstrebig einen Papierkorb ansteuerte, eine PET-Flasche herauszog und umständlich seinen Trolley aufzurrte.

„Was soll das jetzt?", wollte Emmerich verwundert wissen.

„Wie ich schon sagte, ich bin Flaschensammler." Edamers Hand fuhr ein zweites Mal in den Papierkorb und kam mit einem gläsernen Behältnis zurück. „Meine Rente ist sehr klein, so kann ich mir was dazuverdienen. Ob auf der da aber Pfand ist, weiß ich gar nicht so genau. Was meinen Sie?"

*Bitter,* dachte Emmerich, *man wird sehen, was uns noch blüht, auf unsere alten Tage.* Laut sagte er:

„Ich habe keine Ahnung, jetzt lassen Sie das mal. Wir können nicht überall stehen bleiben und nach Flaschen Ausschau halten. Mein Kollege gibt Ihnen fünf Euro."

„Ich?" Frenzel, der der Inspektion des Papierkorbs geduldig beigewohnt hatte, sah Emmerich erbost an. „Wieso ich?"

„Weil ich kein Geld dabeihab. Du bekommst es wieder."

„Zehn", sagte Edamer und zwinkerte.

„Was?"

„Ich will zehn Euro."

„Von mir aus", stimmte Emmerich großzügig zu. „Und jetzt will ich hören, was Sie uns zu sagen haben."

„Wir müssen noch ein Stückchen weiter." Der kleine Mann verstaute die Flaschen in seinem Trolley und deutete geradeaus. „Hinter der Unterführung. Wo sie den neuen Baum gepflanzt haben."

Emmerich und Frenzel folgten Edamer und seinem Trolley, bis der Rentner schnaufend stehen blieb.

„Hier war es. Direkt vor dem Widerstandsbaum hab ich gestanden."

„Was für ein Baum?" Emmerich unterzog das junge Grün, auf das der Rentner zeigte, einer näheren Betrachtung. Ein Schild war davor angebracht. *Widerstandsbaum gegen Stuttgart 21,* stand darauf zu lesen. *Lieber ein gepflanzter Baum als eine hohle Versprechung.* „Wozu soll das gut sein?"

„Die Bürger wehren sich", erklärte Edamer verschmitzt. „Gegen die Bevormundung durch die Politik. Die Mehrheit will den neuen Bahnhof nicht."

„Mit der halben Portion?" Emmerich sah das dünne Stämmchen, das seine Äste tapfer durch ein Holzgerüst reckte, zweifelnd an. „Hier stehen richtige Bäume. Solche, die ein paar hundert Jahre auf dem Buckel haben. Warum haben sie nicht so einen gewählt?"

„Die sind doch alle todgeweiht, wenn erst die Bagger kommen." Edwin Edamer sah unglücklich drein. „Sogar den kleinen hier haben sie vergiftet. Der da ist schon der zweite."

„Sie? Wer sind sie?"

„Die, die den Bahnhof tiefer legen wollen."

„Allerhand." Emmerich sah den kleinen Mann ungläubig an. „Ein Niveau haben wir inzwischen hierzulande …"

„Von der anderen Seite hat es angeblich Morddrohungen gegeben", warf Frenzel bedächtig ein. „Gegen die offiziellen Befürworter des Projekts. Diese Geschichte spaltet noch die ganze Stadt."

„Schlimm ist das", nickte Edamer eifrig. „Wenn man nur etwas dagegen tun könnte."

„Das ist jetzt nicht unsere Aufgabe", versuchte Emmerich die Diskussion über das Thema, das die Stuttgarter Bevölkerung derzeit wie kein anderes beschäftigte, abzukürzen.

„Aber Sie müssen doch auch eine Meinung dazu haben", insistierte Edamer widerborstig. „Man kann sich das alles doch nicht einfach so gefallen lassen."

„Als Beamter halte ich mich raus", sagte Emmerich kurz angebunden. „Was haben Sie denn nun gesehen?"

Edamer deutete nach rechts.

„Da drüben hab ich angefangen, mit meiner Suche. Dort treffen sich junge Leute in komischen Kleidern, die lassen häufig Flaschen liegen. Emos heißen sie, hab ich gehört, obwohl mir keiner sagen kann, warum. Vielleicht können Sie …?

„Nein", fiel Emmerich dem kleinen Mann, weitere Abschweifungen fürchtend, brüsk ins Wort. „Weiter."

„Am Donnerstag hab ich dort nichts gefunden, also bin ich rüber auf die Wiese und hab hier gesucht. Bis ich den Schuss gehört hab. Oder … nein … es waren zwei. Zwei Schüsse."

„Könnte stimmen", bestätigte Frenzel leise. „Der Tote hat zwei Kugeln abbekommen. Das kann er aus keiner Zeitung haben, es stand noch nicht drin."

„Weiter."

„Ich habe mich erschrocken und geschaut, woher die Schüsse kamen. Er stand da vorne. Mit ausgestrecktem Arm." Edamer wies zum Denkmal. „Ein rundlicher Mann in einem Kapuzenmantel. Nicht besonders groß. In der einen Hand hielt er eine Tasche, in der anderen noch den Revolver. Ich hab mich geduckt, damit er mich nicht sieht."

„Gut gemacht. Was dann?"

„Der Mann hat den Revolver weggeworfen und ist fortgegangen. Über den Steg da. Ich musste erst einmal verschnaufen."

„Verständlich." Frenzel sah nachdenklich zu der geschwungenen Hängebrücke, die den mittleren mit dem oberen Schlossgarten verband. „Ein rundlicher Mann in einem Kapuzenmantel also. Mehr konnten Sie wohl nicht erkennen?"

„Wie denn?" Edamer, dem die Erinnerung an sein denkwürdiges Abenteuer sichtbar zu schaffen machte, fuhr sich durchs nur noch spärlich vorhandene Haar „Es war ja dunkel. Ich bin aber trotzdem noch nicht fertig."

„Nicht?"

„Nein. Wie ich da so stehe und überlege, was ich machen soll, kommt ein zweiter Mann daher. Etwas größer. Der hat den Revolver im Gras gesucht und mitgenommen. Anschließend hat er hinter dem Denkmal einen Beutel geholt und sich umgeschaut. Ich hab's mit der Angst bekommen und mich aus dem Staub gemacht. Dass da ein Toter lag, das hab ich nicht gesehen."

„Wie lange sind Sie da gestanden, um zu überlegen?"

„Das können schon so fünfzehn oder zwanzig Minuten gewesen sein. Ich bin schließlich nicht mehr der Allerjüngste."

„Und danach? Wo sind Sie hin?"

Edamer zeigte zur gegenüberliegenden Seite des Parks.

„Dort ist der Biergarten, da sind auch gegen später meist noch Menschen."

„Interessant." Emmerich wechselte einen Blick mit Frenzel. „Sonst noch was, an das Sie sich erinnern können?"

„Nicht, dass ich wüsste." Edamer dachte nach und schüttelte den Kopf. „Außer vielleicht …?"

„Ja?"

„Das ist sicher gar nicht wichtig. Ich hab den Wurzenbach gesehen."

„Wen?"

„Gerhard Wurzenbach. Er stand da vorne, als ich aus der Passage kam. Mit einem jungen Mann, der so ein Tuch um den Kopf gewickelt hatte."

„Wirklich? Wer ist Gerhard Wurzenbach?"

„Den kennen Sie nicht?" Edamer sah drein, als hätte Emmerich behauptet, die Bundeskanzlerin sei ihm unbekannt. „Gehört zu denen, die gegen Stuttgart 21 kämpfen. Er ist fast jede Woche in irgendeiner Zeitung. Den muss man kennen."

„Ich weiß, wer das ist", kam Frenzel seinem Vorgesetzten zu Hilfe. „Was hat Wurzenbach gemacht?"

„Weiß ich nicht." Edamer zog die Schultern hoch. „Ich hab meine Flaschen gesucht und nicht weiter auf ihn geachtet. Der hat bestimmt nichts mit dem Mord zu tun, das ist ein Guter."

„Schön, Herr Edamer", setzte Frenzel zu einer Dankesbezeugung an, wurde vom Rufen einer Kuckucksuhr unterbrochen und zog sein Handy aus der Tasche. „Momentchen bitte … ja, Frau Emmerich … ja, er ist bei mir. Wollen Sie ihn sprechen?"

„Nein", wehrte Emmerich mit schlechtem Gewissen ab. „Sag ihr, ich bin auf dem Heimweg."

„Er ist auf dem Heimweg", wiederholte Mirko brav. „Er … doch, wirklich, ganz bestimmt. In einer Viertelstunde ist er da."

„Danke", sagte Emmerich, der eine Diskussion in Anwesenheit des Zeugen Edamers hatte vermeiden wollen, erleichtert, als Frenzel das Handy wieder eingesteckt hatte, und zog den Kollegen zur Seite. „Machst du das mit dem Protokoll?"

„Logisch."

„Und die Pressekonferenz?"

„Werde ich schon schaukeln."

„Dann bis morgen."

„Bis morgen. Hast du wirklich keine Meinung zu dem Bahnhofsthema?"

„Ich weiß nicht." Emmerich sah zu Edamer, dessen Blick suchend auf ein Stück Rasen konzentriert war. „Diese Stadt will doch immer eine Weltstadt sein?"

„So sagen es die Häuptlinge", grinste Frenzel.

„Kennst *du* eine Weltstadt ohne Kopfbahnhof?"

* * *

Anna-Maria hielt es zu Hause nicht mehr aus, zog trotz des regnerischen Wetters ihren Laufdress an und fuhr hinauf zum Frauenkopf. Sie hatte den Lokalteil der Zeitung gesucht und gelesen, doch es stand nichts Aussagekräftiges darin. Nur, dass ein toter Mann im Park gefunden worden war. Erschossen. Sie kannte Toms Adresse, war zwei- oder dreimal bei ihm gewesen in der Wunnensteinstraße, doch unter den gegebenen Umständen nutzte es nichts, jetzt dorthin zu fahren. Wenn Tom tatsächlich tot war, drohte ihr Leben zu zerbrechen. Zum einen natürlich, weil er ihr unendlich fehlen würde, zum anderen, und das erschien ihr weitaus bedrohlicher, weil es genug Beweise ihrer Liebe in Form von Briefen und recht freizügigen Fotos in seiner Wohnung gab. Hinzu kamen ihre Nachrichten und ihre Nummer auf seinem Handy, Selina wusste von der Angelegenheit, und auch Gerhard, so vermutete sie zumindest, dachte sich seinen Teil. Anna-Maria wählte die betonierte Straße, die durch den Wald nach Sillenbuch führte, am Sonntag allerdings für den Verkehr gesperrt war, und rannte. Rannte, bis sie völlig außer Atem war und wieder einigermaßen klar denken konnte. Die Polizei würde in jedem Fall bei den Ermittlungen auf ihren Namen stoßen, doch nicht nur auf ihren, wie sie inzwischen von Selina wusste und deshalb immer noch von Eifersucht geplagt war. Wie oft hatte Tom ihr versichert, dass sie das Beste sei, das ihm im Leben je passiert war? Wie oft hatte sie ihm gesagt, dass es ihr umgekehrt mit ihm genauso ginge? Sie wusste es nicht mehr, mäßigte ihr Tempo und wischte sich die Tränen, die unkontrolliert aus ihren Augen kullerten, aus dem Gesicht. Eine unbändige Wut bemächtigte sich ihrer, Anna-Maria bog ab in einen Waldweg, trat mehrfach kräftig gegen einen Baum und schrie:

„Scheiße. Ich hasse ihn. Oh, wie ich ihn hasse."

„Ja, ja", sagte neben ihr eine behäbig dreinzockelnde zweite Joggerin, die unversehens zwischen den Bäumen auftauchte, verständnisvoll. „Das kennen wir doch alle. Manchmal muss es einfach raus. Wollen Sie darüber reden?"

„Nein." Anna-Maria zuckte zusammen und hielt inne. „Lassen Sie mich in Ruhe. Was geht Sie das an?"

„Gar nichts", lächelte die Joggerin liebenswürdig und winkte. „Einen schönen Tag dann noch." Sie zockelte weiter ihres Weges, während Anna-Maria sich den schmerzenden Fuß rieb und sich innerlich zur Ordnung rief. Was, wenn die Kinder etwas von den Ermittlungen und damit von ihrer Beziehung zu Tom mitbekamen? Oder Horst? Horst, der ohne Schwimmtasche beim Schwimmen war? Und der, Anna-Maria erinnerte sich, in der Nacht zum Freitag erst nach Mitternacht zu Hause eingetroffen und sofort zu Bett gegangen war? Horst, der offensichtlich irgendetwas vor ihr verbarg. Etwas, das mit dem geheimnisvollen Glöckner zusammenhängen musste, denn seine Geschäftspartner riefen für gewöhnlich nie auf der privaten Nummer an. Panik erfasste sie, Anna-Maria rannte weiter, abwärts, bis sie die Lichtung mit dem kleinen See erreichte. Horst kannte diese Lichtung, gelegentlich, wenn auch selten, joggten sie zu zweit. War es möglich, dass er Tom und sie hier beobachtet hatte? *Wenn ich nur wüsste, was ich tun soll,* dachte sie verzweifelt. *Einfach abwarten? Zur Polizei gehen? Oder besser nicht?*

* * *

„Drei Stunden", sagte Gabi anklagend, nachdem Emmerich die Wohnungstür hinter sich geschlossen hatte. „Ich packe die Koffer aus, wasche die Wäsche, richte das Frühstück und du gehst spazieren. Drei Stunden lang. Und noch dazu mit Mirko Frenzel."

„Das war nicht so beabsichtigt. Wirklich, Spatz … es gab da einen kleinen Zwischenfall …"

„Still. Ich will keine Erklärung hören. Dir steht heute noch eine Prüfung bevor. Ich will, dass du sie geduldig meisterst."

„Eine Prüfung? Mir?"

„Loretta kommt vorbei und bleibt zum Abendessen."

„Nein, Spatz." Emmerich atmete tief ein, hielt die Luft an und entledigte sich seiner Regenjacke. „Du weißt doch, dass ich Loretta überhaupt nicht … im Übrigen habe ich Bandprobe, du hast es selbst gesagt."

„Aber sie weiß etwas über deine Leiche. Der Typ war eine ihrer großen Lieben."

„Wie viele von der Sorte hatte Loretta in den letzten Jahren?"

„Ich weiß nicht." Gabi zog die Schultern hoch. „Mindestens fünf. Würde ich sagen."

„Da hast du's. Alles nur Geschwätz und Wichtigtuerei. Woher weiß sie überhaupt, wer der Tote war? Sein Name wurde nicht veröffentlicht."

„Sie weiß es eben. Sagt sie. Weiblicher Instinkt. Sie ist fertig mit den Nerven."

„Loretta ist immer fertig mit den Nerven."

„Ich dachte, dass es dich interessiert, was sie zu sagen hat."

„Nein", entgegnete Emmerich barsch, registrierte Gabis beleidigten Blick und zog sie an sich. „Ich liebe dich, aber das heißt nicht, dass ich jede deiner Freundinnen klaglos ertrage. Nicht, wenn sie so sind wie Loretta."

Gabi stieß einen abgrundtiefen Seufzer aus und erwiderte seine Umarmung.

„Sie ist ein armes Würstchen. Nur dieses eine Mal."

„Nein, Spatz." Emmerich blieb hart. „Ich bin zum Abendessen sowieso nicht da. Muss noch mein Schlagzeug stimmen, vor der Probe. Wenn sie wirklich etwas weiß, kannst du's mir ja erzählen."

# 8

Am Montag erwachte Emmerich mit einem Lied im Kopf. Ein Lied, das er beinahe ein Leben lang schon kannte und in der Originalversion von Bob Marley auch überaus schätzte, das jedoch an diesem speziellen Morgen recht misstönend nachhallte. Sie hatten am gestrigen Abend versucht, das Stück ins Repertoire aufzunehmen, den Versuch nach zwei Stunden aber erfolglos abgebrochen. Drei Schwaben Anfang fünfzig mit mangelnder musikalischer Praxis brachten eben an einem kühlen Sonntagabend nicht das erforderliche Reggaefeeling auf, das ein solches Stück verlangte, um gut zu klingen. Auch der Vorschlag des Bassisten Lutz, den Song mit einem schwäbischen Text unter dem Titel „Koine Weiber, koi G'schrei" aufzuführen, hatte sich als wenig hilfreich erwiesen, das Ergebnis war schlichtweg frustrierend gewesen, und Emmerich fragte sich zum wiederholten Mal, ob es nicht einfach nur eine Furzidee gewesen war, in seinem Alter und dem seiner Bandkollegen nochmals mit dem Musizieren zu beginnen. Gabi jedoch hatte ihn hartnäckig gedrängt, das lange nicht mehr ausgeübte Hobby wieder aufzunehmen, und auch Lutz erwies sich als schwer begeistert:

„Die beste Vorsorge gegen Alzheimer", pflegte er zu sagen. „Glaub mir, außer Musik gibt es nichts, was wirklich hilft." So machte Emmerich eben wieder mit, auch wenn ihn solche Argumente nicht zwingend überzeugten, und gestand sich immerhin ein, dass er auf diese Art die neue Woche mit Musik im Kopf beginnen konnte, anstatt ihn sich über Finanzkrisen, Sparmaßnahmen bei der Polizei oder überdimensionierte Bahnhofsprojekte zu zerbrechen. Ein Zustand, dem Gabi im selben Moment ein jähes Ende bereitete.

„Für dich", sagte sie durch die geöffnete Schlafzimmertür hindurch und ließ mit gekonntem Schwung ein dünnes Blättchen auf seine Bettdecke segeln. „Lies. Und guten Morgen auch."

Emmerich griff verdutzt nach der dünnen Zeitung, überlegte noch für den Bruchteil einer Sekunde, zur Lektüre nach seiner Brille zu suchen und sah, dass die Größe der Schlagzeile den Einsatz der optischen Hilfe obsolet machte.

*TOTER THOMAS*, prangten ihm riesige, weiße Lettern auf schwarzem Grund entgegen. *EIN OPFER VON S 21?*

Weg war die Musik und Emmerich aus dem Bett heraus.

„Spatz", brüllte er entgeistert, barfuß in den Flur eilend. „Wo kommt das her?"

„Vom Zeitungsladen. Ich hab frische Brötchen geholt, da hab ich's im Vorübergehen gesehen."

„Das gibt es nicht." Emmerich, im silbergrau-bordeaux gestreiften Schlafanzug, führte etwas auf, das einem Veitstanz nahekam. „Wie kann er bloß? Wenn ich den in die Finger kriege …"

„Wie kann wer bloß?", unterbrach ihn Gabi ruhig und entwand ihm mit geschicktem Griff die Zeitung.

„Mirko. Er hat die Pressekonferenz versaut. So was darf einfach nicht passieren."

„Setz dich hin und iss dein Frühstück." Gabi ging mit dem Boulevardblatt ins Wohnzimmer, Emmerich folgte ihr grummelnd. „Ich glaube nicht, dass Mirko daran schuld ist. Du musst den Artikel lesen."

„Artikel? Nichts, was in diesem Fetzen steht, verdient diesen Namen." Emmerich setzte sich, schmierte sich ein halbes Brötchen und biss hinein. „Lies vor, Spatz", bat er mit vollem Mund.

„Wichtig ist, was weiter hinten steht", sagte Gabi und schlug die Zeitung auf. „Hier: *Warum wurde Thomas T. erschossen? Schmuckdesignerin Loretta L., (45), Lebenspartnerin von Thomas, weint: Er war so ein engagierter Mensch. Wollte die alten Bäume und den Schlossgarten schützen. Aber die greifen ja zu allen Mitteln. Um die Bäume, die bald gefällt werden sollen, tobt ein Kampf in der Stadt.*"

„Loretta L.", wiederholte Emmerich betäubt. „Seit wann ist sie Schmuckdesignerin?"

„Ist sie nicht", entgegnete Gabi gelassen. „Sie bastelt ab und an mal einen Armreif."

„Aber wie kommt sie dazu … ausgerechnet diesem Revolverblättchen … hast du davon gewusst?"

„Ich hab's befürchtet. Sie hat mir erzählt, dass ein Mann sie ausgefragt hat. Als sie noch mal in die Wohnung von diesem Tröge wollte. Der Mann hat sie im Treppenhaus erwischt, sie dachte, er wäre ein Nachbar oder so etwas."

„Verzeih, wenn ich das sage", meinte Emmerich steif und schlang den Rest seiner Brötchenhälfte hinunter. „Diese … deine Freundin ist nicht unbedingt ein besonders heller Kopf."

„Hab ich nie behauptet. Aber ohne die Lorettas dieser Welt hätten die Schreiber dieses Blättchens keine Arbeit mehr."

„Das wäre sicherlich kein Fehler. Was wollte sie in Tröges Wohnung?"

„Persönliche Sachen holen. Die Wohnung war natürlich verschlossen und versiegelt."

„Hast du sie gefragt, was sie am Donnerstag gemacht hat?"

„Ich hab sie nicht verhört, falls du das meinst." Gabi sah empört drein und schenkte Tee ein. „Loretta hat den Typen sicher nicht erschossen, die tötet nicht mal eine Wespe. Wegen ihres Karmas."

„Bitte?"

„Nichts, vergiss es. Ich hätte dir das alles gestern Abend schon erzählt, wenn du nicht so spät gekommen wärst."

„Je, nun." Emmerich betrachtete interessiert seine nackten Füße und wackelte mit den Zehen. „Du weißt, wie es ist. Wir haben noch ein Bier getrunken … ich wollte dich nicht wecken …"

„Hab ich dir einen Vorwurf gemacht?"

„Nein."

„Loretta hat noch ein weiteres Problem. Ich hab ihr gesagt, sie soll mit dir darüber sprechen. Sie muss ja sicher bei euch aussagen."

* * *

In der Gerokstraße lag ein Presseorgan, das allgemein für seriös gehalten wurde, auf dem Frühstückstisch – doch auch dessen Lokalteil brachte den Mord im Schlossgarten als Aufmacher. Horst, der mit dem Wirtschaftsteil beschäftigt war, schien sich dafür nicht zu interessieren, Anna-Maria dagegen, keineswegs sicher, ihre Emotionen im Griff zu haben, ignorierte den Aufmacher ganz absichtlich und widmete sich stattdessen ihrem Müsli.

„Willst du nichts essen?", fragte sie ihren Sohn, der im Flur mit dem Packen seiner Tasche beschäftigt war.

„Keine Zeit", lautete die Antwort. „Wir schreiben heute Mathe. Tschüss." Weg war Adrian, genauso wie Jasmin, die das Haus schon eine halbe Stunde eher verlassen hatte. Horst ließ den Wirtschaftsteil sinken.

„Um noch einmal auf letzten Donnerstag zurückzukommen", sagte er und blickte in studienrätischer Manier über seine randlose Brille hinweg. „Ich wäre dankbar, wenn du dich nicht mit diesen … diesen Aktivisten herumtreiben würdest."

„Ich habe nur …"

„Bitte verstehe mich nicht falsch, ich will dir keineswegs den Umgang mit deinen Freundinnen verbieten. Nur jetzt gerade … zum gegenwärtigen Zeitpunkt … jetzt, wo es um die Aufträge im Zusammenhang mit dem Bahnhofsneubau geht … du weißt doch, was ich meine?"

„Du meinst, da bleibt für Kolb und Semmler etwas hängen?"

„Ich will es hoffen."

„Dafür sind wir nicht groß genug."

„Ich meine nicht die großen Gewerke. Auf dem Land, am Rand der Schwäbischen Alb, da geht es um Unterkünfte für die Bauarbeiter. Viele Unterkünfte. Für viele Männer. Wir stehen kurz vor der Auftragserteilung. Und mit etwas Glück …" – Horst spitzte die Lippen und sah triumphierend drein – „…bauen wir noch einen hübschen Puff dazu."

Anna-Maria hielt die Luft an.

„Wer baut einen Puff?"

„Kolb und Semmler."

„Mein Vater hat die Dinger abgerissen und du stellst sie wieder hin?"

„Auftrag ist Auftrag. Die hübschen Alb-Gemeinden vor den Toren unserer Stadt haben kein Interesse daran, dass in den nächsten Jahren Polen oder Rumänen in ihren sanierten Ortskernen das Leben prägen. In diesen Unterkünften sind sie unter sich. Selbst die Damen werden aus Osteuropa kommen. Das ist doch eine ideale Lösung."

„Findest du?" Anna-Maria schob ihre halbvolle Müslischale weg und stand auf. „Je mehr ich über diesen Bahnhofsumbau höre, umso schlimmer wird es."

„Aber Liebes, was soll denn das?" Horst zog indigniert die Brauen hoch. „Wir hier oben auf der Gänsheide werden von der Baustelle im Tal kaum etwas mitbekommen. Sieh diese Wohnung an. Unseren Lebensstandard. Ohne derartige Projekte könnten wir uns das alles gar nicht leisten."

„Ich weiß", entgegnete Anna-Maria knapp und sah nachdenklich auf den Lokalteil. *Mord beim Landespavillon gibt Rätsel auf* lautete hier die Schlagzeile. „Wo warst *du* eigentlich? Am Donnerstagabend?"

„Ich? Wie kommst du darauf?"

„Wenn du mich fragst, werde ich auch dich fragen dürfen."

„Wo soll ich schon gewesen sein? Im Büro, danach zum Essen. Mit Geschäftspartnern wie …"

„Herrn Glöckner?"

Horst sah aus, als passe ihm die Frage nicht.

„Der war auch dabei. Ist daran etwas auszusetzen?"

„Es hat mich nur interessiert." Anna-Maria begann, den Tisch abzuräumen. Horst leerte seine Kaffeetasse, stand auf und griff nach seinem Aktenkoffer.

„Ich geh dann mal. Was machst du heute?"

„Den Dreck vom Wochenende weg. Nachmittags bin ich im Büro."

„Das heißt, wir sehen uns. Bis später."

„Bis später", gab Anna-Maria mechanisch zurück, wartete, bis die Tür sich hinter Horst geschlossen hatte, und ging ins Arbeitszimmer. Im Internet gab sie die Worte „Stuttgart" und „Glöckner" in eine Suchmaschine ein. Sie stieß auf einen Schreiner, einen Architekten, einen Zauberkünstler, einen Unternehmensberater und eine Detektei.

* * *

Im Präsidium angekommen öffnete Emmerich frisch und voller Tatendrang, wie es sich nach einem Urlaub gehörte, die Tür zum Büro seiner Sekretärin und schmetterte ein dröhnendes „Guten Morgen, Frau Sonderbar, wie ist das werte Befinden?" in den Raum. Im nächsten Moment musste er verblüfft feststellen, dass das Büro leer und der Bildschirm dunkel war. Irritiert sah Emmerich hinüber auf die runde Wanduhr neben Frau Sonderbars Aktenschrank, er war keine Minute zu früh, sondern eher einige zu spät dran. Stirnrunzelnd durchschritt er das Zimmer, um in sein eigenes, dahinterliegendes zu gelangen, hängte sein Jackett an den dafür vorgesehenen Haken, nahm Kurs auf seinen Schreibtisch und blieb erschrocken stehen. Sein Stuhl war weg. Sein geliebter, grüner Bürosessel, der zwar in letzter Zeit gewisse Alterserscheinungen aufgewiesen hatte, an dessen Eigenheiten Emmerich jedoch durch jahrelanges Sitzen gewöhnt war und sich seiner Abschaffung deshalb stets verweigert hatte. Diesen Stuhl hatte in seiner Abwesenheit jemand ersetzt durch ein fremdes, anthrazitfarbenes Möbel mit perlgrauer Sitzfläche, welches durch seine moderne Optik geeignet war, den gesamten Charakter des Büros zu beeinträchtigen. Keine Sekretärin, kein Stuhl – Emmerich fühlte sich, was Frische und Tatendrang anging, augenblicklich auf ein vorurlaubliches Niveau zurückgeworfen. Mit griesgrämiger Miene setzte er sich in das fremde Ding, machte einige Dreh- und Wippübungen und griff zum Telefon.

„Morgen, Mirko. Ich wollte nur Bescheid geben, dass ich im Büro bin."

„Wie klingst du denn?", wollte Frenzel wissen. „Ist etwas nicht in Ordnung?"

„Frau Sonderbar ist nicht da."

„Krötenschnupfen", äußerte Mirko zustimmend und gluckste. „Hühnerhusten. Oder Karnickelfieber. So genau weiß man das heutzutage nicht."

„Hör mir auf. Frau Sonderbar ist *nie* krank."

„Sie hat sich am Freitagnachmittag nicht ganz wohl gefühlt. Du kennst die Richtlinien vom letzten Herbst …"

Emmerich erinnerte sich eines Faltblattes, das im Präsidium die Runde gemacht hatte. Bei Symptomen, die man früher für vollkommen harmlos gehalten hätte, war vor Weihnachten noch umgehend eine Untersuchung angesagt gewesen.

„Quatsch mit Soße", murrte er. „Die Schweinegrippe ist doch längst kein Thema mehr."

„Aber die Richtlinien wurden offiziell nie außer Kraft gesetzt. Frau Sonderbar ist ein korrekter Mensch. Ich nehme an, sie ist zum Arzt."

„Die Woche geht ja prima los. Hat man deshalb auch meinen Stuhl entfernt? Wegen Infektionsgefahr?"

„Wer ist entkernt?"

„Ach, nichts." Unwirsch wippend blickte Emmerich über seinen Schreibtisch und registrierte beruhigt, dass wenigstens darauf alles so war, wie es seinen Gewohnheiten entsprach.

„Wo wir gerade davon reden", sagte Frenzel forsch, „Gitti Kerner steht schon neben mir. Wir sind auf dem Weg zur Morgenlage bei der Soko."

„Wie bitte?" Emmerich stellte das Wippen ein. „Es gibt eine Sonderkommission? Du hast mir nichts davon gesagt."

„Hab ich vergessen, tut mir leid. Natürlich gibt es eine Soko, wie sollten wir in einem solchen Fall denn ohne auskommen? Das Ding war schon am Samstag in den Zeitungen. Der Staatsanwalt persönlich bei der Obduktion dabei. Ich hab mir sogar noch die Erlaubnis vom Chef abgeholt, bevor er nach Portugal abgedüst ist. Die Soko *Denkmal* ist nicht groß, aber immerhin vorhanden."

Für einen Augenblick zog Emmerich es in Erwägung, beleidigt zu sein. Seine eigenen Ansinnen nach der Einrichtung von Sonderkommissionen waren in den letzten Jahren mehrfach abschlägig beschieden worden. Jetzt aber, kaum dass er im entscheidenden Moment im Urlaub weilte, hatte ausgerechnet Frenzel Glück gehabt. Beleidigt zu sein, brachte jedoch keinen weiter, Mörder nahmen keine Rücksicht auf die Urlaubspläne der diensthabenden Ermittler, und so gab Emmerich sich einen innerlichen Ruck:

„Wer hat die Leitung?"

„Du. Ich dachte, der Chef hätte dir das gesagt."

„Hat er. Nur nicht, dass es sich um eine Soko handelt."

„Ist das wichtig? Sieh lieber zu, dass du ins Besprechungszimmer kommst."

„Mach ich." Emmerich stand auf und warf einen misstrauischen Blick auf den neuen Stuhl. Obwohl er sich einige Mühe dabei gegeben hatte, war es ihm bislang nicht gelungen, einen Fehler daran zu finden.

# 9

Wenig später betrat er den Raum, in dem die Soko *Denkmal* tagte, und nickte grüßend in die Runde. Knappe zwanzig Kolleginnen und Kollegen saßen oder lümmelten sich an den Tischen, während sie Frenzel lauschten. Mirko sah aus, als wolle er seinen Vortrag unterbrechen, doch Emmerich machte eine abwehrende Handbewegung und setzte sich rechts vorne neben Gitti Kerner.

„Schönen Urlaub gehabt?", brummte er statt einer Begrüßung und richtete seinen Blick auf die Stirnseite des Raumes, wo an mehreren Stellwänden Fotos und Skizzen angebracht worden waren.

„Sehr", entgegnete Gitti leise. „Viel Natur und gutes Essen. Wir sollten zuhören."

„ … will ich jetzt mit dem Obduktionsbericht beginnen", sagte Mirko gerade und warf Emmerich einen verärgerten Blick zu. „Tröge wurde zweimal getroffen. Einmal hier, seitlich am rechten Oberschenkel. Dieser Schuss war nicht tödlich, wir gehen davon aus, dass es der erste war. Daraufhin hat Tröge sich umgewandt. Etwa so." Mirko klopfte sich auf den eigenen Schenkel und führte eine entsprechende Drehbewegung aus. „Die zweite Kugel ging direkt ins Herz. Exitus sofort. Die Schusskanäle lassen darauf schließen, so steht es im Bericht, dass der Täter sich nicht auf gleicher Höhe mit dem Opfer befand, also vermutlich etwas kleiner war. Eine Zeugenaussage geht auch in diese Richtung." Frenzel sah Beifall heischend in die Runde und erntete ein allgemeines Murmeln. „Die Auffindesituation", fuhr er fort, wies auf die dazugehörigen Fotos und hüstelte, „legte zunächst eine Tat im homosexuellen Milieu nahe …"

„Schwule Sackratten", erklang eine tiefe Stimme aus dem hinteren Bereich des Raumes. Emmerich sah auf. Einige Kollegen feixten.

„Hab ich überhört", erklärte Mirko souverän. „Zumal die Wahrheit viel banaler ist. Am Denkmal wurde frischer Urin gefunden. Tröge hat's beim Pissen erwischt."

„Auch nicht besser", sagte die Stimme, und Gelächter klang durch den Raum.

„Herrschaften." Emmerich erhob sich. „Ich bitte um etwas Disziplin. Im Übrigen hab ich die Leitung dieser Sonderkommission …"

„Das hat Mirko schon gesagt“, zischte Gitti, unterstrichen von einem Zupfen an seinem Cordsamtjackett.

„Ach.“ Emmerich setzte sich wieder. „Weiter.“

Frenzel erläuterte, einigermaßen wortgewandt, die vorläufigen Ergebnisse von Spurensicherung und KTU. Am Tatort und in dessen Umgebung waren, wie man dies in einem öffentlichen Park erwarten konnte, vom Kaugummi bis zum gebrauchten Präservativ, zahlreiche Spuren gefunden worden, deren Auswertung noch im Gange war.

„Die wenigsten werden etwas mit unserem Fall zu tun haben“, sagte Frenzel und deutete auf eine grobe, mit Filzstift angefertigte Skizze. „Eingehen möchte ich deshalb jetzt nur auf diese hier. Auf den Wegen, die am Tatort vorbeiführen, wurden Flecken festgestellt. Hier, vor dem Denkmal, dann entlang des Rasens bis hinauf auf diese Brücke. Ferdinand-Leitner-Steg heißt sie, das wusste ich bislang auch noch nicht. Durch den Zeugen Edamer wissen wir, dass der Täter ungefähr da gestanden hat, wo die Flecken beginnen und sich nach der Tat über den Steg entfernt hat.“

„Flecken von was?“, wollte Gitti wissen. Emmerich fühlte sich an etwas erinnert. Ein Mann, der im Begriff war, sich zu entkleiden. Ein Steinblock. Eine Wiese.

„Kaffeesahne“, sagte er spontan und wünschte sich im gleichen Moment, angesichts der verblüfften Blicke der Kollegen, den Mund gehalten zu haben. Auch Mirko sah ihn eigentümlich an.

„Wie kommst du darauf?“, fragte er argwöhnisch.

„Erzähl ich später“, wiegelte Emmerich ab.

„Du bist nahe dran. Es handelt sich um Rückstände einer milchigen Flüssigkeit. Die Kollegen halten sie für geschmolzenes Vanilleeis. Das muss natürlich nichts heißen, die Flecken können zufällig dort sein …“

„Kein Zufall“, erklärte Emmerich entschieden. „Sie sind von Bedeutung.“

„Woher weißt du das?“ Frenzels Blick nahm an Eigentümlichkeit zu.

„Instinkt. Frauen haben so was dauernd. Jetzt hab ich eben auch mal welchen.“

„Klingt nicht besonders überzeugend“, meinte Gitti und sah ihn von der Seite nicht minder seltsam an.

„Tut es bei meiner Gabi auch nie“, rechtfertigte sich Emmerich achselzuckend. „Trotzdem hat sie häufig recht.“

„Können wir uns wieder den Tatsachen zuwenden? Zum Beispiel diesem Rucksack hier?“ Frenzel zeigte auf das Corpus Delicti, das etwas abseits auf einem Tischchen lag, und erläuterte, wie es seinen Weg ins Präsidium gefunden hatte. „Dieser Rucksack ist das Beste, was wir bislang haben. Zum einen war das Handy des Opfers drin. Die KTU hat es geknackt und wertet seinen Inhalt aus. Zum Zweiten …" – Mirko legte eine bedeutungsschwangere Pause ein und atmete tief durch – „… wurde eine Handfeuerwaffe gefunden. Kein Revolver, wie der Zeuge Edamer gesagt hat, sondern eine Pistole, das wird von Laien gern verwechselt. Eine Walther PPK."

„Na also", raunzte im Hintergrund die tiefe Stimme. „Dann wissen wir ja, wer den Mann erschossen hat. James Bond."

Im Besprechungszimmer wurde gekichert, Emmerich veränderte seine Position, um den Zwischenrufer auszumachen, was ihm aber nicht gelang.

„Die Walther PPK", erklärte Frenzel, offensichtlich nicht gewillt, sich aus dem Konzept bringen zu lassen, „ist eine weit verbreitete Waffe. Sie wurde jahrelang auch bei der Polizei benutzt. Unser Modell stammt aus den 70er-Jahren. Die Ballistik sagt, es ist die Tatwaffe. Zwei Patronenhülsen, die zu der Pistole passen, wurden von der Spurensicherung gefunden."

„Schon überprüft, ob die Waffe registriert ist?", wollte ein Emmerich gegenübersitzender Kollege wissen.

„Nein. Das ist eine der Aufgaben, die die Sonderkommission übernehmen wird. Außerdem müssen Teams in die Ostendstraße und nach Zeugen suchen. Vielleicht hat jemand beobachtet, wie, wann oder von wem der Rucksack in den Papierkorb gelegt wurde. Die Kollegin Kerner wird diese Teams jetzt einteilen. Ich muss zum Bahnhof." Frenzel nickte abschließend in die Runde und Emmerich zu. „Wohin soll ich mit Tröges Eltern?", fragte er leise.

„Am besten, du bringst sie zuerst in mein Büro", entschied Emmerich ebenso. „Ich kann nur leider keinen Kaffee anbieten. Frau Sonderbar … du weißt schon …"

„Apropos. Die Kaffeesahne …?"

„Es hört sich vielleicht albern an", entgegnete Emmerich unbehaglich. „Ich hatte da im Urlaub einen Traum …"

„Einen Traum? Bist du unter die Seher und Propheten gegangen?"

„Hoffentlich nicht. Du weißt, dass ich von solchem Zeug nichts halte."

„Hast du noch was anderes geträumt? Etwas, das uns weiterhelfen könnte? Abgesehen von Kaffeesahne?"

„Du wirst das jetzt nicht ernst nehmen. Und mit niemandem darüber reden. Ist das klar?“

„Wie du meinst.“ Frenzel grinste. „Obwohl man jeden Hinweis ernst nehmen muss. Hast du mir zumindest einmal beigebracht.“

„Was geht mich mein blödes Geschwätz von gestern an?“ Emmerich ging zur Tür des Besprechungszimmers. „Ich warte im Büro auf dich.“

* * *

Den Schreiner und den Zauberkünstler verwarf Anna-Maria nach wenigen Mausklicks. Beim Architekten handelte es sich um einen älteren Herrn, der einen Bildband mit dem Titel „Fassaden im Wandel der Zeit“ verfasst hatte. Übrig blieben der Unternehmensberater Hans G. Glöckner sowie die Detektei, als deren Inhaber ein Georg Glöckner firmierte. Ersterer verfügte über eine schlecht gemachte Homepage, die Anna-Maria ausdruckte. Der Zweite war nur mit einigen spärlichen Hinweisen auf seine Existenz im Netz vertreten, immerhin: Seine Adresse samt Telefonnummer war dabei. Anna-Maria überflog den Inhalt der Homepage, der Unternehmensberater verwies auf eine erfolgreiche Geschäftstätigkeit seit 1995, jedoch ohne Referenzen zu benennen. Stattdessen gab es großspurige Grafiken, untermalt mit Zahlen, deren tiefere Bedeutung verborgen blieb sowie einige nichtssagende Bilder. Anna-Maria suchte das Impressum, fand auch hier eine Adresse und stutzte. Unternehmensberatung und Detektei residierten am selben Ort, einer Straße im Stuttgarter Süden. *Gebrüder Glöckner*, versuchte Anna-Maria, sich dieses Phänomen zu erklären. *Mit welchem Horst es wohl zu tun hat?* Es gab nicht viele Möglichkeiten, dies unauffällig herauszufinden, sie konnte schlecht beide anrufen und einfach fragen. Unter einem Vorwand einen Termin zu vereinbaren, erschien ihr sinnvoller, doch unter welchem Vorwand? Und bei welchem Glöckner? Während sie darüber nachdachte, holte Anna-Maria den Staubsauger hervor, bearbeitete Flur und Arbeitszimmer und wandte sich dem cremefarbenen Belag im Wohnzimmer zu. *Er müsste mal erneuert werden, dieser Teppichboden,* dachte sie, während sie um die Sitzgruppe mit ihren empfindlichen Chintz-Bezügen herum saugte. Neben dem Sofa entdeckte sie neue, hässliche, hellbraune, kreisförmige Ränder, die dem Sauger standhielten. Anna-Maria seufzte, stellte das Gerät ab und war dabei, einen feuchten Lappen aus der Küche zu holen, als das Telefon klingelte.

„Gerhard hier", meldete sich kurz angebunden und hörbar ungehalten Selinas Stammtischbruder. „Hast du heute schon die Zeitung gelesen?"

Anna-Maria schluckte.

„Noch nicht so richtig."

„Dein Kumpel Tom wurde erschossen. Waren die Pfeifen von der Presse schon bei dir?"

„Ich … nein … hier war noch keiner. Warum sollten sie zu mir kommen? Es weiß doch niemand …"

„Wenn sie kommen, dann halt bloß die Klappe. Loretta hat schon viel zu viel erzählt. Unsere Aktion darf nicht zu früh auffliegen."

„Etwas anderes fällt dir nicht ein? Ein Mensch wurde getötet …"

„Sehr bedauerlich, gewiss. Es tut mir auch leid für Loretta, dass es ausgerechnet ihren Lebenspartner getroffen hat. Ich dachte eigentlich, du hättest was mit dem. Wie auch immer, wichtig ist, dass weder die Journalisten noch die Bullen etwas spitzkriegen, bevor die Zeit gekommen ist."

„Ich habe andere Sorgen. Wirklich."

„Gut. Vielleicht kannst du auch Loretta sagen, dass sie sich zurückhalten soll? In nächster Zeit erfährt sie von mir sicher nichts mehr."

„Ich kenne sie doch kaum. Besprich das mit Selina."

„Mit Selina?" Gerhard gab sein charakteristisches Hüsteln von sich. „Mal sehen, ob ich das will."

Ohne Abschiedsgruß legte er auf und ließ eine Anna-Maria unter Schock zurück. *Lorettas Lebenspartner?* Wie kam diese dürre, exaltierte Person mit den schwarz gefärbten Haaren dazu, etwas Derartiges zu behaupten? Wutentbrannt pfefferte Anna-Maria den feuchten Lappen in die Spüle und wählte die Nummer ihrer Freundin Sally.

* * *

Emmerich saß im Büro auf seinem neuen Stuhl, vermisste Frau Sonderbars Kaffee und dachte nach. Der Stuhl, das musste er widerstrebend zugeben, schien tatsächlich eine Verbesserung darzustellen. Eine Verbesserung, die mit höchster Wahrscheinlichkeit auf das eigenmächtige Handeln seiner Sekretärin zurückzuführen war, wofür er sie normalerweise sofort zur Rede gestellt hätte. Dies blieb ihm nun krankheitsbedingt verwehrt. Bis zu Frau Sonderbars Rückkehr, so stand zu befürchten, würde er sich an diesen Stuhl bereits gewöhnt haben. Das eigenmächtige Handeln würde durch Stillschweigen sanktioniert und seine Autorität damit untergraben werden, was Emmerich verdrießlich stimmte. Allerdings, so musste er ehrlicherweise einräumen, hatte sich diese Autorität noch nie wirklich auf Frau Sonderbar erstreckt, sie hatte ihre Vorstellungen in den langen Jahren ihrer Zusammenarbeit stets auf die ihr eigene Art durchgesetzt. Der Verlust des alten Stuhles war daher insofern nicht als Niederlage zu werten, schwerer wog das Fehlen von Frau Sonderbar selbst. Nicht nur, dass es keinen Kaffee gab, es war auch niemand da, der schnell eine Telefonverbindung herstellen, spontane Einfälle seinerseits an die Kollegen weitergeben oder unangenehme Anrufer fernhalten konnte. Einen solchen vermutete Emmerich hinter dem blinkenden Display auf seinem Schreibtisch, die ersten Ziffern der angezeigten Nummer kamen ihm vage bekannt vor, doch er brachte es nicht über sich, zurückzurufen. Stattdessen nahm er Papier und Bleistift und machte sich Notizen. *Wurzenbach. Vanilleeis. Pinkeln. Loretta. Stuttgart 21.* Mit Gerhard Wurzenbach musste er sich unterhalten, Emmerich malte einen Pfeil zur letzten Position auf seinem Zettel. Hier gab es eine erste Verbindung, die wiederum, der Zeitung zufolge, zu Gabis Freundin führte. Mit der wollte er nicht sprechen, wusste aber, dass es unumgänglich war. Was die anderen beiden Punkte anging, hatte er lediglich das Gefühl, dass sie in irgendeiner Art bedeutsam waren. Emmerich dachte zurück an den merkwürdigen Traum, er hatte die Gestalt darin am Ausziehen hindern wollen. War Tröge erschossen worden, weil er sich zum Wasserlassen hinter das Denkmal gestellt hatte? Von einem Ordnungsfanatiker vielleicht, der in keinerlei Beziehung zu ihm stand? Dann würde es schwierig werden, sehr schwierig. Andererseits waren Träume nicht die Art Wegweiser, auf die Emmerich sich zu verlassen pflegte, er legte den Bleistift zur Seite und sah auf seine Armbanduhr. Das Telefon auf seinem Schreibtisch summte und zeigte die Nummer an, die schon zuvor auf dem Display geblinkt hatte. Emmerich nahm ab.

„Ich verbinde mit Herrn Dr. Gaggenheim vom Ministerium", kündigte eine Frauenstimme an. Wenig später meldete der Genannte sich persönlich.

„Sie sind der leitende Beamte für den Mord im Schlossgarten?"

„Ja", bestätigte Emmerich mit der gebotenen Zurückhaltung.

„Ihr Vorgesetzter soll im Urlaub sein, wie ich mir habe sagen lassen?"

„Richtig. Zwei Wochen. In Portugal."

„Dann berichten Sie an mich. Persönlich, wenn ich bitten darf. Ich erwarte, regelmäßig über den Stand der Dinge informiert zu werden. Dies betrifft insbesondere alles, was im Zusammenhang mit dem Bahnhofsneubau steht."

„Wir wissen noch gar nicht, ob es da Zusammenhänge gibt."

„Die Presse scheint anderer Ansicht zu sein", sagte Gaggenheim barsch. „Woher kommen denn diese Informationen, wenn nicht aus Ihrem Haus?"

„Sie wissen ebenso gut wie ich, wie manche Medien arbeiten. Meine Mitarbeiter haben sicherlich keinen Anlass für derartige Spekulationen gegeben."

„Ach, wirklich?" Gaggenheims Stimme klang höhnisch. „Dann sehen Sie zu, dass es dabei bleibt. Der Bahnhof ist eine sensible Angelegenheit. Wir sind gerade dabei, mit einer neuen Werbekampagne bei der Bevölkerung Vertrauen aufzubauen. Glauben Sie, da können wir solche Sachen gebrauchen?"

„Ich glaube nichts dergleichen", entgegnete Emmerich und versuchte, sich seinen Ärger nicht anmerken zu lassen. „Einen Mord kann niemand gebrauchen. Wir stehen mit den Ermittlungen erst am Anfang. Wenn sich herausstellen sollte, dass …"

„Interessiert mich nicht", unterbrach ihn Gaggenheim brüsk. „Ermitteln Sie, was Sie müssen. Bericht an mich. Ich entscheide, was mit den Ergebnissen passiert."

„Was ist mit der Staatsanwaltschaft?"

„Ich sagte, Bericht an mich. Ist das so schwer zu verstehen?"

„Nein", sagte Emmerich und unterdrückte einen Seufzer.

„Notieren Sie sich meine Durchwahl." Gaggenheim gab eine Nummer durch. „Ich höre dann von Ihnen. Viel Erfolg."

Emmerich legte auf und starrte ein paar Sekunden gedankenverloren auf ein stark eingetrocknetes Blumengesteck, das Jule ihm vor gefühlten einhundert Jahren in der Grundschule gebastelt hatte und das seither ein wenig beachtetes Dasein auf seiner Fensterbank fristete. Wenn er etwas wirklich hasste, dann Fälle, die zu einem Politikum werden konnten. Fälle, bei denen „von oben" Vorgaben gemacht wurden, man nicht frei bei den Ermittlungen agieren durfte, jedes Wort auf die Goldwaage legen und sich vor Leuten, die von der Sache nichts verstanden, rechtfertigen musste. Er hatte etwas in der Art befürchtet, als Gabi ihm am Morgen die Zeitung gegeben hatte. Die begonnene Tieferlegung des Hauptbahnhofes hatte die Stadt bereits im Vorfeld in zwei Lager zerrissen und sorgte für eine ihm bislang unbekannte Nervosität bei den großen Tieren. Befürworter und Gegner bekämpften sich noch in verbaler

Form, doch die Angst vor Eskalationen war spürbar. Er hoffte inständig, dass der Tote hinter dem Denkmal weder mit den einen noch mit den anderen etwas zu tun gehabt hatte und zudem auf Frau Sonderbars baldige Rückkehr, die ihm in Sachen Ministerium den Rücken freihalten konnte. Zunächst jedoch musste seine Aufmerksamkeit Tröges Eltern gelten, die gerade, von Frenzel eskortiert, das Büro betraten. Beide schienen schon ältere Semester zu sein, sie machten einen gefassten Eindruck, obwohl man insbesondere der Frau die Trauer ansah.

„Bitte setzen Sie sich doch", sagte Emmerich in gedämpftem Ton und stellte sich vor. „Mein Beileid."

„Danke." Es war der Vater, der ihm antwortete, während die Mutter ein Taschentuch aus ihrer Jacke zog und sich schnäuzte. „Kann ich … können wir ihn sehen?"

„Später", beschied ihn Frenzel in ebenfalls ungewohnt sanftem Ton. „Ich bringe Sie nachher ins … äh … Krankenhaus. Vorher würden wir Ihnen gerne noch einige Fragen stellen."

„Natürlich." Dieter Tröge setzte sich neben seine Frau, nahm ihre Hand und hielt sie fest. „Fragen Sie nur. Wir werden Ihnen helfen, wo wir können. Es ist nur so, dass wir kaum etwas wissen. Über das, was Thomas so gemacht hat."

„Erzählen Sie uns einfach, was Ihnen einfällt."

„Thomas war ein guter Junge." Roswitha Tröge hatte die freie Hand um ihr Taschentuch geballt und sah Emmerich mit verweinten Augen an. „Wir hätten uns keinen besseren Sohn wünschen können, nicht wahr, Papi?"

„Ja", sagte Dieter Tröge einsilbig und nickte.

„In der Schule war Thomas immer ein Opfer. Die Mitschüler haben ihn gehänselt, die Lehrer wussten ihn nicht zu würdigen. Aber geprügelt hat er sich nie, das war nicht seine Art, oder, Papi?"

„Nein", stimmte Papi schwerfällig zu.

Emmerich wechselte einen Blick mit Frenzel, der an der Tür stehen geblieben war.

„Wie viele Kinder haben Sie denn?", stellte er eine erste Frage.

„Vier", antwortete Dieter Tröge ohne nachzudenken, um sich, ebenso hastig, zu verbessern. „Das heißt, jetzt natürlich nicht mehr. Jetzt sind es nur noch …"

Eine kleine Pause betretenen Schweigens entstand, bevor Emmerich erneut das Wort ergriff:

„Wo leben Ihre anderen Kinder?"

„Die sind alle längst aus dem Haus", entgegnete Vater Tröge leise, mit einem Seitenblick auf seine Frau. „Die Älteste lebt in Neuseeland, der große Sohn in Bremen. Nur die jüngere Tochter ist zurück nach Rottweil, wo auch Thomas geboren wurde. Wir haben fünf Enkel und nur einer davon ist in unserer Nähe. Meine Frau hat so gehofft, dass vielleicht Thomas … jetzt, wo er wieder hier im Lande …"

„Thomas ist ein Nachzügler", warf Roswitha Tröge etwas zusammenhanglos ein. „Ich war schon über vierzig, als wir ihn bekommen haben."

„Was wollten Sie sagen?", fragte Emmerich, den Einwurf ignorierend, an den Vater gewandt.

„Nun ja, wir hatten eben gehofft, dass er endlich sesshaft würde. Thomas hat ein Nomadenleben geführt. Nach der Realschule ist er abgehauen, zur See gefahren, was weiß ich. Wir wussten jahrelang nicht, wo er sich aufgehalten hat. Eine Weile war er in Hamburg, dann wieder unterwegs, dann irgendwo in den neuen Bundesländern und zuletzt in Berlin. Vor einem halben Jahr ist seine Patentante gestorben und hat ihm ihre Wohnung in Stuttgart vermacht. Da ist er hergezogen und …"

„Wissen Sie, wo er gearbeitet hat?"

„Der und arbeiten." Vater Tröge schnaubte. „Meine Tankstelle hätte er haben können. Aber das war ihm zu viel."

„Nicht doch, Papi." Roswitha Tröge schluchzte. „Wie kannst du so schlecht von ihm reden? Jetzt, wo er … wo er nicht mehr da ist?"

„Was wahr ist, muss wahr bleiben. Thomas hat das Schaffen nicht erfunden. Da gibt es nichts daran herumzudeuteln."

„Er hatte eine Stelle in Aussicht", widersprach Roswitha Tröge. „Das hat er mir am Telefon gesagt."

„Wann haben Sie das letzte Mal mit ihm telefoniert?"

„Vorletzten Sonntag. An Pfingsten. Ich … ich hatte gehofft, er würde uns besuchen kommen. Über die Feiertage. Ich hätte ihm auch Geld gegeben, für die Zugfahrkarte …"

„Wie bitte?" Dieter Tröge ließ die Hand seiner Gattin los und setzte sich aufrecht hin. „Wir hatten abgemacht, dass du ihm nichts mehr gibst. Das haben wir schon vor zwei Jahren abgemacht."

„Es wäre nur ausnahmsweise gewesen. Für die Fahrkarte …"

„Wissen Sie, ob er Bekannte hatte?", unterbrach Emmerich energisch den sich abzeichnenden Disput. „Hier in Stuttgart? Vielleicht eine feste Freundin oder Partnerin?"

Vater Tröge entspannte sich ein wenig.

„Also, jetzt mit Frauen", äußerte er umständlich, „da können wir wenig dazu sagen, er war ja …"

„Homosexuell?", fragte Frenzel unvermittelt von der Tür her.

„Um Gottes Willen." Roswitha Tröge fuhr erschreckt herum und starrte Mirko an, als wäre er der Leibhaftige. „Was denken Sie denn bloß? Unser Sohn war doch nicht *so*. Auch wenn das jetzt modern ist, bei den Politikern und Prominenten."

„Ich wollte sagen", fuhr Dieter Tröge unbeeindruckt fort, „dass er meist nicht da war. Thomas, meine ich. Natürlich gab es Frauen, aber er hat uns nie eine vorgestellt. Wen er hier in Stuttgart kannte, wissen wir nicht. Auch nicht, womit er sich die Zeit vertrieben hat. Eine Weile dachte ich, er würde die Wohnung verkaufen, nach Hause kommen und die Tankstelle übernehmen. Das war ein Fehler, ich hätte es besser wissen müssen. Mit Thomas war nichts anzufangen."

„Papi!" Roswitha Tröge weinte wieder. „Er war doch unser Kind. Wir haben ihn großgezogen."

Dieter Tröge sah mit gequältem Blick zum Fenster und sagte nichts mehr. Emmerich stand auf.

„Was Ihrem Sohn geschehen ist, tut mir sehr leid. Wir werden alles tun, um den Täter bald zu fassen."

„Davon wird er auch nicht mehr lebendig", entgegnete Tröge senior trocken und erhob sich ebenfalls.

* * *

# 10

Nachdem Frenzel mit den Eltern das Büro verlassen hatte, machte Emmerich sich auf die Suche nach Gitti Kerner. Er fand sie, eine Akte lesend, an ihrem Schreibtisch sitzend.

„Ach, Sie sind's", sagte sie zerstreut, als er das Büro betrat, das sie mit anderen Beamten teilte, von denen im Moment aber keiner anwesend war. Emmerich fasste sich ein Herz.

„Wissen Sie was? Eigentlich könnten wir auch *Du* sagen. Ich heiße Reiner."

„Weiß ich", lächelte Gitti liebenswürdig. „Von mir aus gerne."

„Es ist so üblich. Eigentlich hätten wir schon viel früher …"

„Ich hab gewartet, bis Sie es mir anbieten. Sie sind der Ältere."

„Du. Du bist der Ältere."

„Wieso ich?" Gitti sah für einen Augenblick irritiert drein, bevor sie verstehend mit den Fingern schnippte. „Natürlich. Du bist der Ältere. Ich dachte, du hättest möglicherweise Schwierigkeiten damit. Weil ich eine Frau bin … vielleicht?"

„Unsinn", widersprach Emmerich, wohl wissend, dass genau dies der Grund für sein jahrelanges Zögern gewesen war.

„Dann setz dich, Reiner", sagte Gitti und wies auf einen freien Stuhl. „Was führt dich zu mir?"

„Die Aussage von Edamer." Emmerich setzte sich wunschgemäß. „Gerhard Wurzenbach. Mit dem sollten wir schleunigst reden. Mirko ist mit den Eltern rüber in die Pathologie gegangen. Da dachte ich, wir zwei könnten …"

„Fünf Minuten noch." Gitti widmete sich erneut dem Studium ihrer Akte, strich ein paar Dinge mit einem signalgelben Markierstift an und reichte das Ganze schließlich Emmerich. „Das hat der Computer ausgespuckt. Über Thomas Tröge. Er war kein gänzlich unbeschriebenes Blatt."

„Sicherheitsgewahrsam, Platzverweise, Sachbeschädigung", las Emmerich langsam. „Auch noch mehrfach, Donnerwetter."

„Allerdings nicht hier im Ländle.“ Gitti zeigte auf eine der gelb markierten Stellen. „Kommt alles aus dem hohen Norden. Genauer gesagt, aus Hamburg und Berlin.“

„Ausgerechnet“, stöhnte Emmerich, sich des Anrufs aus dem Ministerium erinnernd. „Die haben reichlich Krawallheimer da oben, von denen wir bislang verschont geblieben sind.“

„Die autonome Szene, ja“, bestätigte Gitti nachdenklich. „Genau das ist mir auch als Erstes eingefallen. Obwohl Tröge, rein äußerlich, nicht danach ausgesehen hat, die sind ja meistens schwarz gekleidet. Trotzdem möchte ich bei den norddeutschen Kollegen Erkundigungen einziehen.“

„Erst reden wir mit Wurzenbach.“

„Die Spurensicherung hat Tröges Wohnung freigegeben. Die würde *ich* mir gerne anschauen.“

„Wir können beides tun. Die Reihenfolge ist mir wurscht.“

Gitti stand auf, holte eine etwas ramponiert wirkende, vielfarbig gemusterte Umhängetasche unter ihrem Tisch hervor und stopfte einige Papiere hinein.

„Gerhard Wurzenbach hab ich gegoogelt. Engagiert sich gegen alles, wogegen man sich in diesem Land nur engagieren kann. Der Computer weiß von Nötigung, Beleidigung und Widerstand gegen die Staatsgewalt. Früher Kernkraft und Raketen, heute Genmais und Moneten.“

„Schicker Spruch“, grinste Emmerich. „Vielleicht hätten Sie Werbetexterin werden sollen. Was ist mit dem neuen Bahnhof?“

„Da ist Wurzenbach ganz vorne mit dabei. Waren wir jetzt nicht beim *Du*?“

„Doch, natürlich.“ Es waren diese Übergangssituationen, mit denen Emmerich Probleme hatte. Die Zeit, die es dauerte, eine Gewohnheit abzulegen und sie durch eine andere zu ersetzen. „Ich werd's mir schon noch merken. Edamer sagte, der Wurzenbach, das sei ein Guter.“

„Gut ist immer relativ“, meinte Gitti und griff nach ihrem Schlüsselbund. „Wurzenbach ist Demonstrant. Wir sind Polizisten. Da sind die Standpunkte verschieden.“

„Was nichts über die persönlichen Ansichten unsererseits aussagen muss“, setzte Emmerich hinzu und hielt der Kollegin höflich die Tür auf. „Gehen wir?“

* * *

Anna-Maria fuhr die Schwarenbergstraße hinunter, bog links ab, passierte den Wagenburgtunnel und lenkte den Landrover direkt dahinter nach rechts. Ihre beste Freundin Sally wartete bereits auf dem kleinen Vorplatz eines stadtbekannten Clubs, der in der nie vollendeten, zweiten Tunnelröhre untergebracht war.

„Diesen Treffpunkt", sagte sie, nachdem sie eingestiegen war, „können wir in Zukunft auch vergessen. Die brauchen den Platz für ihre Bahnhofsbaustelle, der Club wird dichtgemacht."

„Ja", entgegnete Anna-Maria, schon lange keine Besucherin von organisierten Partys oder Konzerten mehr, gleichgültig. „Nett von dir, dass du mir hilfst."

„Kannst du außer an Tom und deinen Horst auch noch an was anderes denken?"

„Im Moment fällt mir das schwer." Anna-Maria nutzte eine Lücke im aus dem Tunnel strömenden Verkehr und fädelte sich wieder ein. „Bist du mir böse?"

„Nein, mein Schäfchen. Fahr zum Wilhelmsplatz, da ist eine Tiefgarage. In der Mozartstraße wirst du keinen Parkplatz finden."

Anna-Maria nahm die linke Spur und konzentrierte sich aufs Fahren.

„Ich hab mich unter falschem Namen angemeldet." Selina hatte sich angeschnallt und gähnte. „Bei diesem Detektiv."

„Vielleicht sollte ich mitkommen?"

„Du gehst doch zum Unternehmensberater."

„Mein Termin ist eine Stunde später."

„Schlechte Idee." Selina winkte ab. „Wenn du erst beim einen mitkommst und gleich darauf beim anderen auftauchst. Ich krieg das schon alleine hin."

„Was wirst du ihm sagen?"

„Dass ein Freund von mir erschossen wurde. Dass ich der Polizei nicht traue und wissen will, wer's war."

„Und dann?"

„Warte ich ab, was er dazu meint."

„Ich weiß nicht." Anna-Maria überkam ein mulmiges Gefühl. Ihr Anruf bei Selina, die Termine bei den Glöckners, die sie sofort bekommen hatten, alles schien ihr plötzlich überstürzt zu sein.

„Was ist denn?", fragte ihre Freundin ungehalten. „Willst du kneifen?"

„Vielleicht machen wir einen Fehler. Wenn Horst nun einen ganz anderen Glöckner kennt …"

„Dann dreh um, fahr zurück und hol mich beim nächsten Mal nicht mitten am Tag von meiner Arbeit weg. Da vorne ist das Parkhaus."

Anna-Maria steuerte den Landrover in die Einfahrt, zog ein Ticket und fuhr wortlos weiter.

„Was nun?", fragte Selina aufgebracht. „Gehen wir hin oder gehen wir nicht?"

„Wir gehen", entgegnete Anna-Maria entschieden. „Aber du sagst nichts von Tom. Lass dir etwas anderes einfallen."

„Etwas anderes?"

„Sag, dass du verfolgt wirst. Von einem unbekannten Mann."

„Sehe ich so aus?"

„Sag, dass dir was gestohlen wurde. Deine Handtasche …"

„Ich trage keine Handtaschen."

„Dann eben dein Auto. Oder dein Laptop. Ist doch ganz egal." Anna-Maria hielt in einer freien Parkbucht und stellte den Motor ab.

„Laptop", wiederholte Selina skeptisch. „Von mir aus, auch wenn es fadenscheinig klingt. Wann ist er gestohlen worden?"

„Woher soll ich das wissen?"

„Es ist deine Idee."

„Du meine Güte, ist das kompliziert." Anna-Maria stöhnte. „Wir wollen die beiden Herren doch nur kennen lernen."

„Jetzt mach dir bloß nicht in die Hosen, Schätzchen." Selina öffnete die Beifahrertür und stieg aus. „Ich werd schon auf was Gescheites kommen, im Reden bin ich gut."

* * *

Die Wohnung in der Wunnensteinstraße lag im zweiten Stock eines Hauses, das, von außen betrachtet, ein typisches Mietshaus aus den 50er-Jahren war. Eines von denen, die man damals eilig hochgezogen hatte, um kriegsbedingte Lücken zu schließen, und das in erster Linie praktisch und nicht als architektonisch herausragende Leistung zu betrachten war. Gitti Kerner entfernte das polizeiliche Siegel und öffnete die Tür. Ein muffiger Geruch nach ungemachtem Bett und alten Socken schlug ihnen entgegen, Emmerich ging ins erste Zimmer, bei dem es sich um das Wohnzimmer handelte, und öffnete ein Fenster. Der Raum war nicht besonders groß, ebenso wenig wie der kleine Flur, das zweite Zimmer oder die schlauchartige Küche und das Bad, für das der Ausdruck „Nasszelle" besser zu passen schien. Insgesamt entsprach die mit verblasstem Teppichboden ausgelegte Wohnung dem Standard einer längst vergangenen Zeit und sah nicht so aus, als wäre sie seither in nennenswertem Umfang renoviert worden.

„Die Möbel stammen sicher noch von Tröges Patentante", kommentierte Emmerich die Einrichtung.

„Gut möglich, dass er die einfach übernommen hat", stimmte Gitti zu und folgte ihm ins Wohnzimmer. „Er hatte ja wohl weder Geld noch Arbeit."

„Dachten wir." Emmerich wies auf ein nagelneu aussehendes TV-Gerät. „Wie passt dies dazu?"

„Gute Frage." Gitti betrachtete nachdenklich den eleganten, schwarzen Flachbildschirm, der einen seltsamen Kontrast zum davorstehenden Polstersessel in teilweise fleckigem Beige bildete. „Der Blu-ray-Player sieht mir auch nicht nach Seniorenstandard aus."

„So wenig wie die Boxen hier." Emmerich zeigte auf zwei hohe Säulen in den Zimmerecken. „Angeberzeugs. Kann man in einer Wohnung wie dieser gar nicht nutzen. Hellhörig, wie die sind."

„Der Rest ist Steinzeit." Gitti kicherte. „Ein Couchtisch mit Keramikfliesen und gerahmte Puzzles an den Wänden. So was hab ich lang nicht mehr gesehen. Nicht gerade ein Ambiente, in dem man jemand aus der autonomen Szene vermuten würde, oder?"

„Geschenkter Gaul … nicht ins Maul … wie war das noch?", entgegnete Emmerich trocken und öffnete die linke Tür einer Schrankwand mit Vitrine in der Mitte. „Wetten, dass das Ding noch eine indirekte Beleuchtung hat? Mal sehen, was wir hier so finden."

„Ich übernehme das Schlafzimmer", sagte Gitti und ging hinaus. Hinter der linken Tür fand Emmerich CDs von Interpreten, deren Namen ihm nichts sagten. Dazu alte Musikkassetten und einen Rekorder, der kaputt aussah. Im untersten Fach zwei Schuhkartons mit Kabeln aller Art, einem Lötkolben und etwas Werkzeug. Hinter der gläsernen Vitrinentür lagerten ein fast luftleerer Fußball, ein Plastikdreieck, wie man es zum Ordnen von Billardkugeln benutzte, ein Elefant aus blauem Plüsch, ein Wimpel des FC St. Pauli, ein hochhackiger Damenschuh und eine leere Flasche Sekt. Erinnerungsstücke offensichtlich, die nur für ihren Besitzer von besonderer Bedeutung waren. Emmerich öffnete die rechte Tür und entdeckte zwei prall gefüllte, gelbe Umschläge, wie man sie im Fotofachgeschäft bekam. Er nahm den obersten heraus, griff nach den darinliegenden Bildern und sagte laut und deutlich:

„Hui."

„Was gefunden?", rief Gitti aus dem Schlafzimmer.

„Wie man's nimmt." Emmerich blätterte die Fotos durch, bevor er das Zimmer wechselte, um sie der Kollegin zu zeigen.

„Sapperlott", meinte Gitti beeindruckt. „Das sind ja drei verschiedene Weiber. Und alle hier, auf diesem Bett." Sie drehte eine der Aufnahmen um. „Frisch aus dem Labor. Wir sollten wissen, wer die sind."

„Solche Bilder kann man schlecht den Nachbarn zeigen. Die Damen wären sicher nicht erfreut."

„Kaum", stimmte Gitti zu und grinste. „Sie sehen nicht wie Profis aus."

„Es gibt noch einen zweiten Umschlag."

„Warte. Hier im Kleiderschrank. Die üblichen Männerklamotten, aber auch zwei Anzüge. Neu, aus feinstem Zwirn. Daneben schwarze, getragene Kapuzenpullis. Weiße Hemden nebst Krawatten. Ein schwarzer Regenanorak mit Anti-Nazi-Aufkleber. Lederslipper und Springerstiefel in einer Reihe. Das alles passt so gut zusammen wie der Couchtisch und der Flachbildschirm."

„Nämlich gar nicht." Emmerich unterzog die Kleidungsstücke in der genannten Reihenfolge einer näheren Betrachtung. „Scheint ein mysteriöser Knabe gewesen zu sein, dieser Tröge."

„Hier ist noch Wäsche und Korrespondenz." Gitti nahm ein schmales, von einem Gummiband gehaltenes Päckchen Briefe aus dem Schrank. „Vielleicht passen die zu diesen Fotos."

„Nehmen wir mit", entschied Emmerich nach einem kurzen Blick auf flieder- und türkisfarbene Briefumschläge. „Sonst noch etwas Interessantes hier?"

„Ich glaub nicht." Gitti schickte sich an, das Schlafzimmer zu verlassen und warf einen abschließenden Blick auf Bett und Nachttisch.

„Was ist mit der Reisetasche? Da oben, auf dem Schrank?"

„Da komme ich nicht ran. Ich nehme an, dass sie leer ist."

Emmerich stellte sich auf die Zehenspitzen und zog an dem dunkelblauen Gepäckstück. „Mitnichten", stellte er fest und zog kräftiger. „Vorsicht mit dem Kopf."

Es gelang Gitti, rechtzeitig auszuweichen, bevor die Tasche Emmerichs Ziehen nachgab und zu Boden krachte. Sie öffnete den Reißverschluss.

„Was ist das?"

„Seile." Emmerich zog bunte Schnüre, mit Karabinern unterschiedlicher Größen präpariert, aus dem Behältnis. „Ich tippe auf eine Kletterausrüstung."

„Wäre nichts für mich", meinte Gitti naserümpfend. „Ich bin nicht schwindelfrei."

„Und uns wird sie nicht weiterhelfen." Emmerich ließ die Tasche liegen, ging zurück ins Wohnzimmer, wo er den zweiten Umschlag aus dem Schrank nahm und ein zweites Mal „Hui" sagte.

„Noch mal Fotos?", wollte Gitti neugierig wissen.

„Sehen Sie ... sieh selbst." Emmerich reichte ihr den Umschlag, sie blickte hinein und pfiff leise durch die Zähne.

„Alle Wetter. Das dürften gut und gern zweitausend Euro sein."

„Für einen, der keine Arbeit hat, ein hübsches Sümmchen", bestätigte Emmerich, spähte weiter in den Schrank hinein, nahm ein paar Schnellhefter heraus und blätterte sie flüchtig durch. „Hier sind die Bescheide von der Arbeitsagentur, Kontoauszüge, alte Gehaltsabrechnungen. Die letzte von 2007. Von einer Firma Opti-Transport in Berlin."

„Außerdem alte Sport- und Männermagazine, ein versifftes Handtuch, zwei Aschenbecher und ein Fotoalbum", ergänzte Gitti, die unteren Fächer inspizierend und Letzteres herausnehmend. „Kinderbilder. Aus Rottweil. Hier ist das Schwarze Tor. Das kenne ich. Und ein buntes Heft, hinten drin im Album. Seltsam."

„Was ist seltsam?"

Gitti hatte das Album weggelegt und blätterte im besagten Heft, dessen Einband in feurigen Farben gehalten war.

„Prisma heißt es", sagte sie aufgeregt. „Das ist ja ein dickes Ding."

„Höchstens hundert Seiten", meinte Emmerich, sah der Kollegin über die Schulter und musste feststellen, dass deren Bemerkung sich nicht auf den Umfang des Druckerzeugnisses bezogen hatte. „Krähenfüße? Nagelbretter? Nobelkarossentod?", las er zweifelnd. „Was soll das denn sein?"

„Eine Anleitung zum Feuerlegen. Zum Umsägen von Strommasten. Oder zum Lahmlegen von Fahrscheinautomaten." Gitti runzelte die Stirn. „Hatten wir das nicht erst neulich? Im Zusammenhang mit Stuttgart 21?"

„Schon möglich. Ich meine auch, ich hätte etwas in der Art irgendwo gelesen."

„Und hier." Kerner schlug eine neue Seite auf. „Hier wird sogar erklärt, wie unsereins ermittelt und wie man keine Spuren hinterlässt. Ein Handbuch für den modernen Saboteur, wie mir scheint. Ich dachte immer, die ziehen sich heutzutage alles aus dem Netz."

„Wer zieht was woher?"

„Solche Informationen. Wie sprenge ich ein Flugzeug? Der kleine Selbstmordattentäter. Es heißt, man finde alles das im Internet. Warum hat Tröge so ein Heft?"

„Wer im Internet unterwegs ist, hinterlässt ganz sicher Spuren", überlegte Emmerich und sah sich um. „Spuren, die gegebenenfalls verfolgt werden können. Hier steht nirgends ein Computer."

„Ist mir auch schon aufgefallen", meinte Gitti nachdenklich. „Dürfte selten sein bei einem Mann in diesem Alter. Dessen Name im Übrigen bei keiner Suchmaschine einen Treffer erzielt. Ich hab's natürlich ausprobiert."

„Das muss nichts heißen", protestierte Emmerich. „Wer nach mir sucht, würde ja wohl auch nichts finden."

„Da wäre ich mir nicht so sicher." Gitti verstaute das Heft in ihrer Umhängetasche. „Vielleicht lässt sich herausbekommen, woher das Ding hier stammt. Die Kapuzenpullis, der Anorak, die Stiefel ... ich glaube, mit der autonomen Szene liege ich nicht falsch."

„Mag ja sein." Emmerich schloss ordentlich die Schranktüren und das Fenster. „Aber nicht in Stuttgart. Und gegenseitig über den Haufen schießen die sich auch nicht."

„Irgendwo müssen wir anfangen", verteidigte sich Gitti. „Gehen wir zu Wurzenbach?"

* * *

„Fuffzehn fuffzich", sagte die dralle Kassiererin und hielt die Hand auf. Anna-Maria legte einen Zwanziger hinein, ließ sich das Rückgeld geben und packte gerade die erstandenen Waren in eine Plastiktüte, als ihr Handy sich meldete.

„Wo treibst du dich herum?", wollte Selina wissen.

„Im Supermarkt. Neben dem Parkhaus."

„Wir treffen uns davor. Bin gleich da."

Anna-Maria nahm ihre Tüte, verließ den Markt und wartete.

„Das ging ja fix", meinte sie vorwurfsvoll, als Selina keine Minute später zu ihr stieß. „Höchstens eine Viertelstunde warst du weg."

„Hat mir gereicht." Ihre Freundin sah aus, als wolle sie sich schütteln wie ein nasser Hund. „Alles, was recht ist."

„Jetzt erzähl schon."

„Das Büro liegt im dritten Stock vom Hinterhaus. Unternehmensberatung und Detektei teilen sich die Räume. Du kommst rein und stehst vor einem … einem Fräuleinwunder."

„Einem was?"

„Einem blonden Weib im knallroten Businesskostüm. Ihre Fingernägel …" Selina warf einen vielsagenden Blick auf ihre eigenen, kurzgeschnittenen Exemplare. „Lassen wir das. Diese Tussi fragt mich, wen sie melden darf. In der Kanzlei. Wenn ich das schon höre. Und wie die gerochen hat. Eine Parfümerie ist ein Scheiß dagegen …"

„Sally! Bitte komm zur Sache."

„Bin ich schon. Ich sage also meinen falschen Namen, die Tussi telefoniert und zeigt nach links. Ich geh in das Büro. Kein Pfeifenqualm, kein Mann mit Schlapphut, keine überquellenden Aktenschränke, alles picobello aufgeräumt. Eine Detektei hab ich mir anders vorgestellt."

„Du liest zu viele Krimis. Er wird sicher Kunden aus der Wirtschaft haben."

„Mir gefällt das nicht." Selina wischte sich die Hände an den Nähten ihrer Cargohose ab, fasste in eine der Taschen ihrer Safariweste und nahm etwas heraus. „Für mich muss ein Arbeitsraum nach Arbeit aussehen, nicht wie ein Foto aus dem Katalog. Kaugummi?"

„Nein, danke. Was war mit Glöckner selbst?"

„Könnte gut aussehen. Theoretisch. Du weißt, ich steh auf Langhaarige, auch wenn sie Pferdeschwänze tragen."

„Tom hat … hatte eine Glatze."

„Abwechslung muss sein." Selina schob sich einen Streifen in den Mund. „Leider trägt dieser Glöckner einen grau-glänzenden Anzug mit silberner Krawatte, hat ein Schmerbäuchlein und geht mir höchstens bis zur Nase. Also eher nicht mein Fall. Und wie der mich angesehen hat …"

„So, wie du ihn schilderst, bist du nicht sein Typ." Anna-Maria kicherte.

„Wird wohl so sein", sagte Selina spöttisch. „Mach mal Platz da."

Aus dem Supermarkt drängte schwatzend eine Gruppe Frauen, gehüllt in Kopftücher und bodenlange Mäntel, die Hände voller Tüten.

„Kurzum", fuhr Selina fort. „Ich hab mir gar nicht erst eine Geschichte ausgedacht. Hab nur gesagt, dass ich mir was anderes vorgestellt hätte und er mir wahrscheinlich viel zu teuer ist."

„Aber, Sally, wir hatten doch ausgemacht …"

„Ich helfe dir gern, mein Täubchen. Jederzeit. So, wie du mir auch. Aber eine Schmierenkomödie spielen, mit einem schmierigen Hauptdarsteller, in einem abgeschleckten Büro … das schaffe ich nicht."

„Das heißt, du hast auch seine Handynummer nicht bekommen?" Anna-Maria sah ihre Freundin, deren unverstelltes Wesen sie im Allgemeinen so besonders an ihr schätzte, das aber offenbar bei Missionen dieser Art ein Manko war, entsetzt an. „Ich hab dir doch gesagt, dass es gerade darauf ankommt. Der Glöckner, der bei Horst anruft, tut dies von einem Handy aus, man sieht es im Display."

„Nur die Ruhe, Kindchen." Selina fasste in eine andere der zahlreichen Taschen ihrer Weste. „Am Empfang, bei der blonden Tussi, da lagen Visitenkarten. Zwei hab ich mitgenommen. Fällt dir daran etwas auf?"

Anna-Maria nahm die Kärtchen. Das des Detektivs zierten eine kleine Lupe und die Worte *Private Investigations*. Das zweite gehörte dem Unternehmensberater, der *Effective Solutions* versprach. Sie verglich die sonstigen Angaben auf den Kärtchen. Beide Glöckners gaben nicht nur dieselbe Adresse an, sondern besaßen auch die gleiche Mobilfunknummer.

# 11

Gerhard Wurzenbach wohnte unweit des Schwabtunnels in der Reinsburgstraße. Die Gegend gehörte zu den begehrtesten der Stadt, was sich darin zeigte, dass Gitti Kerner lang nach einem Parkplatz suchen musste, den sie schließlich zwei Blocks entfernt von Wurzenbachs Domizil ergatterte. In dem schönen, alten Mehrfamilienhaus aus der Gründerzeit allerdings hatten sie Glück, Wurzenbach war zu Hause und öffnete persönlich die noch im Original erhaltene Tür zu seinem Heim im Hochparterre.

„Sie wünschen?", fragte er freundlich und setzte mit schelmischem Zwinkern in gepflegtem Dialekt hinzu: „Mir kaufet nix."

„Und mir verkaufet nix", entgegnete Gitti, zu Emmerichs gelinder Überraschung, im selben Tonfall. Er konnte sich nicht erinnern, sie je im Dialekt sprechen gehört zu haben, und hatte angenommen, dass sie ihn, wie so viele aus der jüngeren Generation, gar nicht mehr beherrschte. *Wie man sich täuschen kann,* dachte er still und musterte den Mann im Türrahmen. Zweifellos war der keine alltägliche Gestalt, er schätzte ihn auf etwa siebzig, das Gesicht von gesunder Farbe und mit feinen Fältchen durchzogen. Graue Locken umrahmten es und fielen auf die fast nackten, weißen Schultern, die nur von den Trägern eines Feinrippunterhemds bedeckt wurden. Dazu trug der Mann eine weit fallende Hose aus einem groben, hellen Stoff und Flipflops an den Füßen.

„Herr Wurzenbach?", vergewisserte sich Gitti.

„Stets zu Diensten." Der Mann deutete eine Verbeugung an. „Was ist Ihr Begehr, schöne Frau Kommissar?"

„Woher wissen Sie ...", setzte Kerner, die blumige Anrede übergehend, verblüfft an und erntete erneutes Zwinkern.

„Ich bin ein alter Hase, Fräulein. Euresgleichen kenne ich."

„Dürfen wir reinkommen?" Emmerich schob Gitti sanft zur Seite und drängte sich vor. „Wir haben ein paar Fragen."

„Aber gerne." Wurzenbach riss mit Elan die originale Tür weit auf. „Tritt ein, Fremder. Ein freundlicher Gastgeber wartet dir auf. Das kennen Sie sicher. Epikur."

„Nicht die Spur." Emmerich folgte der Aufforderung misstrauisch, es kam selten vor, dass ihm ein derart enthusiastischer Empfang bereitet wurde. Innerhalb des geräumigen Vorraums dominierten überquellende Bücherregale das Bild.

„Besuch", krähte Wurzenbach vergnügt. „Gehen Sie einfach durch. Fräulein, bitte schließen Sie die Wohnungstür."

Emmerich ging zu der Tür, auf die der freundliche Gastgeber zeigte, und betrat einen hellen, in Naturtönen gehaltenen Wohnraum. Grafiken und Karikaturen zierten die Wände, rechts und links des Fensters standen große Grünpflanzen, in der Mitte zwei hellbraune Sofas und ein gemütlich wirkender Sessel um ein Tischchen herum. Auf den Sofas saßen vier Frauen, eine davon war unzweifelhaft Gabis Freundin Loretta Lindemaier. Emmerich erstarrte.

„Reiner", kreischte Loretta begeistert. „Was machst du denn hier?"

„Die Polizei, dein Freund und Helfer", erläuterte Wurzenbach, hinter Emmerich das Zimmer betretend. „Rückt zusammen, Mädels, wir sind gespannt, was die Herrschaften uns zu sagen haben. Nehmen Sie Platz."

Zwei Frauen räumten eines der Sofas und setzten sich auf große Kissen auf dem Boden, Emmerich folgte der Aufforderung des Gastgebers und ließ sich nieder. Wurzenbach bezog Position neben einem mannshohen Farn am Fenster, während Gitti mit undurchdringlicher Miene in der Tür stehen blieb.

„Eigentlich", sagte sie betont sachlich, „wollten wir allein mit Ihnen sprechen, Herr Wurzenbach. Publikum ist nicht vonnöten."

„Aber nein, verehrte Dame." Der Mann am Fenster machte eine ausladende Geste. „Wo wir doch gerade in solch charmanter Runde zusammen sind. Soll ich meine Gäste etwa bitten, uns zu verlassen? Das kann nicht Ihr Ernst sein."

„Es ist Ihre Wohnung."

„Sie sagen es. Also sprechen Sie nur. Wir sind unter Freunden. Keine Geheimnisse."

„Wie Sie wünschen. Wo waren Sie am letzten Donnerstag? Abends?"

„Lassen Sie mich nachdenken." Wurzenbach legte, nicht ohne Theatralik, eine Hand an seine Wange, bevor er wieder ausholte. „Im Schlossgarten", verkündete er strahlend. „Mit Jutta Filz."

„Wer ist Jutta Filz?"

„Ich." Eine der am Boden sitzenden Frauen hob die Hand. Emmerich schätzte sie auf Anfang sechzig, sie war schlank, trug das graue Haar im Nacken hochgesteckt und strahlte große Ruhe aus.

„Können Sie bestätigen, was Herr Wurzenbach gesagt hat?", wollte Gitti wissen.

„Ja", sagte die Frau und nickte.

„Um welche Uhrzeit war das?"

Wurzenbach und Jutta Filz wechselten einen Blick, bevor er antwortete: „Getroffen haben wir uns gegen sechs. Im Biergarten. Ich habe Grillhähnchen gegessen."

„Wie lange?"

„ … ich für das Grillhähnchen gebraucht hab? Sie fragen aber Sachen." Loretta kicherte, Wurzenbach zwinkerte. „Eine halbe Stunde? Vierzig Minuten? Natürlich musste ich mir noch die Hände waschen. Wie lange braucht man für ein Hähnchen? Eine zutiefst existenzielle Frage, ich habe noch nie darüber nachgedacht."

„Beglücken Sie mit Ihren Scherzen andere Leute", sagte Emmerich und sah dabei Loretta an. Er mochte sich täuschen, hielt Gabis Freundin zudem nach allem, was er von ihr kannte, für ein ausgemachtes Nervenbündel – dennoch schien sie ihm unangebracht nervös zu sein. Ihre Hände fummelten fahrig abwechselnd an den Fransen einer Tischdecke, an einem ihrer zahlreichen Schmuckstücke oder in ihrem schwarz gefärbten Haar herum. „Sagt Ihnen der Name Tröge etwas? Thomas Tröge?"

Loretta zuckte erwartungsgemäß zusammen, Wurzenbach dagegen zupfte ohne sichtbare Regung ein paar braune Blättchen aus dem Farn.

„Tröge? Nein, ich glaube nicht."

„Was ist mit den Damen hier?"

„Ich weiß nicht. Mädels, kennt jemand einen Thomas Tröge?"

Alle vier Frauen, auch Loretta, schüttelten murmelnd und verneinend ihre Köpfe. Emmerich überlegte, ob er Gabis Freundin umgehend zur Rede stellen sollte, als er ihrem Blick begegnete. *Bitte nicht,* sagte dieser Blick.

„Wie lange waren Sie im Biergarten?", fragte Gitti unerbittlich.

„Ich bin kein Mensch, der nach der Uhr lebt", entgegnete Wurzenbach mit nonchalantem Lächeln. „Uhren sind die Sklaventreiber der modernen Menschheit."

„Trotzdem will ich eine Antwort", verlangte Gitti, für das Lächeln unempfänglich. „So genau wie möglich."

„Fragen Sie Jutta."

„Bitte."

„Ich denke“, sagte die Frau mit der ruhigen Ausstrahlung bedächtig, „es wird so ungefähr halb elf gewesen sein. Conny kann Ihnen das bestätigen, sie ist gegen später noch zu uns gestoßen. Richtig, Conny?“

„Wie?“ Neben Loretta schreckte eine üppig gebaute Frau in Emmerichs Alter aus einem teilnahmslosen Dösen auf.

„Du kannst bestätigen, dass wir bis ungefähr halb elf zusammen waren“, wiederholte Jutta Filz streng. „Im Biergarten. Am Donnerstag.“

„Ich dachte, wir wären länger dort gewesen“, entgegnete die „Conny“ genannte Frau mit Anzeichen gelinder Verwunderung.

„Es kann nicht viel länger gewesen sein. Um elf waren wir an der Bushaltestelle am Hauptbahnhof, das weiß ich genau. Gerhard ging zuerst, weil er einen Bus früher nehmen wollte …“

„Was ich nicht geschafft habe“, warf Wurzenbach bedauernd ein.

„Conny und ich sind noch zur Toilette gegangen. An der Haltestelle haben wir Gerhard dann wieder getroffen. Dort habe ich auch auf die Uhr gesehen.“

„Ja“, nickte Conny. „So war es. Das kann ich bestätigen.“

„Sie sind mit einem Mann gesehen worden.“ Emmerich veränderte seine Position auf dem Sofa, das ziemlich durchgesessen war und ihm bereits Rückenschmerzen bereitete, und fasste Wurzenbach ins Auge. „An diesem Abend. Einem Mann, der ein Piratentuch auf dem Kopf trug.“

„Tatsächlich? Wo soll das gewesen sein?“

„Sie erinnern sich nicht an diesen Mann?“

„Im Augenblick … wer hat mich denn gesehen?“

„Gerhard wird oft von Leuten angesprochen“, warf Jutta Filz emotionslos ein. „Auch von Fremden. Er ist im Park bekannt wie der sprichwörtliche bunte Hund.“

„Wieso das?“, stellte Emmerich sich dumm und sah in Gesichter, deren Ausdruck darauf schließen ließ, dass man ihn genau dafür hielt. Die vierte Frau, ein unauffälliges Geschöpf mit kurzen Haaren, äußerte mit piepsiger Stimme etwas, das klang wie „Du meine Güte“, Conny und Jutta Filz schüttelten in stummer Übereinkunft verständnislos die Köpfe und überließen das Antworten Loretta.

„Wirklich, Reiner“, sagt Gabis Freundin vorwurfsvoll. „Ich weiß ja, dass Politik dich nicht besonders interessiert. Aber von unseren Montagsdemos für den Erhalt des Hauptbahnhofes musst doch sogar du gehört haben.“

Sie betonte das „sogar du" in einer Art, die Emmerich veranlasste, sich vorzubeugen.

„Wer sagt denn das? Dass ich mich nicht für Politik interessieren würde?"

„Deine Frau. Sie meint ..."

„Die Ansichten meiner Frau stehen hier nicht zur Diskussion."

„Ebenso wenig wie die Interessen meines Kollegen", mischte Gitti sich energisch ein. „Wir wissen, dass Herr Wurzenbach sich in Sachen Bahnhof sehr stark engagiert. Wir wissen aber auch, dass er mit diesem Mann gesprochen hat. Und wir wüssten gerne, worum es dabei ging. Bitte, Herr Wurzenbach, versuchen Sie, sich zu erinnern."

„Liebe Frau Kommissarin", erwiderte der Mann im Feinripphemd gelassen. „Ich versuche es bereits, allein, es will mir nicht gelingen. In meinem Alter lässt das Kurzzeitgedächtnis nach."

„Dann darf ich Ihnen auf die Sprünge helfen." Gitti blieb hartnäckig. „Sie standen mit dem Mann an der Kreuzung. Wo der Weg vom Biergarten hinunter in die Klettpassage führt."

„Wäre möglich", gestand Wurzenbach ein. „Dort bin ich vorbeigekommen."

„Es handelt sich um einen jungen Mann. Muskulös. Mit hellen Jeans und einer ebensolchen Jacke."

„Auch das ist möglich. Solche Kleidung ist nicht selten. Vielleicht hat er mich um Zigaretten angehauen. Warum wollen Sie das eigentlich wissen?"

„Weil", sagte Emmerich und kämpfte sich mit einiger Mühe aus dem für ihn so unvorteilhaften Sofa empor. „In dieser Nacht im Park einer erschossen wurde. Nicht weit weg von der Stelle, an der *Sie* gesehen wurden."

„Ist mir bekannt, es stand in allen Zeitungen. Und nun glauben Sie, dass ich ..."

„Es ist sooo traurig", piepste die unauffällige Frau dazwischen. „Man darf gar nicht daran denken. So ein hoffnungsvoller, junger Mensch. Gerade noch lebendig, voller Kraft und Zuversicht und dann plötzlich ... Bumm."

„Reiß dich zusammen, Moni", empfahl Jutta Filz trocken. „Es ist nicht deine Angelegenheit. Ebenso wenig wie die von Gerhard."

Emmerich hatte seinen Kampf gegen das Sofa gewonnen, stand aufrecht da und sah auf Jutta Filz hinunter.

„Wir suchen Zeugen. Menschen, die in der Nähe waren und etwas gesehen haben könnten. Oder gehört."

„Das tut mir jetzt aber wirklich leid." Gerhard Wurzenbach hatte seinen Standort am Fenster verlassen und sich in der Manier eines Beschützers neben der grauhaarigen Frau postiert. „Ich kann Ihnen da nicht helfen. Jutta und Conny auch nicht, sie hätten es mir längst erzählt, wenn sie etwas wüssten."

„Schade, Herr Wurzenbach." Emmerich umrundete das Sitzkissen samt Jutta Filz. „Sehr schade."

„Kann man nichts machen. Wollten Sie nicht gerade gehen?"

„Ich denke schon." Emmerich nickte den Damen und insbesondere Loretta, die unwillkürlich den Kopf zwischen die Schultern zog, freundlich zu. „Wenn Ihnen doch noch etwas einfällt, lassen Sie es mich bitte wissen. Meine Kollegin gibt Ihnen die Nummer."

Er wartete, bis Gitti Kerner die entsprechenden Kärtchen verteilt hatte und ging in den Vorraum, wo ihm neben der Wohnungstür ein geöffneter Umzugskarton auffiel, der ihm beim Hereinkommen entgangen war.

„Klettern Sie?", fragte er Wurzenbach nach einem kurzen Blick auf den Inhalt des Kartons.

„Nein", entgegnete der barsch, öffnete die Tür und drückte beiläufig den Karton mit der anderen Hand zu. „Ich bin Läufer. Bis vor wenigen Jahren noch beim Halbmarathon dabei. Warum fragen Sie?"

„Die Seile da …" Emmerich zeigte auf den nunmehr geschlossenen Karton.

„Bewahre ich nur auf. Für einen Freund, der gerade umzieht."

* * *

Anna-Maria stand derweil im Treppenhaus vor einer anderen Tür, starrte geistesabwesend das neutral gehaltene Schild mit der Aufschrift „Kanzlei Glöckner" an und wappnete sich innerlich. Sie hatte sich, wie sie hoffte, eine plausible Geschichte ausgedacht. Eine, die auf ihrer und Selinas gemeinsamer Vergangenheit fußte und die in gewisser Weise das war, was sie sich einst, während des Studiums an der Akademie der Bildenden Künste, für ihr Leben erträumt hatten. In der Realität war Selina dann den Weg allein gegangen, war ganz zur Künstlerin geworden und kam damit meist eher schlecht als recht über die Runden. Obwohl Anna-Maria sie bewunderte, war sie doch im tiefsten Herzen froh, stattdessen das ihr vorgezeichnete Dasein der Tochter eines Bauunternehmers zu führen und in gesicherten Verhältnissen zu leben. Verhältnisse, die es ihr immerhin erlaubten, Selinas Werke gelegentlich zu erwerben, das Künstlertum der Freundin zu gewährleisten und mit ihrer Hilfe ab und an den Begleitumständen der gesicherten Verhältnisse zu entkommen. Horst war einer dieser Umstände, kein aufregender Mann, dafür verlässlich, einer, der für Stabilität im Leben sorgte und gleichzeitig ein wenig, nun ja, langweilig war. Die Kolb & Semmler GmbH war ein Familienunternehmen. Anna-Maria, der es seit dem Tod des alten Kolb gehörte, wäre nie auf die Idee verfallen, Horst als Geschäftsführer und Vater der nächsten Generation infrage zu stellen. Sie lebte ihre künstlerische Ader in der Werbung für das Unternehmen aus und verschwendete selten einen Gedanken daran, was hätte gewesen sein können oder vielleicht noch kommen mochte. In den letzten Wochen mit Tom jedoch hatte sie öfter einmal darüber nachgedacht, etwas Neues zu beginnen, und dieser, rein theoretische, Neubeginn war heute ihre Geschichte. Anna-Maria öffnete die Tür.

„Guten Tag, wen darf ich melden?", fragte das von Selina avisierte, blonde Fräuleinwunder, dessen Kostüm tatsächlich für eine Sekretärin oder Empfangsdame ein wenig aus dem Rahmen fiel.

„Kolb", stellte Anna-Maria sich vor. „Ich habe einen Termin bei …"

„Augenblick." Überlange Fingernägel schwebten über die Tastatur eines Telefons, bevor das Mädchen sagte: „Ihre Mandantin ist da."

„Ich lasse bitten", erwiderte eine Stimme aus dem Lautsprecher des Apparates. Das Mädchen wies auf eine weiße Tür.

„Nach links. Herr Glöckner erwartet Sie."

Anna-Maria öffnete auch die weiße Tür und betrat ein Büro, das Selinas Beschreibung ebenso entsprach wie der Mann, der für den Bruchteil einer Sekunde stutzte, bevor er sie begrüßte.

„Frau Kolb? Bitte kommen Sie herein. Setzen Sie sich. Kaffee?"

„Nein, danke." Anna-Maria nahm den angebotenen Stuhl.

„Was darf ich für Sie tun?"

„Ich bin mir nicht ganz sicher. Ob ich hier richtig bin. Sind Sie nicht der Detektiv? Ich wollte zum Unternehmensberater."

„Keine Sorge." Glöckner setzte sich ihr gegenüber hinter seinen Schreibtisch. „Sie sind völlig richtig. Mein Cousin und ich bilden eine Bürogemeinschaft."

„Tatsächlich? Nun, ich …"

„Sie suchen unternehmerische Unterstützung. Darf ich fragen, um welche Branche es sich handelt?"

„Ich will mich selbstständig machen"; erklärte Anna-Maria schnell. „Als Künstlerin. Ich dachte an ein Atelier. Oder eine Galerie. Für eigene und fremde Arbeiten. Etwas in dieser Art."

„Künstlerin?" Glöckner zog die Brauen hoch. „Haben Sie denn … Referenzen?"

„Noch nicht. Aber ich habe Geld. Meine Kinder sind fast groß, und ich fühle mich jung genug, um mir noch etwas aufzubauen."

„Geld", wiederholte Glöckner mit breitem Lächeln, eine Schublade an seinem Schreibtisch aufziehend, „ist keine schlechte Voraussetzung. Wenn Sie mir bitte zuerst einmal diesen Fragebogen ausfüllen würden." Er reichte ihr ein Blatt Papier, auf das Anna-Maria nur einen kurzen Blick warf.

„Ich bin auf der Suche nach einem Konzept für diese Galerie. Etwas Außergewöhnliches. Etwas, das meine Galerie von anderen unterscheidet."

„Das Konzept ist elementar", nickte Glöckner und rückte seine silberfarbene Krawatte zurecht. „Von Anfang an Erfolg, sage ich immer. Ich entwickle maßgeschneiderte Konzepte."

„Auch für Künstler?" Anna-Maria versuchte, skeptisch auszusehen. „Ich meine … was ist mit Ihren Referenzen?"

„Ich bitte zu verstehen", entgegnete Glöckner lässig, „dass ich nicht über meine Mandanten sprechen kann. Sie müssen mit meinen zahlreichen Auszeichnungen vorlieb nehmen. Dreimal Business Plan Award, zweimal Consultant of the Year."

Anna-Maria folgte mit den Augen seiner Hand, die auf gerahmte Schriftstücke an der Bürowand wies und stand auf, um diese in Augenschein zu nehmen. Als Aussteller fungierte ein „Institut für strategische Entwicklung".

„Sie wurden mir nämlich empfohlen", sagte sie schließlich, sich wieder setzend. „Von einem Herrn Semmler. Horst Semmler."

„Freut mich", war alles, was Glöckner dazu sagte.

„Sie waren, glaube ich, am Donnerstag mit ihm bei einem Essen."

Glöckner machte eine Kopfbewegung, die anzeigte, dass er nicht gedachte, sich über Horst Semmler in irgendeiner Art zu äußern. Stattdessen deutete er auf das Papier, das Anna-Maria noch immer zwischen den Fingern hielt.

„Der Fragebogen …"

„Soweit ich weiß, beraten Sie Herrn Semmler bei einem Bauprojekt", versuchte Anna-Maria es ein drittes Mal.

„Frau Kolb." Glöckner lehnte sich weit zurück und faltete die Hände über dem, was Selina ein Schmerbäuchlein genannt hatte, Anna-Maria jedoch für einen ausgemachten Ranzen hielt. „Ich sagte doch bereits, dass ich nicht über meine Kunden spreche. Wünschen Sie nun eine Beratung oder nicht?"

„Ja, also …", stotterte Anna-Maria unschlüssig. „Wenn Sie mir vielleicht zunächst nur ein paar Ideen …"

„Die Beratung ist kostenpflichtig. Ich benötige daher zumindest Ihre Adresse. Für meine Rechnung. Darüber hinaus sollte ich Ihre persönlichen Vorstellungen und Voraussetzungen kennen. Der Fragebogen …"

„Wissen Sie was?" Anna-Maria stand auf und steckte das Papier in die Tasche ihres hellblauen Blazers. „Ich glaube, ich muss mir das noch einmal überlegen. Ich würde mich dann wieder melden. Bei Interesse."

„Ganz, wie Sie wollen." Glöckner sah aus, als verkniffe er sich das Grinsen. „Sie sind mir jederzeit willkommen. Und grüßen Sie Ihren Mann von mir."

# 12

„Da lügt doch jemand", sagte Gitti Kerner, nachdem sie das schöne Haus aus der Gründerzeit verlassen hatten und vorbei am Berufsschulzentrum im Stuttgarter Westen die Hasenbergstraße hinuntergingen. „Oder trügt mich mein Gefühl, dass diese Conny nur das gesagt hat, was ihre Freundin Jutta von ihr wollte?"

„Eine der Damen war mit Sicherheit nicht aufrichtig", entgegnete Emmerich zustimmend. „Allerdings …"

Schnelle Schritte und atemloses Keuchen veranlassten ihn, sich umzudrehen.

„Reiner", japste Loretta außer Atem. „Gott sei Dank hast du nichts gesagt. Bin ich froh, dass ich dich noch erwischt hab."

„Ach", sagte Emmerich, keineswegs erfreut.

„Du machst dir kein Bild, in was für einen Schlamassel ich geraten bin. Gabi sagt, nur du kannst mir da helfen. Das wirst du doch tun, nicht wahr … oh, Verzeihung."

Loretta hatte sich, gestikulierend, mit dem Arm in Gittis Umhängetasche verfangen.

„Frau Lindemaier. Hauptkommissarin Kerner", erklärte Emmerich unbehaglich; in seiner Vorstellung war eine schlamasselfreie Loretta schlichtweg nicht denkbar. Gitti hängte sich kommentarlos die Tasche über ihre andere Schulter.

„Ich muss mit dir sprechen, Reiner", insistierte Loretta, die Hauptkommissarin ignorierend. „So schnell wie möglich. Am besten gleich. Es geht um meine neue Mitbewohnerin. Und um Tom natürlich."

„Ich weiß nicht." Emmerich sah verlegen die Kollegin an, deren Miene ausdruckslos war. „Mitten auf der Straße?"

„Wenn ich das hier recht verstehe", sagte Gitti spöttisch, „sollten wir Frau Lindemaier ohnehin mit ins Präsidium nehmen."

„Ins Präsidium? Auf den Pragsattel? Unmöglich." Loretta durchwühlte hektisch ihre Handtasche und zog eine Armbanduhr heraus. „Ich hab versprochen, bald zurück zu sein. Bei meiner Mitbewohnerin. Ich bin nur weg, weil Gerhard sagte, es sei dringend."

Emmerich gab sich einen Ruck.

„Na, schön. Befragen müssen wir dich sowieso, dann können wir's auch gleich erledigen. Am Feuersee sind Kneipen. Gehen wir in eine, dann kann ich wenigstens zu Mittag essen."

„Eigentlich wollte ich dich unter vier Augen …"

„Geht nicht. Im Präsidium wären wir auch nicht alleine. Nach rechts."

Schweigend marschierten sie die Rotebühlstraße hinunter bis zum Feuersee, wo ein Wirt bereits Bierbänke im Freien aufgebaut hatte.

„Hier passt es mir", erklärte Emmerich. „Hier gibt es Steaks."

Sie setzten sich und gaben Bestellungen auf, bevor Emmerich sich an Loretta wandte.

„Warum hast du in Wurzenbachs Wohnung nicht gesagt, dass du diesen Tröge kanntest?"

„Ach, so ist das", murmelte Gitti leise, während Loretta sich das gefärbte Haar hinter die Ohren schob.

„Oh, Reiner. Es ist schrecklich kompliziert. Wir alle haben ihn gekannt. Deshalb haben wir uns doch getroffen. Weil Gerhard wollte, dass wir darüber reden."

„Alle?", wiederholte Gitti Kerner nüchtern. „Wurzenbach und diese Frauen?"

„Natürlich. Tom war doch Teil der …" Loretta unterbrach sich und biss sich auf die Lippen.

„Teil von was?", soufflierte Emmerich, während sie bereits unter „Wo-hab-ich's-bloß"-Rufen in ihrer Tasche herumfuhrwerkte und schließlich einen hellgrünen Flyer zutage förderte.

„Hier. Wir sind alle im Widerstand. Gegen Stuttgart 21. Ich verstehe gar nicht, warum du dich nicht längst angeschlossen hast. An der Neckarstraße, wo ihr wohnt, seid ihr doch unmittelbar betroffen. Selbst Gabi will heute Abend auf die Montagsdemo kommen."

Emmerich nahm das Flugblatt, tat, als ob er es gewissenhaft studiere und ließ sich Zeit. Die Argumente für oder gegen die künftig größte Baustelle Europas waren ihm bekannt, sein oberster Dienstherr jedoch war das Land, und dessen Vertreter traten einhellig für den Bahnhofsneubau ein. Wie seine Kollegen in Uniform, die die Demonstrationen begleiten mussten, fühlte er sich daher verpflichtet, Neutralität zu wahren. Neutralität jedoch, so viel hatte Emmerich in der Zwischenzeit gelernt, wurde von so manchem Gegner als Befürwortung interpretiert, unversehens mutierte man so ohne eigenes Dazutun selbst im Freundeskreis zum verdächtigen Subjekt, weshalb er die Diskussionen um das Stuttgarter „Jahrhundertprojekt" inzwischen gründlich satt hatte. Für nichts und wieder nichts, so schien es ihm, wurden hier Gräben aufgerissen, von denen Emmerich gedacht hatte, dass man sie irgendwann nach den Studentenunruhen der 60er-, dem Terror der 70er- und den Menschenketten der 80er-Jahre zugeschüttet hatte. Gelegentlich konnte er sich des Eindrucks nicht erwehren, dass auf beiden Seiten schierer Hass im Spiel war, und der altehrwürdige Bonatzbau längst zum Symbol grundsätzlicher Auseinandersetzungen geworden war. Es war ihm daher unverständlich, weshalb diejenigen, die kraft ihrer Ämter derzeit die Verantwortung für die Entwicklung dieser Dinge trugen, seelenruhig zuließen, wie dieser Hass noch größer wurde, wenn sie ihn nicht sogar, auch das vermutete er manchmal, mit Absicht weiter schürten. Indem sie, auf Biegen und Brechen ihren Willen durchsetzten, oftmals sogar wider ihr eigenes, besseres Wissen. Jeder Polizist lernte in seiner Ausbildung etwas über Deeskalationsstrategien, hier geschah das genaue Gegenteil. Dies verhieß nichts Gutes für die Zukunft und bereitete ihm größere Sorgen als der eigentliche Bahnhofsneubau selbst. Wie es ihm überhaupt in letzter Zeit so vorkam, als seien Kräfte auf dem Vormarsch, die ihm und seinesgleichen den Lebensabend zu vermiesen drohten. Unterschwellig und schwer fassbar änderte sich etwas in dem Land, in dem er lebte. Einem Land, das seinen Bewohnern jahrelang ein hohes Maß persönlicher Freiheit geboten hatte und in dem die Interessen unterschiedlichster, gesellschaftlicher Gruppen einigermaßen ausbalanciert gewesen waren. Inzwischen war dieses Gleichgewicht in Bewegung geraten, die gesellschaftlichen Gruppen entfernten sich voneinander, die Toleranzschwelle gegenüber dem jeweils Andersdenkenden schien ihm zu sinken. Nichts Schlimmeres, als wenn dazu nun auch noch Hass ins Spiel kam. Emmerich seufzte, eine Kellnerin servierte ihm sein Steak und Gitti eine Ofenkartoffel mit Salat.

„Tut mir leid, Loretta", sagte er und gab das Flugblatt zurück. „Wir haben nicht viel Zeit, lass uns ein anderes Mal darüber reden. Warum haben Wurzenbach und seine Freundinnen uns angelogen?"

„Wenn ich dir das erzähle", entgegnete Loretta geheimnisvoll und nippte an ihrer Weißweinschorle, „dann hast du es nicht von mir."

„Willst du, dass wir den Täter finden?" Emmerich säbelte ein Stück vom Steak ab und schob es in den Mund. „Gabi sagt, du hättest diesen Tom geliebt."

„Ja", nuschelte Loretta lahm, um sich sogleich zu verbessern. „Nein."

„Was denn nun“, fuhr Emmerich sie ungehalten an, es war diese Art, ein Gespräch zu führen, weshalb er um Frauen wie Loretta einen Bogen zu machen pflegte.

„Thomas Tröge war Ihr Partner?“, übernahm Gitti in mitfühlendem Ton. „Erzählen Sie uns doch von ihm.“

Emmerich widmete sich dankbar seiner Mahlzeit.

„Ach, Herrje.“ Loretta holte Luft, zog einige Armreifen von ihrem rechten Handgelenk und schob sie über das linke. „Ich bin mir gar nicht sicher, ob es wirklich eine Partnerschaft hätte werden können. Der Altersunterschied … Sie wissen schon. Natürlich hätte ich es schön gefunden, aber in den letzten Tagen habe ich sehr an mir gearbeitet. Schließlich ist da ja auch noch seine Freundin. Von der wusste ich nichts. Bis letzte Woche.“

„Seine Freundin?“

„Diana heißt sie. Sie wohnt bei mir. Seit in paar Tagen. Tom wusste nicht, wohin mit ihr.“

„Versteh ich nicht.“ Gitti wischte sich Kräutersoße aus dem Mundwinkel. „Er hatte doch eine eigene Wohnung.“

„Schon. Aber er hat sie nicht erwartet. Und wollte sie dort auch nicht haben. Sie bekommt nämlich ein Kind von ihm und hat deshalb nach ihm gesucht. Vielleicht hätte ich sagen sollen, dass sie seine Ex-Freundin ist? Hat zumindest er gedacht. Das Kind wollte er auch nicht. Männer sind so rücksichtslos.“

Emmerich spießte drei Fritten auf eine Gabel, überlegte, ob er etwas sagen sollte und ließ es bleiben. Gitti schien Lorettas letzte Bemerkung überhört zu haben.

„Das wüssten wir gerne etwas genauer. Woher kommt diese Diana?“

„Aus Berlin. Sie ist erst vierundzwanzig.“ Ein Umstand, der Loretta zu bekümmern schien.

„Und sie wohnt seit wann bei Ihnen?“

„Seit vorletztem Samstag. Tom hat mich darum gebeten, ich suchte sowieso nach einer Mitbewohnerin. Aber stellen Sie sich vor … das Mädchen hat nicht einmal eine Krankenversicherung. Reiner, du musst etwas tun.“

„Ich?“ Emmerich plumpste vor Schreck ein Stückchen Fleisch aus dem Mund. „Was soll jemand wie ich da tun?“

„Wir werden beide mit ihr sprechen“, äußerte Gitti in beruhigendem Ton. „Ist diese Diana jetzt zu Hause?“

„Sie wartet auf mich“, nickte Loretta.

„Dann fahren wir gleich anschließend zu Ihnen“, entschied Gitti, Emmerichs Einverständnis offenbar voraussetzend.

„So einfach geht das nicht“, protestierte Loretta überrumpelt und fasste einmal mehr in ihre Tasche. „Da muss ich vorher erst mal fragen. Sie wird nicht einfach mit euch sprechen wollen. Wo hab ich nur mein Handy?“

„Lass es stecken“, empfahl Emmerich mit bösem Blick. „Wir werden mit ihr reden, ob es ihr passt oder auch nicht. Wieso hast du der Zeitung diesen Stuss erzählt?“

„Aber Reiner.“ Loretta klimperte mit überlangen Wimpern. „Was hast du denn? Gabi sagt, ich könne dir vertrauen. Warum bist du so grob zu mir?“

„Lass Gabi aus dem Spiel. Sie hat mit meiner Arbeit nichts zu tun.“

„Bitte beantworten Sie die Frage des Hauptkommissars“, unterbrach Gitti rigoros den Dialog, bevor er ins Private abgleiten konnte. Loretta riss die Augen auf und sah angewidert drein.

„Ich hab keiner Zeitung was gesagt. Zumindest nicht mit Absicht!“

„Wie kommt sie dann darauf, dass Tröge ein Opfer von Stuttgart 21 war?“

„Weiß ich doch nicht. Das haben die erfunden.“ Loretta beförderte nach einigem Wühlen statt ihres Handys ein Taschentuch ans Licht und betupfte sich die Augen. „Ich sagte nur, dass sie zu allen Mitteln greifen. Die Politiker. Schließlich haben sie auch unseren Baum vergiftet.“

„Es gibt Unterschiede. Zwischen kaputten Bäumen und erschossenen Menschen.“

„Finden Sie? Auch ein Baum ist doch ein Lebewesen. Sie wollen fast dreihundert davon töten.“

„Schluss jetzt.“ Emmerich, der Gabis Worte hinsichtlich Lorettas Einstellung zum Karma noch im Ohr hatte und eine Diskussion darüber für fehl am Platz hielt, schluckte das letzte Stückchen Steak hinunter. „Sag mir noch, was du in Tröges Wohnung wolltest, dann machen wir uns auf die Socken.“

„Geld.“ Loretta schnäuzte sich. „Tom wollte Geld auftreiben. Für Diana. Damit sie mir die Miete zahlen kann, das arme Mäuschen hat doch nichts.“

„Sagte er wie viel?“

„Zweitausend Euro ungefähr. Für drei Monatsmieten, was zu essen, Klamotten und den Arzt. Was soll ich denn jetzt machen, Reiner? Mit dem Mädchen? Ich brauch das Geld, sonst …“

„Was weiß ich." Emmerich, der sich unzuständig fühlte und dies auch bleiben wollte, winkte der Bedienung. „Zahlen, bitte."

„Uns wird schon etwas einfallen", beschwichtigte Gitti die nunmehr etwas derangiert wirkende Loretta, deren Make-up sich durch das Tupfen unvorteilhaft entwickelt hatte. „Erst einmal reden wir mit ihr."

„Meinen Sie wirklich?" Gabis Freundin sah Gitti dankbar an und fügte nach einem resignierten Blick auf Emmerich hinzu: „Natürlich. Sie sind ja auch eine Frau. Männer sind immer völlig unbeholfen, wenn es um die praktischen Dinge im Leben geht."

* * *

Anna-Maria eilte, so schnell es ihre Absätze zuließen, von der Mozartstraße zum Wilhelmsplatz, wo Selina vor einem der dortigen Wirtshäuser bei einem Cappuccino auf sie wartete.

„Er war es", stieß sie atemlos hervor. „Er hat mich erkannt. Dieser Mann … wusste, wer ich bin. Die ganze Zeit … hat er so getan … und am Schluss … sagte er, ich soll ihn grüßen."

„Wen?" Selina, mit dem Verfassen einer SMS beschäftigt, blieb gelassen.

„Horst."

„Du sollst Horst von Glöckner grüßen?"

„Ja."

„Ist doch prima. Das war es, was du wissen wolltest."

„Aber, so hör doch." Anna-Maria setzte sich, korrigierte mechanisch den Sitz ihrer dunkelblauen Hose und wartete, bis ihr Atem wieder ruhiger ging. „Warum kennt er … mich?"

Selina tippte abschließend auf ihr Handy und schob es in die Brusttasche ihrer Weste.

„Wie hat er denn ausgeschaut?", wollte sie, ohne auf Anna-Marias Frage einzugehen, wissen. „Der Glöckner?"

„Wie du ihn mir beschrieben hast. Das ist doch jetzt gar nicht wichtig, es …"

„Also war's der Gleiche? Das findest du nicht wichtig?"

„Der Gleiche?" Anna-Maria starrte ihre beste Freundin verblüfft an. „Du meinst, der Detektiv und der Unternehmensberater, das sind … das ist nur einer?"

„Würde ich mal so vermuten", entgegnete Selina, einigermaßen geschraubt. „Deshalb gibt's auch nur eine Handynummer."

„Er erwähnte einen Cousin und eine Bürogemeinschaft. Aber jetzt … wenn ich darüber nachdenke, es könnte auch so ein, wie du es sagst. Eigenartig."

Die Freundinnen verfielen in Schweigen. Anna-Maria, um das ihr Widerfahrene gedanklich zu ordnen, Selina, um das Handy aus der Brusttasche zu nehmen und eine eingegangene Botschaft zu lesen.

„Wie kann einer gleichzeitig Detektiv und Unternehmensberater sein?", wollte Anna-Maria wissen, nachdem das Telefon wieder in der Brusttasche verschwunden war.

„Man nennt es Multitasking", entgegnete Selina leichthin. „Auf Neudeutsch. Musst du heute machen, wenn ein Job nicht reicht. Ich bin auch gleichzeitig Künstlerin, Hundesitterin und Putzfrau."

„Kann man das vergleichen? Für einen Unternehmensberater erscheint mir das einfach … unseriös."

„Wer sagt dir, dass er wirklich einer ist? Nennen kann sich jeder so."

„Er hatte Urkunden. Preise gewonnen …"

„Bastle ich dir dutzendweise am Computer." Selina trank den Kaffee aus. „Fährst du mich jetzt zurück?"

„Wie finden wir heraus, was Horst mit ihm zu tun hat?"

„Nicht wir, mein Kind. Ich muss eine Brunnenplastik fertig stellen. Für einen reichen Opa auf der Feuerbacher Heide. Endlich wieder mal ein guter Job."

„Wie schön für dich", murmelte Anna-Maria geistesabwesend, zog die Glöckner'schen Visitenkarten aus der Tasche und betrachtete sie unschlüssig.

„Warum fragst du ihn nicht einfach?", schlug Selina praktisch vor. „Deinen Horst. Schließlich seid ihr doch ein Ehepaar."

„Ihn fragen?" Anna-Maria hob erschreckt die Brauen. „Dann müsste ich ja sagen, dass wir bei Glöckner waren."

„Wäre das so schlimm?"

„Das verstehst du nicht. Du bist nicht verheiratet."

„Nein." Selina schüttelte den Kopf. „Aber wenn ich's wäre, würde ich fragen."

# 13

Mit Loretta auf dem Rücksitz fuhren Emmerich und Gitti zu deren Wohnung im Stuttgarter Norden. In der Seestraße nahmen sie den Aufzug bis ins Dachgeschoss. Wie Emmerich erwartet hatte, wohnte Gabis Freundin in beengten Verhältnissen, vom winzigen Flur führte ein Durchgang ohne Tür in ein unaufgeräumtes Wohnzimmer, in dem ein Fernseher lief. Davor saß, ein Stück Pizza in der Hand, eine junge Frau mit Nasenpiercing, die auf den ersten Blick wie eine jüngere Ausgabe von Loretta wirkte. Auf den zweiten Blick entdeckte Emmerich ihren gewölbten Bauch unter einem ansonsten viel zu großen T-Shirt, sah, dass sie schlechte Haut hatte und abgekaute Nägel.

„Diana", stellte Loretta vor. „Das ist Reiner, der Mann von einer Freundin …"

„Hauptkommissar Emmerich", fiel Gitti ihr ins Wort. „Mein Name ist Kerner."

„Schmiere?" Die junge Frau versuchte, aufzuspringen, was ihr jedoch aufgrund der körperlichen Fülle nicht gelang. Stattdessen sah sie Loretta wütend an. „Bist du noch ganz dicht? Wieso bringst du die Schmiere mit hierher?"

„Bitte", reagierte Loretta unsicher. „Reg dich jetzt nicht auf. Sie wollen dir nur helfen. Sie kommen wegen Tom."

Die junge Frau zog schützend die Beine vor den Bauch und umschlang sie mit den Armen.

„Ich hab nichts damit zu tun, dass man ihn erschossen hat", sagte sie feindselig.

„Hat jemand das behauptet?" Gitti ergriff die Initiative, räumte leere Pizzakartons von einem Sitzsack mit geplatzter Naht und setzte sich Diana gegenüber. „Wir wollen nur was wissen. Über den Vater Ihres Babys."

„Er ist tot."

„Das, zum Beispiel, wissen wir bereits. Nicht aber, was er vorher so gemacht hat."

„Muss ich Ihnen nicht erzählen."

„Aber Sie könnten es. Schließlich brauchen Sie auch unsere Hilfe. Oder wollen Sie das Baby hier bekommen, statt im Krankenhaus?"

„Nein", kiekste Loretta aufgeregt dazwischen. „Das kommt gar nicht infrage. Ich will kein Baby in der Wohnung. Diana, bitte sei vernünftig."

Emmerichs Handy klingelte. Sich in Gesellschaft dreier Frauen bereits ausgesprochen unbehaglich fühlend, zog er es – glücklich über die Störung – heraus und sah auf das Display.

„Mirko", sagte er zu Gitti und zu Loretta. „Wo ist das Bad?"

„Gegenüber."

„Dann versucht doch bitte, die junge Dame hier zu einer Aussage zu überreden. Ich geh so lange telefonieren."

Emmerich wandte sich um, betrat das Bad, schloss dessen Tür und setzte sich auf den Rand einer senfgelben Wanne.

„Wie war es in der Leichenkammer?"

„Unerfreulich", sagte Mirko knapp. „Die Mutter ist mir beinah umgekippt."

„Ist noch etwas Neues dabei rausgekommen?"

„Nein. Die beiden sitzen jetzt im Zug nach Donaueschingen. Ich hab Tröges jüngste Handykontakte von der KTU bekommen. Die, die angerufen haben, als das Ding schon im Papierkorb lag. Lauter Frauen."

Emmerich gab ein schwer zu definierendes Geräusch von sich. Nicht nur, dass Frauen um vieles seltener zu morden pflegten als ihre männlichen Mitmenschen, und es daher unwahrscheinlich war, dass die Handykontakte sich von Nutzen erweisen würden, es gehörte auch nicht zu seinen favorisierten Tätigkeiten, sie zu vernehmen. Frauen, so zumindest schien es Emmerich, waren nicht einfach zu durchschauen und handelten oft aus Motiven, die sich nicht ohne weiteres nachvollziehen ließen.

„Selina Siegloch, Anna Semmler, Loretta Lindemaier, alle Stuttgart", zählte Mirko währenddessen auf. „Dann noch eine Diana Walters aus Berlin …"

„Die befragen wir gerade."

„Bitte?"

„Ja, du hast schon recht gehört. Sie ist in der Stadt und wohnt gerade bei Frau Lindemaier."

„Und wie hast du die gefunden? Wieder eine Vorahnung gehabt? Oder einen Traum?"

„Mirko." Emmerich zeichnete geduldig mit dem Zeigefinger das eingebrannte Muster auf einer dunkelbraunen Kachel nach und verlieh seiner Stimme eine autoritäre Note. „Hatten wir nicht vereinbart, diese Sache zu vergessen? Es gibt eine ganz natürliche Erklärung."

„Na, da bin ich mal gespannt", entgegnete Frenzel unbeeindruckt. „Diese Diana Walters jedenfalls wurde als Jugendliche vermisst gemeldet. Ist mit siebzehn von zu Hause abgehauen. Stammt aus Calw. In Berlin wurde sie später mehrfach hilflos aufgegriffen. Betrunken. Mehrere kleine Ladendiebstähle, für die man sie zu gemeinnützigen Tätigkeiten verurteilt hat. In den letzten zwölf Monaten war nichts mehr. Über die anderen Frauen liegt nichts vor."

„Okay. Sonst noch etwas?"

„Die Waffe ist nicht registriert. Hätte man sich denken können. Bei den vielen illegalen Wummen, die in deutschen Schlafzimmerschränken noch so unerkannt herumliegen."

„Schade." Emmerich warf einen Blick auf seine Armbanduhr. „Was machst du als Nächstes?"

„Ich hol mir einen Leberkäswecken und fahre zurück ins Präsidium."

„Dann sehen wir uns dort. In einer guten Stunde."

Emmerich beendete das Gespräch und ließ das Handy vorsichtig in eine der Innentaschen seines Cordsamtjacketts gleiten, nicht ohne sich vorher zu vergewissern, dass sich in dieser Tasche noch kein Loch befand. Er vermochte nicht genau zu sagen, wie lange er dieses Jackett schon trug, betrachtete es allerdings längst als eine Art persönliches Markenzeichen, es war ein Teil seiner Identität, irgendwann war er zu „Der-mit-dem-Jackett" geworden. Im Wohnzimmer hörte er die Frauen schwatzen und verspürte wenig Motivation, dorthin zurückzukehren. Stattdessen nutzte er die Gelegenheit, schlüpfte aus dem heiß geliebten Kleidungsstück und unterzog es einer eingehenden Untersuchung. Das Ergebnis war entmutigend. Der Futterstoff war, ohne dass ihm dies je aufgefallen wäre, bedenklich dünn geworden. Während er noch überlegte, was es wohl kosten mochte, ihn durch einen neuen zu ersetzen, entdeckte er, dass auch der Cordsamt selbst sich an den Ellenbogen in einem höchst fadenscheinigen Zustand befand. Aufbügelflicken konnten hier Abhilfe schaffen, doch abgesehen davon, dass Emmerich nicht wusste, ob es solche Flicken überhaupt noch zu kaufen gab, war zu bezweifeln, dass sie Gnade vor Gabis Augen finden würden. Es schien, als seien die Tage des Markenzeichens bald gezählt, was Emmerich sofort melancholisch stimmte, ihn auf die Vergänglichkeit der Dinge im Allgemeinen und zu seiner eigenen im Besonderen brachte. So saß er still und gedankenverloren auf dem Rand der senfgelben Wanne, bis ein energisches Klopfen ihn in die Gegenwart zurückholte.

„Reiner? Bist du da drinnen eingeschlafen?"

„Wie?" Emmerich fuhr auf, in das Jackett hinein und hörte etwas reißen. „Natürlich nicht." Er öffnete die Tür und stand Loretta gegenüber. „Wie weit seid ihr mit Diana Walters?"

„Ich wusste gar nicht, dass sie Walters heißt. Deine Kollegin hat mit ein paar sozialen Diensten telefoniert, die werden sich um sie kümmern. Wir sind übereingekommen, dass sie in Toms Wohnung bleiben kann, bis feststeht, was damit passiert."

„Gute Idee. Und ihre Aussage?"

„Sie wird uns jetzt erzählen, was sie weiß", sagte Gitti vom Wohnzimmer her. „Nicht wahr, Diana?"

„Was soll ich schon wissen?" Das Mädchen mit dem Nasenpiercing zuckte gleichgültig die Schultern. „Ich hab Tom in Berlin kennen gelernt. In einem besetzten Haus. Es war scheiße dort, ich wollte weg, er hat mir geholfen. Zu zweit haben wir ne Wohnung vom Sozialamt bekommen, er hat das gemacht, mit den ganzen Formularen. Ein paar Mal hab ich dann mit ihm gepennt, bis ich gemerkt hab, dass er mir die halbe Stütze abzockt. Danach ist er abgehauen."

„Direkt nach Stuttgart?"

„So hat's mir einer erzählt. Als das rauskam, mit dem Kind."

„Sie sind ihm hinterhergefahren?"

„Erst mal nicht. Wie denn, ohne Asche? Ich hab ihn angerufen. Er sagte, wenn es wirklich seines ist, das Kind, dann müssten wir darüber reden. Irgendwann. Ich kann aber nicht warten bis irgendwann. Ich hab gespart und bin hierher gekommen."

„So ist es gewesen", bekräftigte Loretta. „Ich war gerade bei Tom zu … äh … Besuch, als sie plötzlich vor der Türe stand."

Emmerich, der Gabis Freundin als eines der von Gitti so bezeichneten „drei Weiber" längst identifiziert hatte und der süffisanten Miene der Kollegin entnahm, dass auch sie diesen Zusammenhang hergestellt hatte, unterdrückte mühselig ein Grinsen.

„Und weil du so eine liebe Freundin von Herrn Tröge warst", sagte er mit falschem Lächeln, „hast du natürlich gleich geholfen und ihm Frau Walters abgenommen?"

„Ganz so einfach war es nicht", entgegnete Loretta, sichtbar angefressen.

„Abgeschoben hat er mich. Das Arschloch." Diana Walters, nicht zimperlich in ihrer Wortwahl, setzte nach. „Thomas war ein echter Wichser."

„Na, na, na." Emmerich hüstelte gespielt empört. „Ich dachte, er wollte Ihnen Geld zukommen lassen?"

„Stimmt", räumte das gepiercte Mädchen großzügig ein. „Nur bekommen hab ich's nicht."

„Wissen Sie irgendetwas, das uns weiterhelfen könnte? Womit war Tröge so beschäftigt? Hatte er etwas Bestimmtes vor? Jemanden erwähnt?"

Diana Walters angelte sich einen der Pizzakartons, nahm ein weiteres, offensichtlich längst kaltes Stück heraus und biss hinein.

„Nöö", sagte sie mit vollem Mund. „Ich meine, nichts, was ich geglaubt hätte. Dass er was am Laufen habe. Dass er bald das große Geld bekäme und ich dabei im Weg sei. Erst mal wollte er irgendwelchen reichen Schnepfen das Klettern beibringen. Dummes Gelaber, hab ich mir gedacht. Woher sollte Tom denn solche Leute kennen?"

„Dazu kann ich vielleicht etwas sagen", erklärte zu Emmerichs Überraschung Loretta widerwillig. „Einige Leute aus unserer … unserer Gruppe wollten einen Kurs machen."

„Was für eine Gruppe? Was für einen Kurs?"

„Unsere … äh … Klettergruppe. Einen Kletterkurs."

„Du auch?" Emmerich sah Loretta, die noch nie einen besonders sportlichen Eindruck auf ihn gemacht hatte, ungläubig an.

„Nun ja, warum denn nicht", entgegnete die ausweichend. „Man muss schließlich etwas für sich tun."

„Wer gehört noch zu dieser Gruppe?"

„Weiß ich nicht. Gerhard wollte sie zusammenstellen."

„Sieh einer an. Wurzenbach mal wieder."

„Ich hab dir nichts von ihm gesagt", machte Loretta einen Rückzieher. „Falls er dich fragt, woher …"

„Mit dem müssen wir uns trotzdem noch einmal unterhalten." Gitti stand auf und wischte sich Pizza-Krümel von den Jeans. „Und der Vollständigkeit halber will ich auch von Frau Walters wissen, wo sie am Donnerstagabend war."

„Hier", mümmelte die Angesprochene undeutlich. „Sie … ich meine Loretta … kann das bezeugen. Wir waren beide hier und haben ferngesehen."

* * *

Nachdem sie Selina an der Bushaltestelle vor dem Wagenburgtunnel abgesetzt hatte, fuhr Anna-Maria weiter ins Büro, das zwischen Gaskessel und altem Schlachthof in einer wenig ansprechenden Gegend lag. Es war auch keineswegs ein schönes Büro, eine Etage im zweiten Stock eines seit Jahren vom Straßendreck angegrauten Gebäudes, aber viel günstiger zu mieten, als die repräsentative Villa, in der ihr Vater einst residiert hatte, zu seiner Zeit, als das Geschäft noch brummte. Für die kleine Kolb & Semmler GmbH war es in den letzten Jahren immer schwieriger geworden, den Kampf um öffentliche Aufträge zu gewinnen. Steigende Anforderungen bürokratischer Natur waren kaum zu bewältigen, ohne Subunternehmer mit billigen Arbeitskräften an der Hand brauchte man auf EU-weite Ausschreibungen gar nicht erst zu reagieren. Auf den Baustellen gehörten Schwarzarbeit, Lohndumping, Korruption und schlechte Materialien zum Alltag, weder sie noch Horst waren bislang bereit gewesen, sich dafür herzugeben. Statt zu bauen, hatte sich Kolb & Semmler daher zunehmend aufs Renovieren verlegt, doch auch hier waren die Konkurrenz enorm, der Preisdruck hoch und gute Handwerker nur schwierig zu bekommen. An ihrem Schreibtisch haderte Anna-Maria mit dem neuen Internetauftritt der Firma, *Fit fürs Alter mit barrierefreien Duschen* war kein Satz, der ihr gefiel, sie würde den Text für die seniorengerechten Bäder selbst schreiben und sich mit der Agentur um die Bezahlung streiten müssen. Mühselig war das alles und entsetzlich trostlos nach der Euphorie der letzten Wochen, so sah kein erfülltes Leben aus, eher schon der Beginn einer ausgemachten Krise. Anna-Marias Gedanken schweiften ab zu Tom, zu dem Gefühl, eine begehrenswerte Frau zu sein und zu der Angst, die seit ein paar Tagen in ihr nagte, als Horst unverhofft ihr Büro betrat.

„Hast du ein paar Minuten für mich übrig?“

„Sicher.“ Anna-Maria klickte die seniorengerechten Bäder weg. „Worum geht es?“

„Ich denke, es ist Zeit, dass wir uns unterhalten.“ Horst nahm sich einen Stuhl und setzte sich ihr gegenüber. „Falls du unglücklich bist, möchte ich, dass du mir das sagst.“

„Unglücklich? Ich? Wie kommst du darauf?“

Statt ihre Frage zu beantworten, malte Horst mit dem Zeigefinger kleine Kreise auf den Schreibtisch.

„Ich weiß, dass ich zu wenig Zeit für uns beide habe“, sagte er, ohne sie anzusehen. „Ich verspreche auch, dass ich das ändern werde. Sobald der Auftrag für die Arbeiterunterkünfte auf der Alb im Haus ist. Die Zeiten sind hart."

„Als ob ich das nicht wüsste. Ich kenne doch die Zahlen."

„Es ist auch nicht so, dass ich dir einen Vorwurf machen würde", fuhr Horst fort, ohne auf ihren Einwurf einzugehen. „Ich kann verstehen, wenn du die Schnauze voll hast, mir geht es häufig ganz genauso."

„Horst, ich … ich weiß nicht, was du meinst", entgegnete Anna-Maria unsicher. „Wenn du Probleme hast …"

„Nein, nein. Lass uns nicht von mir sprechen, es geht um dich. Oder um uns. Ich will dich nicht verlieren. Auch wenn es vielleicht manchmal nicht so aussieht … du bist das Wichtigste, was ich im Leben habe."

„Wenn du es sagst." Anna-Maria betrachtete ihren Gatten aufmerksam, während sie versuchte, ihre Anspannung hinter einer lockeren Körperhaltung zu verbergen.

„Es ist mein Ernst. Falls du … etwas verändern willst … in unserem Leben … wir können über alles reden. Ich weiß wohl, dass du dir einmal etwas anderes vorgestellt hast. Eine andere Laufbahn einschlagen wolltest. Wie deine Freundin Selina."

„Ich mag sie", entgegnete Anna-Maria wachsam. „Und ich werde mich weiterhin mit ihr treffen. Auch wenn ich nicht mit ihr tauschen wollte."

„Sicher. Ich meinte nur … vielleicht bereust du es manchmal? Dass du … dass wir hier arbeiten. Und vielleicht gibst du mir die Schuld?"

„Wie könnte ich das?" Anna-Maria zog die Brauen hoch und versuchte, Horst in die Augen zu sehen, doch der wich ihr aus und begutachtete seine Fingernägel. „Wir haben uns gemeinsam entschieden, die Firma weiterzuführen."

„War nur so ein Gedanke." Horsts Blick wanderte entlang der Schreibtischkante zum Fenster hinaus. „In letzter Zeit hatte ich manchmal den Eindruck … im Leben einer Frau kann es kritisch werden, wenn die Kinder sie nicht mehr so dringend brauchen. Das ist nichts Neues, ich weiß schon …"

„Nein." Anna-Maria überlegte, ob Horst lediglich die Weisheiten seiner Mutter wiedergab oder sich tatsächlich eigene Gedanken gemacht haben mochte und auf etwas Konkretes anspielte. Gut möglich, dass ihr Verhalten in den letzten Wochen ihm unabsichtlich Anlass zur Beunruhigung gegeben hatte, doch war die Ursache dieses Verhaltens ja nun umständehalber entfallen. Eine Formulierung, für die sie sich innerlich umgehend rügte, die jedoch die Natur der Sache traf. Sie würde sich aus eigenem Antrieb keine Blöße geben. „Du musst dir keine Sorgen machen“, sagte sie daher mit einem Lächeln, das seine Wirkung auf Horst für gewöhnlich nicht verfehlte. „Vielleicht bin ich manchmal ein wenig nachdenklich. Aber du wärst der Erste, mit dem ich reden würde, wenn ich tatsächlich etwas ändern wollte.“

„Das beruhigt mich.“ Horst wandte den Blick vom Fenster ab und nahm ihre Hand. „Dennoch, Liebes, will ich dich um etwas bitten. Lass dich nicht mit den falschen Leuten ein.“

„Du meinst Selina?“

„Nicht Selina. Nur so, im Allgemeinen …“ Für einen Augenblick sah es aus, als wolle Horst fortfahren, um die nebulöse Warnung zu erläutern, doch dann überlegte er es sich offensichtlich anders. „Die Welt ist voller Gauner.“

„War das nicht schon immer so?“

„Möglicherweise. Aber Frauen in deinem Alter …“

„… unterliegen einer besonderen Gefährdung? Ist es das, was du mir sagen willst?“

„So ungefähr.“

„Danke. Ich kann auf mich aufpassen.“

„Ich will es hoffen.“ Horst stand auf, beugte sich über den Schreibtisch und drückte einen Kuss auf ihre Stirn. „Jetzt muss ich los. Und übrigens … was letzten Donnerstag angeht, da hab ich was verwechselt. Ich war nicht mit Glöckner essen, sondern bei Mama.“

# 14

Auf dem Rückweg zum Auto fühlte sich Emmerich veranlasst, in dürren Worten die näheren Umstände seiner Bekanntschaft mit Loretta Lindemaier zu erklären und wollte gerade das Thema wechseln, als Gitti ihm ins Wort fiel:

„Alles schön und gut", sagte sie stehen bleibend. „Aber Frau Lindemaier weiß noch etwas, das sie uns verschwiegen hat."

„Loretta zu kennen, ist nicht schön und gut", widersprach Emmerich energisch. „Was meinst du damit?"

„Sie sagte, Tom sei Teil von etwas und hat sich beinahe verquasselt. Dass der Bahnhofsumbau viele Gegner hat, ist kein Geheimnis. Warum tut sie dann so geheimnisvoll? Warum hat sie Angst vor Wurzenbach?"

„Vor Wurzenbach? Du glaubst, der ist gefährlich?"

„Er scheint eine gewisse Wirkung zu haben. Auf gewisse Frauen. Wie ein Guru oder so ..."

„Tatsächlich? Mir kommt er eher wie ein Waldschrat vor."

„Jedenfalls führen sie irgendwas im Schilde. Wurzenbach und diese Frauen."

„Die Klettergruppe?"

„Wäre möglich."

„Ich sehe kein Motiv, den potenziellen Trainer zu erschießen. Und reiche Schnepfen? Sahen die Frauen danach aus?"

„Lass dich vom Äußeren nicht täuschen." Gitti ging langsam weiter. „Ältere Leute haben oft ein ganz erstaunliches Vermögen. Zumindest in den Augen einer Diana oder auch eines Thomas Tröge, die beide nicht viel haben, gelten sie als reich. Jutta Filz und diese Conny kamen mir zudem auch irgendwie bekannt vor. Wenn ich nur wüsste ... ich muss das recherchieren."

„Wir können es auch andersherum versuchen", meinte Emmerich, sich ebenfalls wieder in Bewegung setzend. „Wurzenbach und seine Damen waren in der fraglichen Nacht im Schlossgarten. Zumindest teilweise. Für die Tatzeit geben sie sich gegenseitig ein Alibi. Die Bushaltestelle. Kann das Absicht sein?"

„Solange wir nicht wissen, warum sie uns ihre Bekanntschaft mit Tröge verschwiegen haben, ist das kaum zu beurteilen."

„Nur mal angenommen", spekulierte Emmerich weiter, „der Wurzenbach wäre es gewesen ..."

„Nein." Gitti schüttelte den Kopf so heftig, dass ihr langes, dunkles Haar in Wallung geriet. „Er ist weder klein, noch rundlich und der Zeuge Edamer hätte ihn sicherlich identifiziert."

„Auch wieder wahr", stimmte Emmerich gemütlich zu. „Klein und rundlich war eigentlich nur diese Moni. Die Unscheinbare auf dem Sofa."

„Moni allerdings", versetzte Gitti dezidiert, „ist unübersehbar eine Frau."

„Bei Nacht sind alle Katzen grau", reimte Emmerich ungewollt, musste darob lachen und setzte mit knitzem Lächeln hinzu: „Und die Frühlingsnacht war lau."

„Mit Dichtung kommen wir der Wahrheit zwar nicht näher", meinte Gitti, das Lächeln erwidernd, „aber der Ansatz mit den grauen Katzen ist vielleicht gar nicht so verkehrt." Wieder blieb sie stehen und angelte ihren Schlüsselbund aus der vielfarbig gemusterten Umhängetasche. Ihr Stehenbleiben hatte zur Folge, dass ein Mann mit schwarzer Umhängetasche, der unmittelbar hinter ihnen des Weges kam, weder rechtzeitig ausweichen noch bremsen konnte und mit ihr zusammenprallte.

„Verzeihung", zischte der Mann kaum hörbar, bevor er weiterhastete und eine schuldbewusst dreinblickende Gitti zurückließ.

„Peinlich", sagte sie zerknirscht. „Ich hab den gar nicht kommen hören. Du?"

„Wir waren auf unser Gespräch konzentriert. Es ist ja nichts passiert."

Gemeinsam stiegen sie ins Auto, vergaßen den Mann mit der schwarzen Umhängetasche und fuhren ins Präsidium, wo Emmerich an der Pforte unterrichtet wurde, dass ein Dr. Gaggenheim schon mehrfach versucht habe, ihn zu erreichen und auf einen umgehenden Rückruf warte. *Herrgottssack* war alles, was ihm dazu einfiel, das Grinsen des Kollegen und Gittis erhobene Braue ignorierend, eilte er in sein Büro und griff zum Telefon.

„Na, das wird ja nun auch Zeit", eröffnete Gaggenheim ohne Verwendung einer Höflichkeitsfloskel das Gespräch. „Wann ist Ihre nächste Pressekonferenz?"

Emmerich, der damit gerechnet hatte, minutiös die Fortschritte der Ermittlungen darlegen zu müssen, schwieg verblüfft.

„Sind Sie noch dran?", schnarrte Gaggenheim gebieterisch.

„Ja."

„Also bitte ..."

„In nächster Zeit ist keine Pressekonferenz vorgesehen."

„Nicht? Warum nicht?"

„Wozu?"

„Die Öffentlichkeit will unterrichtet werden. In so einem brisanten Fall."

„Wer sagt denn, dass der Fall brisant ist?"

„Ich ... wir sind nach sorgfältiger Abwägung der Umstände zu dieser Ansicht gelangt."

„Welcher Umstände?"

„Nun ... hm ... äh ..." Der unbekannte Gaggenheim schien etwas ins Schwimmen zu geraten, räusperte sich geräuschvoll und hatte sich wieder in der Gewalt. „Die Umstände eben", erklärte er inhaltlich vage, jedoch resolut.

„Eine Pressekonferenz", sagte Emmerich sachlich, „gibt es nur, wenn wir neue Erkenntnisse haben, eine Verhaftung vornehmen können oder auf die Mithilfe der Bevölkerung angewiesen sind. Nichts davon trifft derzeit zu."

„Sie werden ja wohl etwas Hübsches aus dem Ärmel zaubern können. Mir liegt sehr an einer Pressekonferenz. Ich wäre auch persönlich anwesend und würde ein paar Worte sagen. Was halten Sie von morgen Nachmittag?"

„Hören Sie, Herr Doktor ..." Emmerich machte eine Pause, um seinen Worten Nachdruck zu verleihen. „Ich weiß weder wer Sie sind noch welchen Posten Sie bekleiden. Genau genommen weiß ich nicht einmal, ob Sie überhaupt etwas zu sagen haben ..."

„Unverschämtheit", unterbrach ihn Gaggenheim.

„Meine Aufgabe besteht in der Aufklärung des Falls, nicht in der Öffentlichkeitsarbeit", sprach Emmerich unbeirrt weiter. „Vielleicht wenden Sie sich an die Staatsanwaltschaft?"

„Das ist ein anderes Ressort", schnaubte Gaggenheim verächtlich, bevor er unversehens den Tonfall wechselte. „Jetzt stellen Sie sich nicht so an", forderte er kumpelhaft. „Ein bisschen was vom Ruhm wird ja auch für Sie abfallen."

„Ich bin nicht auf Ruhm versessen", entgegnete Emmerich abschließend. „Sonst wäre ich Fernsehkommissar geworden. Guten Tag, Herr Doktor Gaggenheim." Beim Auflegen hörte er noch, wie sein Gesprächspartner etwas rief, das sich wie „nur nach Rücksprache mit mir" anhörte, dann war die Verbindung unterbrochen und Emmerich ernstlich verstimmt. Die Polizeiarbeit war nicht dazu da, subalternen Individuen übergeordneter Dienststellen eine Plattform zur Präsentation zu bieten. Ebenso wenig, wie er selbst dazu bereit war, sich durch irgendwelche Interessensgruppen, gleich welcher politischen Couleur, instrumentalisieren zu lassen. Das eine oder andere Motiv steckte zweifellos hinter Gaggenheims Ansinnen, allein jedoch der Respekt vor dem Opfer verlangte schon, es abzulehnen. Emmerich war in diesen Dingen altmodisch und fest entschlossen, es zu bleiben. Die allgegenwärtige Selbstentblößung vollkommen unbedeutender Personen in den Medien war ihm zwar zuwider, aber natürlich deren Sache. Zeugen, Angehörige oder anderweitig in einen Fall verwickelte Bürger jedoch hatten unzweifelhaft das Recht, vor solcher Öffentlichkeit verschont zu bleiben, und es verbot sich von selbst, ihre Gefühle oder Empfindungen zu verletzen, indem man Dinge aufbauschte, wo es nichts aufzubauschen gab. Es klopfte an der Tür, und Mirko Frenzel kam herein.

„Etwas nicht in Ordnung?“, fragte er defensiv. „Ich wollte dich nicht stören, ich wollte …“

„Kein Problem.“ Emmerich zwang sich zu einem Lächeln. „Hab mich nur geärgert. Über einen Gaggenheim vom Ministerium.“

„Gaggenheim? Ich dachte, der sei von der Stadt. Das war der Mann, der mir wegen der Parkbegehung die Hölle heißgemacht hat. Als du noch im Urlaub warst.“

„Mir scheißegal, woher er kommt“, versetzte Emmerich mit Inbrunst und wiederholte in kurzen Worten den Inhalt des soeben beendeten Telefonats. „Er soll mich in Ruhe lassen.“

„Vielleicht sollten wir ihn mal vernehmen“, regte Frenzel stattdessen an. „Mir kommt das ziemlich undurchsichtig vor.“

„Unsinn.“ Emmerich, wieder entspannter, winkte ab. „Immer das Gleiche mit diesen Leuten. Nutzen jede Möglichkeit, um sich irgendwie in Szene zu setzen. Konzentrieren wir uns lieber auf das Naheliegende.“

„Wie du willst. Hier sind die Adressen von Tröges Telefonkontakten. Soweit wir sie schon haben.“ Mirko legte eine Liste auf Emmerichs Schreibtisch. „Die Namen stammen von der SIM-Karte des Handys. Es gibt auch noch ein paar Nummern im Speicher ohne Namen, die er erst kürzlich angewählt hat. Da arbeiten die Kollegen momentan noch dran.“

„Noch mehr Frauen“, stöhnte Emmerich nach einem kurzen Blick auf Frenzels Liste. „Erst Wurzenbach und jetzt auch noch Tröge. Mir scheint, wir hätten diese Sonderkommission nicht *Denkmal*, sondern *Weiberhelden* nennen sollen. Hier …", – er tippte mit dem Finger auf das Blatt Papier – „… Jutta Filz. Die saß auch bei Wurzenbach, als wir ihn besuchten."

„Dann nehmen wir uns die als Erstes vor", meinte Frenzel motiviert. „Müsste noch reichen vor der Abendlage."

„Gitti wollte mehr über sie herausfinden."

„Schon passiert", erklang es fröhlich von der Tür. „Und fast so, wie ich's mir dachte. Jutta Filz ist Eigentümerin der Galerie der schönsten Künste. Internationale Kundschaft aus der gehobenen Gesellschaft. Dort gibt es Dinge, die kosten mehr, als meine ganze Wohnung. Cornelia Hurtig, genannt Conny, ist ihre Angestellte. Bekannt kamen mir die beiden vor, weil in der Galerie erst kürzlich eine Vernissage eröffnet wurde, da war ein Foto von ihnen in der Zeitung. Jutta Filz und Conny Hurtig sind darüber hinaus offizielle Unterstützer der Kopfbahnhoffreunde und haben beide schon auf einer Montagsdemo gesprochen."

„Tüchtig, tüchtig", lobte Emmerich, wie er meinte, taktisch klug und blätterte angelegentlich den kleinen Papierstapel durch, der sich während seiner urlaubsbedingten Abwesenheit durch die sorgenden Hände seiner Sekretärin auf seinem Schreibtisch gebildet hatte. „Ihr beide geht die Dame interviewen, ich kümmere mich um meine Post. Wir sehen uns bei der Abendlage."

„Mit Verlaub, das halte ich für keine besonders effiziente Vorgehensweise", widersprach Gitti Kerner umgehend. „Wir sollten auch über Tröges weitere Kontakte möglichst viel herausfinden. Und das nicht erst in den nächsten Tagen."

„Wofür haben wir die Sonderkommission?"

„Die Kollegen sind mit Telefondienst und der Zeugenermittlung in der Ostendstraße beschäftigt. So groß ist diese Sonderkommission nun auch wieder nicht, und die KTU wird uns noch weitere Namen liefern."

„Recherchen dieser Art sind nicht gerade *dein* Spezialgebiet", setzte Mirko hinzu. „Ich denke, die Kollegin Kerner ist auf diesem Posten besser aufgehoben. Wie sie gerade eben auch bewiesen hat."

„So, so." Emmerich kratzte sich am Kopf und sah die Hauptkommissarin an. „Sind Sie … bist du ebenfalls dieser Ansicht?"

„Wenn ich ehrlich sein soll … " Gitti versüßte ihre Antwort mit einem überaus liebenswürdigen Lächeln. „Ja."

Emmerich erhob sich resigniert.

„Dann also auf zu Jutta Filz", sagte er nachgiebig zu Mirko.

* * *

Anna-Maria betrachtete das Bildnis der barrierefreien Dusche auf ihrem Monitor und versuchte vergeblich, Worte zu finden, die Senioren von der Anschaffung einer solchen überzeugen konnten. Als Senioren galten heutzutage bereits Menschen, die das fünfzigste Lebensjahr erreicht oder gerade überschritten hatten. Während einerseits von ihnen erwartet wurde, dass sie noch lockere siebzehn Jährchen bis zur Erreichung des Rentenalters mit volkswirtschaftlich sinnvollen Tätigkeiten, vulgo „Arbeit" genannt, verbringen würden, sollten sie andererseits nicht mehr in der Lage sein, eine herkömmliche Badewanne zu benutzen. Anna-Maria war sich durchaus bewusst, dass auch Horst und sie in weniger als zehn Jahren dieser stets wachsenden Bevölkerungsgruppe angehören würden, sie hoffte aber doch, nicht unmittelbar nach dem Ausscheiden aus der werbewirksamen Zielgruppe der Vierzehn- bis Neunundvierzigjährigen der Senilität anheimzufallen und hatte keineswegs vor, in diesem Alter bereits auf ein entspannendes Wannenbad zu verzichten. Vielleicht war es also besser, den Textvorschlag der Agentur zu nehmen, zumal sich auch noch Horstens Mutter in ihre Gedanken drängte, deren erste Fragen beim Anblick des barrierefreien Modells vor einiger Zeit gelautet hatten: „Wer soll das denn putzen? Das ganze Glas bis hoch zur Decke? Was ist, wenn der Abfluss mal verstopft ist? Dann hab ich die Sauerei im Bad."

Anna-Maria fand sich damit ab, im Moment keine passenden Argumente für den Einbau einer solchen Dusche außerhalb von Alters- oder Pflegeheimen zu finden, schloss die Datei und dachte darüber nach, was Horst gesagt hatte. Einem spontanen Impuls folgend griff sie zum Telefon und wählte die Nummer ihrer Schwiegermutter.

„Ich bin's, Anni", sagte sie, als abgenommen wurde. „Horst vermisst seine … äh … Strickjacke. Er hat sie nicht zufällig letzten Donnerstag bei dir vergessen?"

„Letzten Donnerstag?" Margarete Semmlers Stimme klang beleidigt. „Weißt du, wie lange es her ist, dass mein Herr Sohn sich zum letzten Mal die Mühe gemacht hat, mich zu besuchen? Vier Wochen sind es sicher. Wenn ich, in meinem Alter, nicht immer bereit gewesen wäre, den Weg zu euch auf mich zu nehmen …"

„Bitte übertreibe nicht", unterbrach Anna-Maria das beginnende Lamento. „Wir alle waren erst an Pfingsten bei dir."

„Das ist ganz etwas anderes. Von euch erwarte ich gar nicht, dass ihr mich oft besucht …"

„Wie auch immer. Hat er nun am letzten Donnerstag die Strickjacke vergessen oder nicht?“

„Natürlich nicht. Wie denn, wenn er gar nicht da war?“

„Dankeschön. Das war's schon, was ich wissen wollte. Wir sehen uns am übernächsten Samstag.“

„Du hast auch nie Zeit. Von den Kindern will ich gar nicht reden …“

„Margarete, ich muss Schluss machen. Es hat an der Tür geklopft.“ Anna-Maria unterbrach mit schlechtem Gewissen die Verbindung. Zeit zu haben, war ein Luxus heutzutage, aber vielleicht war auch dies schon immer so gewesen. Jedenfalls hatte sie jetzt keine, um darüber nachzudenken. Horst hatte sie angelogen. Nicht um etwas herumgeredet oder auf Nachfrage nicht zugegeben, sondern sie mit voller Absicht angelogen. Die Angst, die sich seit ihrem Gespräch mit ihm verflüchtigt hatte, kehrte mit einer Wucht zurück, die Anna-Maria Beklemmungen verspüren ließ. Was hatte Horst in der Nacht vom Donnerstag vor Mitternacht wirklich getan?

# 15

Die Galerie der schönsten Künste entsprach nicht dem, was Emmerich sich vorgestellt hatte. Weder war sie ein netter, kleiner Laden mit bogenförmigen Schaufenstern irgendwo im Bohnenviertel oder im Stuttgarter Westen noch schien sie sich schwerpunktmäßig mit dem Verkauf von Bildern zu befassen. Frenzel hatte den Wagen bei der Industrie- und Handelskammer geparkt und Emmerich zu einem Bürokomplex ganz in der Nähe gelotst. Dort belegte Jutta Filzens Galerie mehrere hundert Quadratmeter im zweiten Stock, aus den ehemaligen Büros waren schlichte, museale Räume geworden, die dem Auge des Betrachters Dinge boten, von denen Emmerich nicht wusste, was davon zu halten war. Sein Kunstverstand, das gab er unumwunden zu, beschränkte sich auf's Rudimentäre. Bilder oder Gegenstände, die ihren Weg in eine Ausstellung gefunden hatten, bewunderte er mit Respekt, jedoch häufig ohne besonderen Gefallen. Warum das eine Werk Millionen wert war, ein anderes, das ihm genauso schön erschien, dagegen gar nichts, vermochte er weder zu ergründen noch zu beurteilen, er brachte schlicht nicht das erforderliche Interesse dafür auf. Auf der Suche nach der Inhaberin dieser Galerie stießen sie im dritten Raum, den sie betraten, auf eine Gruppe filigraner Figuren aus löchrigem Metall, die in einem etwa vier mal vier Meter großen Kiesbett ruhten. Dahinter stand Jutta Filz im Gespräch mit einem vermögend aussehenden Paar.

„Das ist sie", tuschelte Emmerich, der einmal dazu erzogen worden war, in Museen oder Kirchen, wenn überhaupt, dann nur sehr leise zu sprechen. „Hat wohl gerade Kundschaft."

„Dann gehen wir eben noch ein bisschen gucken", entgegnete Frenzel, dem ein derart diskretes Verhalten offensichtlich fremd war, in normaler Lautstärke, was die Aufmerksamkeit der Galeristin und des Paars erregte.

„Einen Augenblick, ich bin gleich wieder bei Ihnen", sagte Jutta Filz vernehmlich, umrundete das Kiesbett und sah Emmerich wenig freundlich an. „Was wollen Sie denn hier?"

„Noch ein paar Auskünfte."

„Die Herrschaften da drüben sind eigens aus Spanien angereist, um eine Installation zu erwerben. Es wäre für alle Beteiligten ausgesprochen ärgerlich, wenn sie meine Galerie unverrichteter Dinge wieder verlassen müssten."

„Keine Ursache. Wir können warten."

„Ein solches Kunstwerk kauft man nicht im Vorübergehen. Es handelt sich immerhin um Max Xaver Jänner."

„Wirklich?" Emmerich tauschte einen ratlosen Blick mit Frenzel, dem der Name ebenso wenig zu sagen schien wie ihm selbst und fügte höflich hinzu: „Sehr beeindruckend."

„Das will ich meinen." Jutta Filz deutete die Spur eines dünnen Lächelns an. „Wir sind stolz, dass wir ihn für eine Vernissage gewinnen konnten. Für Stuttgart ist das keineswegs selbstverständlich."

„Vielleicht dürfen wir in der Zwischenzeit mit Ihrer Angestellten sprechen?" Mirko betrachtete die Installation mit skeptischen Blicken. „Cornelia Hurtig, wenn ich mich nicht irre."

„Conny ist ein Stockwerk höher. Dort liegen unsere Büros." Jutta Filz zog ein Handy aus den Falten ihres Rocks. „Ich gebe Bescheid, dass sie Sie abholen soll. Am Eingang im Foyer. Gehen Sie einfach so zurück, wie Sie hergekommen sind."

Emmerich und Frenzel fühlten sich entlassen und traten ohne ein weiteres Wort den Rückzug an. Der Eingangsbereich der Galerie war ein schmuckloser Raum mit einer Garderobe, einigen Sitzgelegenheiten und ein paar Postern an der Wand, die den Stuttgarter Hauptbahnhof aus der Perspektive des Schlossgartens samt seiner mächtigen Bäume zeigten. Auf einem Tischchen neben der Tür entdeckte Emmerich die lindgrünen Flyer, die auch Loretta mit sich herumtrug und die in letzter Zeit, so zumindest kam es ihm vor, zunehmend das Stadtbild zu bestimmen schienen. Er wollte gerade Frenzel, der die Poster ansah, darauf aufmerksam machen, als die Tür aufging und Cornelia Hurtig eintrat.

„Hallo", sagte sie gut gelaunt. „Schöne Fotos sind das, nicht? Ein Jammer wäre es, wenn der Park zerstört würde."

„Zweifellos", nickte Mirko zustimmend.

„Es ist unbegreiflich. Wissen Sie, dass die Mehrheit der Bevölkerung dagegen ist? Trotzdem soll …"

„Ist uns bekannt", unterbrach Emmerich, eine weitere, fruchtlose Diskussion fürchtend, die Angestellte. „Wir bräuchten nochmals Ihre Hilfe. In Sachen Donnerstagabend."

„Dann kommen Sie doch bitte mit nach oben." Cornelia Hurtig wandte sich um und hielt die Tür auf. „Einfach eine Treppe höher."

Im dritten Stock wurden Emmerich und Frenzel in ein mit antiken Möbeln ausgestattetes Besprechungszimmer geführt, in dem kleine Flaschen mit Mineralwasser und Saft bereitstanden.

„Setzen und bedienen Sie sich", forderte Cornelia Hurtig liebenswürdig. „Worum geht es?"

„Ihre Aussage von vorhin." Emmerich kam der Aufforderung nach. „Inzwischen haben wir Hinweise, dass daran etwas nicht stimmen kann."

Cornelia Hurtig wirkte für einen Augenblick verärgert.

„Inwiefern?", wollte sie wissen.

„Zum Beispiel Ihre Behauptung, Thomas Tröge nicht gekannt zu haben."

„Bleibt dieses Gespräch hier unter uns?"

„Ich kann Ihnen Vertraulichkeit zusichern. Wenn allerdings gerichtsverwertbare Details zutage treten ..."

„Das kann ich mir nicht vorstellen." Cornelia Hurtig öffnete ein Fläschchen und schenkte sich Wasser ein. „Ich weiß nichts über Ihren Mord. Allerdings habe ich das Opfer tatsächlich gekannt. Flüchtig."

„Warum haben Sie das meiner Kollegin und mir verschwiegen?"

„Gerhard und Jutta stimmten überein, dass dies der einfachste Weg ist. Um nicht in die Angelegenheit verwickelt zu werden."

„Herr Wurzenbach und Ihre Chefin sind doch eigentlich nicht dumm", wandte Emmerich einigermaßen erstaunt ein. „Sie hätten sich denken können, dass die Wahrheit auf den Tisch kommt."

„Wie soll ich sagen?" Cornelia Hurtig nippte geziert am Wasser. „Jutta und ich sind nicht immer einer Meinung. Aber, wie Sie bereits bemerkten, ist sie meine Arbeitgeberin."

„Und wie lautet nun die Wahrheit?"

„Ich muss ein wenig ausholen." Cornelia Hurtig schloss für einen Moment die Augen und schien, nach den richtigen Worten zu suchen. „Wie Sie vielleicht wissen", begann sie zögernd, „sind wir alle im Widerstand. Gegen Stuttgart 21."

Emmerich unterdrückte einen Seufzer. Natürlich hatte er erwartet, dass das allgegenwärtige Thema wieder eine Rolle spielen würde, die Wortwahl der Protagonisten jedoch begann, ihm auf die Nerven zu gehen. Mochten sie protestieren, demonstrieren oder was auch immer tun, sie befanden sich nicht in einem Guerillakrieg gegen einen afrikanischen

Despoten oder ein nicht demokratisch legitimiertes Unrechtsregime. Auch wenn der eine oder andere dies angesichts der Ignoranz, mit der viele Politiker dem anwachsenden Protest begegneten, völlig zu Recht so empfinden mochte. Mit dem Begriff „Widerstand" verband er die Angehörigen der Weißen Rose im Dritten Reich, Mahatma Gandhi in Indien oder den ANC zu Zeiten der Apartheid in Südafrika. Diese Leute hatten unter Einsatz von Leib und Leben für Menschenrechte oder Freiheit gekämpft, die Bedeutung des Stuttgarter Hauptbahnhofes erschien ihm im Vergleich dazu doch recht untergeordnet zu sein. Dies jedoch war nicht der richtige Zeitpunkt für semantische Erörterungen, er behielt seine Überlegungen für sich und nickte nur.

„Thomas Tröge gehörte auch dazu", fuhr Cornelia Hurtig fort. „An jenem bewussten Abend waren wir alle im Park. Gerhard, Thomas, Moni, Jutta und ich. Auch Loretta wollte eigentlich kommen, hat dann aber kurzfristig abgesagt. Unerwarteter Besuch, wenn ich mich recht erinnere."

„Das heißt, Sie waren gemeinsam im Biergarten? Mit Thomas Tröge?"

„Nein." Cornelia Hurtig schüttelte den Kopf. „Im Biergarten waren nur Gerhard und Jutta. Wir anderen kamen später. Ich selbst habe Thomas an diesem Abend gar nicht gesehen."

„Verzeihung." Emmerich erwog flüchtig, ob ihm einmal mehr sein mangelndes Verständnis weiblicher Gedankensprünge im Wege stand, kam aber zu einem anderen Resultat. „Sagten Sie nicht gerade, Sie alle hätten sich im Park getroffen?"

„Ich sagte, dass wir dort waren. Nicht, dass wir uns getroffen haben."

„Würden Sie uns das etwas genauer erklären?", sprang ihm Frenzel, erfreulicherweise wohl ebenfalls mit Verständnisschwierigkeiten kämpfend, zu seiner Erleichterung bei.

„Es geht um die Bäume. Sie wissen, dass wegen des neuen Bahnhofs fast dreihundert, zum Teil mehrere hundert Jahre alte Bäume gefällt werden sollen?"

„Ich kenne niemand, der das nicht weiß", sagte Frenzel und fügte hinzu: „Und auch niemanden, der das gut findet."

Cornelia Hurtig nickte beifällig.

„Für viele Menschen ist das ein noch schlimmerer Frevel als der Teilabriss des denkmalgeschützten Bahnhofs. Wir sind deshalb entschlossen, die Bäume zu beschützen."

„Wer ist wir?", mischte sich Emmerich wieder ein.

„Die Baumwächter. Eine Gruppe von bislang etwa einhundert Personen, die rund um die Uhr im Park Patrouille gehen. Wir befürchten, dass das mit den Bäumen sonst genauso abgeht wie mit dem Neubau des Innenministeriums."

„Was war damit?" Frenzel schien unter Gedächtnisschwund zu leiden.

„Erinnern Sie sich nicht an die denkmalgeschützten Häuser gegenüber dem großen Hotel an der Willy-Brandt-Straße? Die wurden in einer Nacht-und-Nebel-Aktion abgerissen, bevor jemand protestieren oder dagegen klagen konnte. Abends standen sie noch da, morgens waren sie einfach weg. Heute bauen sie dort das neue Ministerium."

„Stimmt", gab Frenzel zu. „Ist schon eine Weile her. Man vergisst so schnell."

„Wir haben das nicht vergessen. So etwas darf sich im Schlossgarten auf keinen Fall wiederholen."

„Was wollen Sie denn dagegen tun?", fragte Emmerich, der selbst die alten Bäume liebte, nun doch neugierig geworden.

„Im Moment beschränken wir uns darauf, aufmerksam zu sein. Sollte sich im Park etwas tun, werden wir …"

„Ja?"

Cornelia Hurtig trank einen weiteren Schluck von ihrem Wasser und setzte eine bedauernde Miene auf.

„Ich fürchte, Ihnen kann … darf ich das nicht erzählen. Sie wären sonst verpflichtet, etwas gegen uns zu unternehmen."

„Wir müssen gar nichts, solange wir keinen entsprechenden Einsatzbefehl bekommen", sagte Frenzel leichthin. „Auch bei der Polizei gibt es genügend Leute, die das Projekt nicht gut finden."

„Hat Ihr Vorhaben vielleicht irgendetwas mit Klettern zu tun?", fragte Emmerich vorsichtig.

„Ich würde es nicht ausschließen", antwortete Cornelia Hurtig höflich. „Am letzten Donnerstag allerdings sind wir nur Patrouille gegangen. Vorgesehen war, dass Jutta mit Gerhard geht, ich mit Moni und Thomas mit Loretta. Weil sie nicht kam, haben wir uns anders aufgeteilt. Wir Frauen sind zusammengeblieben, und Gerhard hat sich mit Thomas getroffen. Mehr kann ich nicht dazu sagen. Als wir Gerhard an der Bushaltestelle wiedergesehen haben, war Thomas nicht dabei."

„Das würde bedeuten, dass Gerhard Wurzenbach einer der Letzten war, die Tröge lebend gesehen haben", überlegte Emmerich laut. „Wenn nicht sogar der Letzte."

„Eben", bestätigte Cornelia Hurtig trocken. „Und verständlicherweise lag weder ihm noch Jutta etwas daran, dass dieser Umstand bekannt wird. Die Baumwächter agieren derzeit noch im Verborgenen. Wir wollen erst an die Öffentlichkeit, wenn die Zeit dafür gekommen ist. Aber das hat alles nichts damit zu tun, dass man Thomas Tröge erschossen hat."

„Was macht Sie so sicher?"

„Nun …" Wieder schien Cornelia Hurtig nach den richtigen Worten zu suchen, doch diesmal machte sie eine verneinende Kopfbewegung. „Ich kann es Ihnen nicht erklären. Es ist nur ein Gefühl. Ich würde Gerhard eine solche Tat nie zutrauen."

„Mir ist aufgefallen", versuchte Emmerich, der keinen Sinn darin erkennen konnte, auf Gefühle näher einzugehen, einen anderen Ansatz, „dass heute Vormittag keiner von Ihnen ernstlich betrübt gewirkt hat ..."

„Dazu kann ich nur für mich selbst etwas sagen", fiel Cornelia Hurtig ihm, für seine Begriffe etwas zu schnell, ins Wort. „Mir war Thomas Tröge unsympathisch."

„Einfach nur so oder aus einem bestimmten Grund?"

„Einfach nur so", entgegnete Jutta Filzens Angestellte nach einem kaum merklichen Zögern.

„Sie und Ihre Chefin?", warf Frenzel unerwartet ein und beugte sich leicht vor. „Arbeiten Sie schon lange zusammen?"

Cornelia Hurtig sah ihn überrascht an.

„Im September sind es vierzehn Jahre. Warum fragen Sie?"

„Auch einfach nur so." Frenzel lehnte sich wieder zurück. Eine dieser kleinen Pausen, während derer niemand etwas sagte, entstand, bevor Cornelia Hurtig zuvorkommend fragte:

„Kann ich sonst noch etwas für Sie tun?"

„Selina Siegloch oder Anna Semmler?" Frenzel blätterte in einem Notizbuch. „Sagen Ihnen diese Namen etwas?"

„Es gibt eine vollkommen unbedeutende, lokale Künstlerin namens Selina Siegloch in Stuttgart", antwortete Cornelia Hurtig nach kurzem Nachdenken ein wenig hochnäsig. „Falls es die ist, die sie meinen. Der andere Name sagt mir nichts."

Mirko klappte das Notizbuch zu und machte keine Anstalten, eine weitere Frage zu stellen. Emmerich übernahm erneut das Wort:

„Wie kam Tröge denn zu Ihrer Gruppe?"

„Das weiß ich leider auch nicht so genau. Er war einfach plötzlich da. Ich nehme an, Gerhard oder Loretta müssen bei einem dieser Stammtische auf ihn gestoßen sein. Ein Stammtisch von Kopfbahnhoffreunden. Jutta und ich besuchen derartige Veranstaltungen nicht." Den letzten Satz betonte sie in einer Art, die vermuten ließ, es handele sich bei einem solchen Stammtisch um eine Ansammlung versoffener Gestalten von zweifelhaftem Ruf, mit denen in Kontakt zu treten, weit unter der Würde eines gebildeten Menschen war. Emmerich nahm einerseits zur Kenntnis, dass Cornelia Hurtig, wie vermutlich ihre Chefin auch, für unbedeutende, ortsansässige Künstler wenig übrig zu haben schien, andererseits schien es auch unter den Gegnern des Bahnhofumbaus solche zu geben, die nicht bereit waren, sich mit den anderen gemein zu machen. Darüber hinaus war deutlich herauszuhören gewesen, dass Gabis Freundin in Cornelia Hurtigs Augen zu diesen anderen gehörte, was Emmerich, trotz aller Vorbehalte Loretta gegenüber, in Wut versetzte.

„Wir werden Herrn Wurzenbach persönlich fragen", sagte er entschlossen und stand auf. „Wann können wir mit Ihrer Chefin sprechen?"

Frenzel folgte seinem Beispiel, und so sah auch Cornelia Hurtig sich gezwungen, aufzustehen.

„Jutta ist mit Herrn und Frau Gomez zum Essen gefahren", erklärte sie nach einem Blick auf ihre Armbanduhr pikiert. „Ich fürchte, Sie werden einen Termin vereinbaren müssen."

„Der Termin ist morgen. Um neun Uhr dreißig im Präsidium. Richten Sie das Frau Filz bitte von mir aus."

„Aber …"

„Wenn sie nicht kommt, lasse ich sie hier von einem Streifenwagen abholen. Haben Sie Dank für Ihre Hilfe."

* * *

Gegen fünf Uhr steuerte Anna-Maria Semmler den Landrover zum zweiten Mal an diesem Tag in die Tiefgarage am Wilhelmsplatz und machte sich zum zweiten Mal auf den Weg in die Mozartstraße. Nur zu grübeln oder mit Selina zu telefonieren, hatte keinen Sinn, sie brauchte Gewissheit, und ein untrügliches Gefühl sagte ihr, dass der dubios wirkende Glöckner hierzu einen Beitrag leisten konnte. Obwohl im Grunde ihres Herzens ein bequemer Mensch, war Anna-Maria durchaus in der Lage, Kräfte zu mobilisieren, wenn es um etwas ging, das ihr wichtig genug war und den Aufwand lohnte. Das schulische Fortkommen der Kinder beispielsweise oder auch ihr Verhältnis mit Tom während der letzten Wochen. Selbst in der Firma konnte sie Einsatz zeigen, oder wenn es gelegentlich darum ging, junge Künstler aus dem Stadtteil zu fördern. Sie würde, da es leider unumgänglich war, auch mit einem Glöckner ohne Zuhilfenahme eines Vorwands fertig werden und außerdem dafür Sorge tragen, dass Horst hiervon nichts erfuhr. So hatte sie, unmittelbar nach Beendigung des Telefonats mit dessen Mutter, den investigativen Berater angerufen und einen weiteren Besuch angekündigt. Das blonde Fräuleinwunder schien erfreulicherweise bereits Feierabend zu haben, Glöckner öffnete ihr selbst die Tür.

„Frau Kolb“, begrüßte er sie ölig. „Bitte kommen Sie herein. Haben Sie es sich überlegt?“

„Das kann man sagen.“ Anna-Maria ignorierte die ausgestreckte Hand und marschierte energischen Schrittes in das Büro auf der linken Seite. „Wir brauchen auch nicht um den heißen Brei herumzureden, mein Name ist Semmler, wie Sie ja schon wissen. Ich benötige einige Auskünfte von Ihnen.“

„In der Tat?“ Glöckner hatte die Tür geschlossen, war ihr ins Büro gefolgt und sichtbar auf der Hut.

„Welcher Natur sind Ihre geschäftlichen Beziehungen zu meinem Mann?“

„Ich meinte, erwähnt zu haben“, sagte Glöckner mit bedauernder Geste, „dass ich über meine Mandanten nicht …“

„Ich bezahle Sie für diese Auskünfte.“ Anna-Maria öffnete ihre Handtasche, nahm ihre Börse heraus, legte drei Einhundert-Euro-Noten auf den Schreibtisch und registrierte befriedigt das gierige Flackern in Glöckners Augen. „Bar und ohne Quittung.“

„Ein interessantes Angebot“, erklärte der Mann mit dem Pferdeschwanz nach kurzem Zögern. „Dennoch muss ich leider …“

Anna-Maria fügte wortlos den drei vorhandenen Scheinen zwei weitere hinzu.

„An welche Art von Auskünften dachten Sie denn?“, wollte Glöckner zurückhaltend wissen.

„Ich sagte es schon. Was haben Sie mit meinem Mann zu tun?“

„Möchten Sie nicht Platz nehmen?“

„Danke. Ich stehe lieber. Diese Unterhaltung wird nicht lange dauern.“

„Dann darf ich es so sagen: Meine Aufgabe besteht darin, Kontakte herzustellen. Im optimalen Fall entsteht eine Win-win-Situation für beide Seiten.“

„Und Sie glauben, mein Mann verfügt nicht selbst über die nötigen Kontakte?"

„Nicht unbedingt über die, die man heutzutage braucht, um gute Geschäfte machen zu können. Vorsichtig ausgedrückt."

„Bestehen sie bereits? Diese Kontakte?"

„Wir arbeiten daran. ‚Business in process', wie wir Fachleute sagen."

„So." Anna-Maria unterzog, um Zeit zu gewinnen, Glöckner einer Betrachtung von Kopf bis Fuß, während sie nachdachte. „Geht es dabei um ein bestimmtes Projekt? Sie können offen zu mir sprechen, ich weiß, womit Horst derzeit beschäftigt ist, und außerdem ist es meine Firma."

„Nun …"

„Die Arbeiterunterkünfte auf der Alb? Oder sollte ich sagen, die … hm … sozialen Einrichtungen dazu?"

„Wenn Sie es so nennen wollen."

„Verstanden." Wieder sah Anna-Maria ihr körperlich nicht sonderlich eindrucksvolles Gegenüber scharf an, was nicht nur ihm, sondern auch ihr Unbehagen bereitete. „Waren Sie, zwecks Kontaktherstellung natürlich, letzte Woche mit meinem Mann beim Essen? Am Donnerstagabend?"

„Momentchen, bitte." Glöckner ging zu seinem Schreibtisch, blätterte in einem sich darauf befindlichen Terminkalender und nickte. „War ich. Im *Höllenturm*. Das ist eine ausgezeichnete Weinstube."

„Wie lange?"

„Verehrte Frau Semmler." Glöckner klappte den Kalender zu, kam hinter seinem Tisch hervor und versuchte es seinerseits mit einem strengen Blick, der auf Anna-Maria aber keinen Eindruck machte. „Meinen Sie nicht, dass Sie ein wenig zu weit gehen? Ich bin Ihnen keineswegs Rechenschaft über mein Tun und Lassen schuldig und befinde mich ohnehin bereits in einer heiklen Situation. Eigentlich sollte ich gar nicht mit Ihnen …"

„Interessiert mich nicht", unterbrach ihn Anna-Maria brüsk. „Eine letzte Frage noch: Sind Sie für Horst auch in Ihrer Funktion als Detektiv tätig geworden?"

„Wie bitte?" Glöckner zog die Brauen hoch. „Ich bin Business-Consultant. Bitte verwechseln Sie mich nicht mit meinem Cousin."

„Dessen Existenz ich stark bezweifle. Beantworten Sie meine Frage."

Glöckner nahm die fünf Einhunderter und schob sie bedächtig in die Hosentasche.

„Das tut mir nun wirklich leid“, sagte er ironisch. „Meine Auskunftsbereitschaft hat Grenzen. Zumal dann, wenn Dritte davon betroffen wären. Wie zum Beispiel mein Cousin.“

„Schön, dann lassen wir es eben.“ Anna-Maria machte zwei Schritte zurück in Richtung der Tür, um für einen angemessenen Abstand zwischen sich und dem ihr, für ihre Begriffe nun zu nahe stehenden „Consultant“ zu sorgen. „Und damit das klar ist, Sie werden dieses Gespräch für sich behalten. Insbesondere meinem Mann gegenüber. Sonst haben Sie eine Anzeige wegen Steuerhinterziehung am Hals. Ich werde jederzeit bezeugen, dass Sie mir eintausend Euro abgenommen haben und sich weigerten, mir eine Rechnung auszustellen. Angenehmen Abend noch.“ Ohne ein weiteres Wort wandte sie sich um, ließ den verblüfft dreinschauenden Glöckner stehen und verließ die Kanzlei.

# 16

„Eine von beiden schaffen wir heute noch. Selina Siegloch oder Anna Semmler“, sagte Emmerich auf der Rückfahrt ins Präsidium. „Nach der Abendlage. Auch wenn es Überstunden sind.“

„Mein Güte, bist du motiviert“, staunte Frenzel. „Du scheinst dich wirklich gut erholt zu haben.“

„Mein Motiv hat einen Namen: Gaggenheim.“

„Na, hör mal. Wer hat gesagt, man müsse sich ein dickes Fell zulegen? Im Umgang mit solchen Leuten?“

„Ich.“

„Richtig.“

Beide Kommissare schwiegen eine Weile, Frenzel auf den dichten Straßenverkehr konzentriert, Emmerich einen Gedanken formulierend.

„Ich möchte diesen Fall so schnell wie möglich lösen“, sagte er schließlich, als sie schon fast den Pragsattel erreicht hatten. „Weil ich nämlich befürchte, dass die Spekulationen sonst ins Kraut schießen. Wir geben auf jeden Fall nachher noch eine Pressemeldung raus. Bislang keine Zusammenhänge mit Stuttgart 21 erkennbar.“

„Das entspricht nicht ganz der Wahrheit, oder?“ Frenzel überquerte die große Kreuzung und bog in die Hahnemannstraße ab.

„Nur weil sich ein paar Gegner des Bahnhofsumbaus im Schlossgarten herumgetrieben haben, heißt das noch lange nicht, dass einer von ihnen Tröge erschossen hat. Oder eine.“

„Der Zeuge Edamer sprach von einem Mann.“

„Einer Person, die klein und rundlich war. Gitti hat mich darauf hingewiesen. Bei Nacht sind alle Katzen grau. Vielleicht hat Edamer einfach nur vorausgesetzt, dass der Täter männlich sein müsse.“

„Möglich“, räumte Frenzel ein, fuhr auf den Parkplatz des Präsidiums und stoppte den Motor. „Aber warum sollen wir dann überhaupt etwas verlautbaren? Wenn wir noch nicht einmal wissen, ob der Täter männlich oder weiblich war?“

„Der Umstände wegen“, zitierte Emmerich grimmig den Mann aus dem Ministerium. „Die Stimmung in der Stadt ist explosiv. Da muss ein totes Stück Holz nicht auch noch zur Fackel werden. Bildlich gesprochen.“

„Hübscher Vergleich. Nur glaube ich nicht, dass wir da irgendeinen Einfluss darauf haben."

Emmerich stieg aus, beugte sich über das Dach des Dienstwagens und wartete, bis Frenzel es ihm nachgetan hatte.

„In diesem Streit nutzt jede Seite die geringste Blöße, die sich die andere Seite gibt. Wir werden zwischen allen Stühlen sitzen, bis wir wissen, woran wir wirklich sind. Nicht nur die Sonderkommission, sondern die ganze Stuttgarter Polizei. Schon im Interesse der Kollegen, die jeden Montagabend neben den Demonstranten stehen müssen, muss dieser Fall vom Tisch."

„Hast ja recht." Frenzel wandte sich dem Gebäude zu. „Gehen wir zur Abendlage?"

Die Stimmung im Besprechungszimmer erwies sich als gelöst, auch dort schien man sich bereits auf Überstunden eingestellt zu haben, Speisekarten eines chinesischen Lieferservices machten die Runde. Die Zeugenermittlung in der Ostendstraße war trotz ganztägigen Einsatzes weitgehend erfolglos geblieben. Lediglich ein Taxifahrer hatte eingeräumt, gegen halb zwölf eine kleine Menge Müll aus seinem Wagen im fraglichen Papierkorb entsorgt zu haben, der zu diesem Zeitpunkt noch so gut wie leer gewesen sei.

Emmerich berichtete von den durchgeführten Befragungen, die neuesten Erkenntnisse der KTU beinhalteten den Fund mehrerer Haare verschiedener Personen an der Stelle, die Edwin Edamer benannt hatte. Haare, die im Zweifelsfall für einen DNA-Abgleich ausreichen würden, jedoch ohne die Person, von der sie stammten, vorerst nicht weiterhelfen konnten. Auch weitere Telefonkontakte des Opfers waren ermittelt worden, Tröge hatte mehrfach mit seiner Schwester in Rottweil gesprochen, dazu mit einigen gesetzlichen Krankenkassen und einer Hebamme.

„Offensichtlich hat er wenigstens versucht, sich um seine Freundin und das Kind zu kümmern", folgerte Emmerich daraus. „Zur Aufklärung wird das eher wenig beitragen."

„Ich könnte die Schwester anrufen", bot Gitti Kerner an. „Vielleicht hat sie einen Tipp für uns."

„Kann nichts schaden", stimmte Emmerich zu. „Mirko und ich werden uns noch Selina Siegloch vornehmen. Ihr anderen einigt euch darauf, wer die Stallwache übernimmt. Der Rest schläft sich aus, morgen wird sicherlich ein anstrengender Tag."

* * *

Die Weinstube *Höllenturm* setzte auf designte, statt gewachsene Rustikalität, genoss trotz ihres infernalischen Namens den Ruf einer hervorragenden Küche und war erst kürzlich mit einer gastronomischen Auszeichnung in Form eines Goldenen Schneebesens bedacht worden. Die Preise entsprachen dem sogenannten gehobenen Niveau, dennoch musste man dort auch in Krisenzeiten nicht über Gästemangel klagen, selbst an Werktagen war ohne rechtzeitige Reservierung kein Platz zu bekommen. All dies war Anna-Maria, die den *Höllenturm* aus eben diesen Gründen nicht zu ihren bevorzugten Gaststuben zählte, wohl bekannt, doch ausgerechnet dort hatte Glöckner behauptet, mit Horst gewesen zu sein. Anna-Maria bezweifelte es ebenso wie die Existenz eines Cousins des angeblichen Unternehmensberaters. Horst hätte, da die Firmenkasse derartige Gelage schon längst nicht mehr ohne einen außerordentlichen Anlass hergab, ein solches Essen im Vorfeld sicherlich erwähnt. Glöckner dagegen hatte auf Anna-Maria, trotz des grau-glänzenden Anzugs nicht den Eindruck gemacht, als könne er sich das Speisen im *Höllenturm* leisten. Sicher sein jedoch konnte sie sich dessen nicht, die Weinstube lag nicht allzu weit entfernt von der Mozartstraße und so ging sie kurzerhand hin, zeigte einer Bedienung, die noch mit dem Eindecken der Tische beschäftigt war, ein Foto von Horst, das sie in der Brieftasche bei sich trug, und sagte:

„Bitte entschuldigen Sie. Ich bin auf der Suche nach meinem verschollenen Bruder. Das Bild ist schon etwas älter. Er soll hier gesehen worden sein. Letzten Donnerstag."

Die Bedienung warf einen flüchtigen Blick auf das Foto, runzelte die Stirn und holte eine Kladde.

„Hatte er reserviert? Ihr Bruder? Wann, sagten Sie ...?"

„Letzten Donnerstag. Abends."

Die Bedienung blätterte ein paar Seiten zurück.

„Wir hatten zwei geschlossene Gesellschaften. Den Club badischer Chefsekretärinnen in Stuttgart oben in der Kornkammer. Die Firma Löbel Accessoires in der Besenkammer unten."

„Das heißt, es war gar keine ... keine Laufkundschaft hier?"

„Keine außenstehenden Gäste, falls Sie das meinen. Laufkundschaft verkehrt im *Höllenturm* nicht."

„Also auch nicht der Herr da auf dem Foto?"

„Wenn er nicht zur Firma Löbel gehörte, nicht." Die Bedienung sah gelangweilt drein. „Oben waren nur Damen."

„Oh", sagte Anna-Maria und schob das Foto ihres Angetrauten wieder ein. „Haben Sie vielen Dank."

„Keine Ursache." Die Bedienung wandte sich wieder ihren Bestecken zu, Anna-Maria verließ nachdenklich die Weinstube und schlenderte langsam zurück zur Tiefgarage. Sie hatte erfahren, was sie erwartet hatte und war dennoch enttäuscht. Horsts Verbleib in der Mordnacht wurde umso rätselhafter, je mehr sie versuchte, darüber herauszufinden. Dasselbe galt für seine Beziehung zu Glöckner. *Warum fragst du ihn nicht einfach*, schoss ihr Selinas Bemerkung durch den Kopf und es wäre, unter normalen Umständen, auch das Naheliegendste gewesen, eben das zu tun. Die Umstände aber waren nicht normal, zwei falsche Antworten hatte sie von Horst schon bekommen, eine dritte, die sie für immer wahrscheinlicher hielt, wollte sie erst gar nicht hören. Anna-Maria, die schon nach wenigen Tagen außerhalb des Bannkreises von Toms verführerischen Blicken und Berührungen kaum mehr in der Lage war, zu verstehen, wie sie sich überhaupt auf eine derart verhängnisvolle Liaison hatte einlassen können, kickte wütend einen leeren Plastikbecher über den Asphalt. Angenommen, nur einmal angenommen, Horst wäre tatsächlich derjenige gewesen, der Tom ins Jenseits befördert hatte, dann musste sie, schon im Interesse ihrer Kinder, alles tun, um ihn zu beschützen. Dazu aber war erforderlich, dass sie die Wahrheit kannte, was eine Aussprache mit Horst unumgänglich machte. Vielleicht irrte sie sich aber auch, vielleicht hatte Horst immer noch keine Ahnung von ihrer Eskapade, dann gab es nichts Dümmeres, als ihn darauf anzusprechen. Anna-Maria fühlte sich ratlos und wie immer in solchen Fällen, griff sie zum Telefon, rief ihre beste Freundin Sally an und verabredete sich mit ihr im *Schlampazius.*

* * *

Emmerich und Frenzel dagegen hatten Pech. Weder in der Fuchseckstraße, wo sie wohnte, noch im Atelier, das sich unweit davon im Küblerareal neben dem Kulturwerk befand, öffnete Selina Siegloch auf ihr Klingeln. Mirko wählte ihre Handynummer, doch das Telefon der Künstlerin verkündete lapidar, dass diese derzeit nicht erreichbar sei.

„Was jetzt?", wollte er wissen und sah Emmerich fragend an.

„Nix jetzt", entgegnete der, nicht ohne deutliche Anzeichen von Erleichterung. „Wir machen Feierabend, gehen nach Hause und hoffen, dass die Nacht über Ruhe ist."

„Sollten wir es nicht noch bei der Semmler versuchen? Sie wohnt nicht weit weg."

„Du kannst ja anrufen", stimmte Emmerich widerwillig zu. „Nicht, dass wir umsonst …"

Frenzel wählte ein weiteres Mal und bekam dasselbe zu hören wie von Selina Sieglochs Handy.

„Prima", sagte Emmerich, rieb sich die Hände und schickte sich an, zurück zum Wagen zu gehen.

„Nicht so hastig." Frenzel hielt ihn am Jackett fest. „Ich dachte, du wolltest den Fall so schnell wie möglich lösen?"

„Selbstverständlich. Vorsicht mit der Jacke."

„Zu Hause?"

„Warum nicht? Man muss doch auch mal denken können."

„Wir könnten gemeinsam denken. Bei einem Bier."

„Wo denn?"

„Das *Schlampazius* liegt gleich um die Ecke. Sehr gemütlich …"

„Du meine Güte." In Emmerichs grauen Zellen wurden lange nicht mehr aktivierte Erinnerungen wach. „Da war ich seit fünfzig Jahren nicht mehr drin."

„Ich wusste gar nicht", entgegnete Frenzel und grinste, „dass zu deiner Zeit schon Kleinkinder in die Kneipe durften."

„Durften sie nicht." Emmerich entfernte sanft die Finger des Kollegen von seinem Ärmel. „Undenkbar. Ich wollte nur sagen, dass ich lange nicht mehr dort war."

„Dann wird's Zeit."

„Besser nicht." Emmerich schüttelte bedauernd den Kopf. „In der Kneipe sitzen und Bier trinken ist leider nicht mehr drin. Vor einem langen Arbeitstag. Wirst du auch noch zu spüren bekommen. Aber lass dich nicht aufhalten, wenn dir danach ist."

„Eigentlich würde ich lieber noch etwas tun."

„Was?"

„Weiß nicht."

„Siehst du. Man muss auch warten können. Alles zu seiner Zeit."

Langsam gingen sie zurück zum Wagen, den Mirko vor dem Revier an der Ostendstraße abgestellt hatte.

„Viele Leute in Stuttgart hat er übrigens nicht gekannt. Der Tröge", meinte er, nachdem sie eingestiegen waren. „Die meisten Nummern im Handy gehören Teilnehmern aus Berlin."

„Wie auch? Wenn er erst seit ein paar Monaten hier war?"

Emmerich fischte Lorettas grünen Flyer aus der Tasche seines Jacketts und erinnerte sich des Reißens. „Weißt du, wie lange eine Montagsdemo dauert?"

„Du meinst, die vor dem Nordflügel vom Bahnhof? Von sechs Uhr bis halb sieben. Warum fragst du? Du willst doch nicht etwa hin?"

„Gabi könnte dort sein."

In der Neckarstraße ließ er Mirko gegenüber der Eisenwarenhandlung halten und gab zu verstehen, dass er die restlichen Meter zu Fuß gehen könne.

„Was ist, wenn es einer von auswärts war?", wollte Frenzel wissen, bevor er seinen Vorgesetzten aussteigen ließ.

„Das wäre einerseits schlecht", versetzte Emmerich nach kurzem Nachdenken. „Und andererseits gut. Schlecht, weil wir ihn dann womöglich niemals finden. Gut, weil er dann nichts mit diesem verdammten Bahnhof zu tun hätte."

# 17

„Hast du gewusst", empfing ihn Jule, kaum dass er die Wohnungstür geöffnet hatte, „dass allein für die Bauzeit von Stuttgart 21 ein komplett neues Stellwerk errichtet werden muss? Nur weil sich mit dem alten Drucktastenstellwerk keiner mehr auskennt, die sind alle längst in Pension. Und wenn alles fertig ist, wird das neue Stellwerk wieder abgerissen und alles wird elektronisch von Karlsruhe aus gesteuert. Nickis Vater sagt, da ist das Chaos vorprogrammiert."

„Bitte." Emmerich stöhnte. „Jetzt fang du nicht auch noch an. Seit wann verstehst du was von Druck … stellen … was weiß ich?"

„Es hieß, dass Arbeitsplätze in Stuttgart entstehen. Aber das stimmt nicht. Wir haben nachher nicht einmal mehr ein eigenes Stellwerk. Diese Arbeitsplätze wandern ab. Nickis Vater sagt …"

„Wer ist Nicki?" Emmerich zog das Cordsamtjackett aus und hängte es an die Garderobe. Von der Achsel bis zum Saum am unteren Rand klaffte ein Riss im Futter.

„Meine Freundin. Bei der ich übers Wochenende war. Ihr Vater arbeitet bei der Bahn. Er sagt, sie müssen auch die Bahnhöfe in Cannstatt, Feuerbach und Untertürkheim ganz neu bauen. Und die Rosensteinbrücken. Dort soll die komplette Allee gefällt werden. Nicht nur die Bäume im Park. Hast du das gewusst?"

„Nein", äußerte Emmerich zerstreut, den Riss untersuchend. Er sah, rein vom Umfang her, nicht so aus, als könne man ihn ohne weiteres mit Textilkleber reparieren.

„Papa", sagte Jule in einem Ton, der ungeteilte Aufmerksamkeit verlangte. „Warum sagen einem die Leute, die dafür zuständig sind, nicht die Wahrheit? Warum sagen sie nicht, dass der neue Bahnhof bestimmt viel teurer wird, als sie es behaupten? Warum geben sie noch eine halbe Million für Werbung dafür aus? Und warum wird das Ganze überhaupt gemacht? In unserer Schule müssen dringend die Toiletten gerichtet und die Wände gestrichen werden. Aber dafür ist angeblich kein Geld da. Der Pausenhof …"

„Kind", unterbrach sie Emmerich erschöpft, arrangierte das Jackett so, dass vom Futter nichts zu sehen war, ging ins Wohnzimmer und ließ sich auf's Sofa fallen. „Ich weiß es nicht. Man nennt es Politik, und davon verstehe ich nichts. Ich weiß nur, dass ich jetzt ein paar Minuten Ruhe brauche."

„Bist du müde?"

„Ja."

„Ich glaube nicht", erklärte Jule missbilligend, die Tür zu ihrem Zimmer öffnend, „dass ich wirklich erwachsen werden will. Nicht, wenn es bedeutet, dass man für die wichtigen Dinge im Leben vor lauter Arbeit ständig zu müde ist."

* * *

„Lieber Gott, du bist ja völlig aus dem Häuschen", sagte Selina, als Anna-Maria ins *Schlampazius* stürmte. „Setz dich, trink was und beruhige dich."

„Beruhigen?" Anna-Maria erkletterte den Barhocker neben ihrer Freundin, die, wie gewohnt, bei einem Radler an der Theke saß. Auf ihrem Weg durch die Stuttgarter Innenstadt war sie durch ständiges Rekapitulieren der ihr bekannten Tatsachen zwischenzeitlich zu einer gefestigten Überzeugung gelangt. Es gab nur einen Grund für Horsts Geheimnistuerei, ihr Leben würde sich als ruiniert erweisen und sie trug einzig und allein die Schuld daran. „Ich weiß nicht, ob ich jemals wieder nachts ein Auge schließen werde", erklärte sie tragisch.

„Mit einem wäre dir auch nicht gedient", entgegnete Selina unbeeindruckt. „Was ist los?"

„Ich … es … er … wie soll ich das bloß erklären?"

„Indem du einfach damit anfängst. Nimm vorher einen Schnaps." Ohne die Antwort abzuwarten, orderte Selina zweimal Grappa und schob einen davon ihrer Freundin hin. „Trink. Es klärt den Kopf und löst die Zunge."

„Ich bin mit dem Auto da."

„Trink."

Anna-Maria blickte zweifelnd einige Sekunden lang auf die klare Flüssigkeit, bevor sie sie entschlossen in einem Zug hinunterstürzte.

„Aaaah."

„Was hab ich dir gesagt?" Selina nippte nur an ihrem Glas.

„Es war Horst", platzte Anna-Maria, von plötzlichem Mut beseelt, heraus. „Horst hat Tom erschossen."

Selina starrte sie sprachlos an und kippte sich den Grappa in die Kehle.

„Blödsinn", sagte sie und rülpste.

„Er war erst um Mitternacht zu Hause. Sagte, er sei mit Glöckner bei einem Essen gewesen. Heute hat er stattdessen behauptet, seine Mutter besucht zu haben. Beides stimmt nicht, wie ich herausgefunden habe." Anna-Maria schilderte den Verlauf des Nachmittags und kam zu dem Schluss:

„Horst hat kein Alibi für Donnerstag."

„Wie du redest, Engelchen." Selina wiegte ungläubig das Haupt. „Du bist doch nicht bei der Kripo."

„Die Kripo darf das alles nie erfahren."

„Jetzt komm wieder auf den Boden. Ausgerechnet Horst. Der es gemütlich haben will und das Essen pünktlich auf dem Tisch. Du bist ja völlig irre."

„Aber so muss es gewesen sein. Zu denken, dass er kurz nachdem ... also, kaum dass wir uns getrennt hatten ... Tom und ich ... und dann kommt Horst und ..."

„Dafür gibt es keinen Anhaltspunkt. Vielleicht hat er selber was am Laufen. Zum Beispiel mit der blonden Tussi vom Herrn Glöckner."

„Was? Wie kannst du so etwas nur denken? Horst würde niemals ... nicht mit so einer ..."

„Gerade hast du ihm noch einen kaltblütigen Mord zugetraut." Selina betrachtete ihre Freundin mit gespielter Empörung.

„Ach, ich weiß auch nicht. Könnte ich bitte ein Wasser haben?" Der Barmann servierte mit stoischer Miene das Gewünschte, Anna-Maria trank hastig ein paar Schlucke. „Ich fürchte, ich bin schrecklich durcheinander."

„Scheint mir auch so."

„Was soll ich denn jetzt tun?"

„Entweder mit ihm reden oder gar nichts. Und nun hör du mir mal zu." Selina rückte näher, die beiden Frauen steckten die Köpfe zusammen, was zu einem bedauernden Ausdruck im Gesicht des Barmannes führte. „Ich habe nämlich einen ganz anderen Verdacht. Du kennst doch Moni? Monika Gürkle vom Stammtisch?"

* * *

Holzfäller mit Schutzwesten und Helmen hieben mit Äxten auf ein Gebäude ein, von dem Emmerich eigenartigerweise wusste, dass es sich um ein Drucktastenstellwerk handelte. Demonstranten in lindgrünen Regenumhängen, mit ihren Kapuzen an Gartenzwerge gemahnend, versuchten, sie daran zu hindern. Ein gesichtsloser Dr. Gaggenheim flatterte fledermausgleich dazwischen herum, es gab ein Handgemenge, ein Schuss knallte, Emmerich zuckte zusammen.

„Verzeihung", sagte Gabi ohne wirkliches Bedauern und richtete eine umgefallene Sprudelflasche auf. „Ich wollte dich nicht wecken. Gott sei Dank war der Deckel zu." Die Flasche zischte leise.

„Wie spät ist es?" Emmerich richtete sich blinzelnd auf.

„Kurz nach neun."

„Ich muss eingeschlafen sein."

„Was du nicht sagst."

„Du warst auf der Demo?"

„Mmmh", brummte Gabi und schob Teller samt Besteck über den Couchtisch. Emmerich schnupperte. Vor ihm prangte, angerichtet auf einem Holzbrett, ein Vesper. Ihm fiel auf, dass er hungrig war.

„War recht interessant", informierte ihn Gabi. „Nicht die Vorträge, das natürlich auch, aber was die Leute so geredet haben. Die Gerüchteküche brodelt wegen deinem Toten."

„Wirklich?" Emmerich griff sich einen Landjäger und biss hinein.

„Manche sagen, dass er ein Spitzel war. Einer von der Gegenseite. Der die Demonstranten und die Kopfbahnhoffreunde ausspionieren sollte."

„Das hört sich an, als befänden wir uns in einem Krieg."

„Vielleicht wird es einer", meinte Gabi nachdenklich, während sie ein Wurstbrot liebevoll mit einer Essiggurke dekorierte. „Weißt du, da stehen ganz normale Menschen. Solche wie du, die ihr Lebtag noch nie auf einer Demo waren. Und sie sind sauer. Ein Mann sagte mir, es gehe ihm gar nicht um den Bahnhof, sondern darum, was die Politik mit der Bevölkerung macht."

„Und deshalb soll Tröge ein Spion gewesen sein? Weil ganz normale Leute ihre Meinung kundtun?"

„Ich erzähle nur, was ich gehört habe."

Emmerich nahm sich ein hartes Ei und dachte nach, während er es schälte. Auch wenn die von seiner Gattin vorgetragene Theorie ihm auf den ersten Blick völlig abwegig erschien, konnte etwas daran sein. Immerhin legte der Mann vom Ministerium ein recht ungebührliches Interesse an den Tag. Emmerich beschloss, am nächsten Morgen Dr. Gaggenheim zu konsultieren.

„Andere sagten, dass er ein Kundschafter der autonomen Szene war", fuhr Gabi derweil fort. „Sie haben Angst, dass der schwarze Block hier anreist, um Randale zu machen. Wenn mit dem Abriss des Nordflügels begonnen wird."

Es gehörte nicht zu Emmerichs Gewohnheiten, Ergebnisse seiner Ermittlungen im Detail mit der Familie zu besprechen, also nickte er nur und sagte: „Interessant."

„Du glaubst also, dass er deshalb erschossen wurde?", folgerte Gabi aus dieser, in seinen Augen absolut nichtssagenden Bemerkung.

„Wir wissen nicht genug, um etwas zu glauben", wiegelte Emmerich erschrocken ab.

„Ich kann's mir auch nicht vorstellen. Loretta sagt, es steckt eine Frau dahinter."

„Was denn für eine Frau?"

„Das weiß sie nicht. Aber Tröge muss wohl ein kleiner Gigolo gewesen sein. Sie war nicht die Einzige, mit der er sich befasst hat. Und die eine oder andere hat ihm diese Flexibilität offenbar übel genommen."

„Meinst du, sie könnte mehr darüber in Erfahrung bringen?"

„Wenn sie es kann, wird sie es von sich aus tun. Loretta liebt Gerüchteküchen."

Emmerich angelte unter dem Couchtisch nach der Fernbedienung, überlegte kurz, ob er das Futter seines Jacketts noch zur Sprache bringen sollte und entschied sich dagegen.

„Feierabend", sagte er gähnend und drückte den Knopf für das dritte Fernsehprogramm.

„Über das umstrittene Projekt Stuttgart 21, das zunehmend auch überregional in die Kritik gerät, werden wir uns jetzt mit einem Expertenteam unterhalten", erläuterte ein blonder, sonnengebräunter Sprecher. „Dazu begrüße ich im Studio Herrn Professor …"

Emmerich schaltete kommentarlos um.

# 18

Der Dienstagmorgen brachte statt des Revolverblättchens eine ganz normale Tageszeitung, die ihm Gabi freundlicherweise nicht ins Bett geworfen, sondern am Frühstückstisch bereitgelegt hatte. *Bahnhofsgegner zunehmend gewaltbereit?*, hieß es da, direkt neben dem Leitartikel: *Der Mord an einem 33-Jährigen im Schlossgarten sorgt für Unruhe unter den Kopfbahnhoffreunden. „Wir hoffen, dass diese Tat nichts mit uns zu tun hat", sagt Gerhard Wurzenbach, Sprecher einer Gruppe des Bündnisses. „Ausschließen können wir es aber nicht." Demgegenüber erklärte ein Vertreter des Ministeriums, dass die zunehmende Gewaltbereitschaft der Aktivisten den Behörden Sorge bereite. Weiter auf Seite 15.*

Emmerich grunzte etwas Unverständliches und legte die Zeitung weg.

„Willst du das nicht lesen?", fragte Gabi überrascht.

„Vielleicht später."

„Mir sind die Demonstranten nicht gewaltbereit vorgekommen. Und ich dachte, der Tote war einer von ihnen."

„Jetzt weißt du, warum ich das nicht lesen will."

„Papa!" Jule hatte sich des Blatts bemächtigt und es aufgeschlagen. „Hier steht, es gäbe Hinweise darauf, dass der Mann wegen Streitigkeiten innerhalb des Aktionsbündnisses erschossen wurde."

„Wer sagt das?"

„Der Sprecher des Ministeriums", zitierte Jule konzentriert.

„Ich erklär dir jetzt mal was." Emmerich, bereit seinen pädagogischen Pflichten in Form eines grundsätzlichen Vortrags über die Finessen der Öffentlichkeitsarbeit nachzukommen, wischte sich den Mund ab und sah seine Tochter an. „Es stimmt, dass der Tote ein paar von den Kopfbahnhoffreunden kannte. Es stimmt aber auch, dass der Politik jedes Mittel recht ist, um diese Leute schlecht zu machen. Außerdem …"

„Du sprichst schon wie eine von den blöden Werbeanzeigen", maulte Jule, an pädagogisch relevanten Ausführungen offensichtlich wenig interessiert. „Was ist denn nun die Wahrheit?"

„Die kennen wir noch nicht. Niemand. Daran arbeitet die Polizei."

„Warum halten sie dann nicht die Klappe? Der Wurzenbach und dieser … Sprecher des Ministeriums?“

„Denk darüber nach“, empfahl Emmerich, ob der Unterbrechung säuerlich und erhob sich. „Ich muss ins Büro.“

„Vergiss dies hier nicht.“ Gabi reichte ihm eine kleine Plastiktüte mit weiß-blauem Rautenmuster.

„Was ist das?“

„Enziankugeln. Für Frau Sonderbar. Sie hat heute …“

„Geburtstag. Richtig. Leider ist sie krank.“

„Dann leg's ihr auf den Schreibtisch.“

Emmerich nahm die Tüte, verabschiedete sich, schlüpfte im Flur in sein Jackett und verließ die Wohnung. Rundum gut ging es ihm dabei nicht, der Riss im Futter verschaffte ihm, auch wenn er von außen nicht sichtbar war, das Gefühl, mit einem Makel behaftet zu sein. Auf seinem Weg durch den Park ertappte er sich wiederholt dabei, nach dem Riss zu tasten und daran herumzufingern, eine Verrenkung, die sogar die Aufmerksamkeit des einen oder anderen Passanten erregte. Am Denkmal waren Grablichter aufgestellt und Blumen abgelegt worden, Menschen standen davor und schauten ernst.

„Ist das nicht traurig?“, hörte Emmerich eine ältere Dame sagen. „Ausgerechnet hier. Wo der Graf Eberhard von Württemberg vertrauensvoll im Schoße seines Untertanen ruht. Das kann man sich heute überhaupt nicht mehr vorstellen.“

„Ja, ja“, seufzte eine zweite Frau ergänzend. „Der Justinius Kerner hat's beschrieben. In der guten alten Zeit. Früher war halt alles besser.“

Eine Ansicht, der Emmerich nur bedingt zustimmte und von der keine weiteren Erkenntnisse zu erwarten waren, weshalb er nicht stehen blieb, sondern, seine Tüte schwingend, eilig zur Straßenbahnhaltestelle unter der Klettpassage weiterging.

* * *

„Es liegt mir fern, mich zu beschweren.“ Horst milderte die Strenge seiner Bemerkung durch ein gezwungenes Lächeln. „Aber sagtest du nicht gestern, dass du putzen wolltest?“

„Wie?“ Anna-Maria, noch im Morgenmantel, fuhr von ihrer Müslischale auf. Sie hatte eine unruhige Nacht verbracht und fühlte sich ermattet. Horst neigte zum Pingeligen, was die Reinlichkeit der Wohnung anging. Dass er sich nun darauf beschränkte, nur anklagend auf eine

Stelle neben dem Sofa zu zeigen, war ungewöhnlich und sicherlich der neuen Offenheit nach dem gestrigen Gespräch zu verdanken. „Die Flecken. Tut mir leid. Ich bin nicht mehr dazu gekommen."

„Wie kommen solche Flecken überhaupt hierher?" Horst, aus Gewohnheit schon nicht in der Lage, ohne ein weiteres Wort über Derartiges hinwegzusehen, war in die Knie gegangen. „Bitte, verstehe mich nicht falsch, ich will dir keineswegs die Schuld geben. Aber dieser Teppich war einmal sehr teuer, da sollte man doch mit etwas Sorgfalt …"

„Deine Mutter saß am Samstag auf dem Sofa. Ihre Tasche stand daneben. Und du weißt, dass sie gerne einmal etwas darin vergisst. Vielleicht schimmeliges Obst oder …"

„Mama ist eine alte Dame." Horst war ruckartig wieder aufgestanden. „Man muss Nachsicht mit ihr haben. Ich bin sicher, du findest einen Weg, dies hier zu entfernen."

Anna-Maria nickte. Sie hatte keine Ahnung, woher die Flecken stammen mochten, es spielte für sie keine Rolle. Schmutz kam von irgendwo her und musste beseitigt werden. Horstens Mutter als Urheberin desselben zu bezeichnen, war eine vorbeugende Maßnahme zur Sicherung der morgendlichen Ruhe und des Familienfriedens, er gab sich ohne weitere Bemerkungen mit dieser Erklärung zufrieden und machte sich auf in sein Büro. Anna-Maria dagegen ging zurück ins Schlafzimmer, öffnete seine Nachttischschublade und nahm mit spitzen Fingern die sich darin befindliche Handfeuerwaffe heraus. Horst hatte sie von seinem Vater, einem pensionierten Oberst der Bundeswehr und passioniertem Jäger. Nach dessen Tod hatten sich einige davon gefunden, die nicht in der Waffenbesitzkarte eingetragen waren. Die Trommel war leer, sie wusste nicht, wo Horst die Munition dazu aufbewahrte, war sich aber sicher, dass irgendwo welche vorhanden sein musste, schnupperte am Lauf und roch nichts Auffälliges. Nach dem Ableben ihres Schwiegervaters hatte Anna-Maria darauf bestanden, sämtliche Waffen loszuwerden, was Horst auch, mithilfe der Waidgenossen seines Vaters, gelungen war. Nur diese eine hatte er, ihren Protesten zum Trotz, unbedingt behalten wollen. Falls einmal ein Einbrecher käme. Weil er, als Bub, unter der Ägide seines Erzeugers, damit auf Blechbüchsen geschossen habe. Und weil man ja nie wissen könne. Es war der Waffe nicht anzusehen, ob damit in jüngster Zeit geschossen worden war, Anna-Maria legte sie, in der Absicht, sie baldmöglichst loszuwerden, in ihre Handtasche, schloss die Schublade und kleidete sich an.

* * *

Emmerich öffnete grußlos, in Gedanken, die Türe zum Büro und wurde zu seiner Überraschung mit einem freundlichen „Guten Morgen, Herr Hauptkommissar" empfangen.

„Herzlichen Glückwunsch zum Geburtstag", reagierte er geistesgegenwärtig, denn Frau Sonderbar saß, in gewohnt kerzengerader Haltung hinter ihrem Schreibtisch und schälte einen Apfel. Emmerich deutete eine Verbeugung an und überreichte galant die blau-weiß gemusterte Tüte.

„Dass Sie daran gedacht haben", sagte Frau Sonderbar mit einem seltenen Lächeln.

„Ich denke jedes Jahr daran."

„Wo ich doch gestern gar nicht hier war. Ausgerechnet, wenn Sie aus dem Urlaub kommen und es hier richtig Arbeit gibt."

„Was hat Ihnen denn gefehlt?"

„Eine Infektion der Atemwege." Frau Sonderbar rümpfte ihre Nase. „Erkältung hieß das früher einmal. Mit Vitaminen, Kamillendampf und Pfefferminztee in zwei Tagen ausgestanden. Kein Mensch wäre deshalb zu einem Arzt gerannt."

„Die Richtlinien, ich weiß schon." Emmerich sah seine Sekretärin an und zwinkerte. „Vielleicht sollte man sich nicht an jede halten."

„Vorschrift ist Vorschrift. Wo kämen wir denn hin, wenn sich niemand daran halten würde?"

Emmerich, der solche Dinge etwas flexibler zu handhaben pflegte, aber keine Lust auf Grundsatzdiskussionen hatte, überhörte die Bemerkung.

„Kann ich einen Kaffee haben?"

„Selbstverständlich. Oder … wenn Sie lieber einen Pfefferminztee möchten …?"

„Danke, nein. Kaffee ist völlig ausreichend." Weiter hinten, in seinem eigenen Büro, hängte er achtlos das Jackett an seinen Haken, setzte sich in seinen neuen Stuhl und nahm sich vor, die unautorisierte Entfernung des alten Möbels umgehend zur Sprache zu bringen. Sobald Frau Sonderbar den Kaffee brächte. Im Vorzimmer klingelte das Telefon, gleich darauf summte der Apparat auf seinem Schreibtisch.

„Herr Dr. Gaggenheim vom Ministerium", verkündete seine Sekretärin.

„Sagen Sie ihm, ich sei noch nicht da."

„Ich sagte bereits, Sie seien eben eingetroffen. Er hat heute schon zweimal nach Ihnen gefragt."

„Meinetwegen. Stellen Sie ihn durch."

Emmerich wartete, bis er ein Schnaufen hörte und meldete sich.

„Herr Hauptkommissar ...", hub Gaggenheim gewichtig an.

„Ich kann nichts für die heutigen Zeitungsmeldungen", unterbrach ihn Emmerich vorauseilend.

„Natürlich nicht." Gaggenheim kicherte. „Die sind ja auch von uns. Nachdem Sie keine Konferenz einberufen wollten, habe ich mir erlaubt, selbst ein paar Zeilen an die Damen und Herren von der Presse zu übermitteln."

„Und da haben Sie ganz zufällig ein paar Dinge vermengt, die gar nicht zusammengehören?"

„Aber nein, wo denken Sie hin? Ich habe lediglich unsere Befürchtungen zum Ausdruck gebracht. Wir sorgen uns, dass die Demonstranten zunehmend gewaltbereit sein könnten. Sorgen kann sich jeder. Ihren Mord habe ich höchstens am Rand erwähnt. Es ist nicht meine Schuld, wenn die Presse da Zusammenhänge herstellt."

„Warum rufen Sie dann an?"

„Mir kam zu Ohren", sagte Gaggenheim und hüstelte, „dass Sie heute eine Jutta Filz in Ihr Präsidium einbestellt haben."

Das „Präsidium" betonte er in lateinischer Art, was Emmerich zusätzlich zum Inhalt der Bemerkung irritierte. Dennoch erwiderte er ruhig:

„Die Galeristin. Das ist richtig."

„Ich darf darauf aufmerksam machen, dass Jutta Filz nicht nur eine gute Freundin meiner Familie ist, sondern auch bei der Gattin des Ministers ein und aus geht. Ein sicherlich hilfreicher Hinweis für Sie."

„Ohne Zweifel. Freundschaften sind etwas Schönes. Man muss Sie pflegen."

„Sie haben es erfasst, mein Guter." Gaggenheim hörte sich selbstzufrieden an. „Ich denke, dass wir uns verstanden haben."

„*Ich* habe *Sie* verstanden", entgegnete Emmerich mit ausgesuchter Höflichkeit. „Umgekehrt wäre ich mir nicht so sicher. Aber da Sie nun schon einmal am Apparat sind ... *mir* kam zu Ohren, dass der Tote ein Spion gewesen sein soll. Können Sie mir dazu etwas sagen?"

„Ein Spion von wem?"

„Ich weiß es nicht. Immerhin streiten Sie es nicht rundweg ab ..."

„Wir haben natürlich unsere Leute dort", äußerte Gaggenheim zurückhaltend. „Bei den Montagsdemonstrationen. Wir verfolgen die Internetseiten der Kopfbahnhoffreunde und sind in den entsprechenden Foren aktiv. Allerdings geht es dabei in meiner Abteilung nicht um staatsfeindliche Umtriebe. Wir wollen nur informiert sein, was sich auf der gegnerischen Projektseite so tut und wer dort in Erscheinung tritt. Damit hatte dieser, wie hieß er noch gleich …?"

„Thomas Tröge."

„Der hatte damit nichts zu tun. Nach meiner Kenntnis."

„Wer könnte mir da weiterhelfen?"

„Tut mir leid", erklärte Gaggenheim, nunmehr äußerst reserviert. „Die Ermittlungen sind Ihre Sache. Nicht die des Ministeriums."

„Dann will ich Sie nicht weiter aufhalten."

„Ebenfalls. Weiterhin viel Erfolg."

Der Doktor legte auf, Emmerich ging zurück ins Vorzimmer, ließ sich eine Tasse dampfenden Kaffees reichen und sagte:

„Um halb zehn kommt eine Jutta Filz. Zur Befragung. Ich habe kein Problem damit, wenn sie eine Viertelstunde warten muss."

„Natürlich nicht", antwortete Frau Sonderbar emotionslos. „Sie wurden bei der Morgenlage aufgehalten."

* * *

Anna-Maria warf einen letzten, von leichter Wehmut begleiteten Blick auf die Bank am Ufer, auf der Tom sie zum ersten Mal geküsst hatte, bevor sie sich entschlossen abwandte und durch eine schmale Klamm bergan zurück zur Straße und zu ihrem Landrover ging. Horstens Revolver ruhte, hoffentlich für immer, am Grund des kleinen Sees unterhalb des Frauenkopfes. Mit etwas Glück würde er den Verlust erst in einiger Zeit bemerken, wenn Gras über die Sache gewachsen war. Es war ihr Fehler gewesen, sich mit Tom einzulassen. Auch wenn sie ihn immer noch nur mit halbem Herzen bereute, blieb es ein Fehler, doch Anna-Maria hatte nicht vor, den Rest ihres Lebens unter den Folgen zu leiden. Schon gar nicht für einen wie Tom, dem sie gar nichts schuldete, nicht einmal Mitleid, nach allem, was sie in den letzten Tagen über ihn erfahren hatte. Nicht nur Selina oder Loretta, beide auf ihre jeweilige, wenn auch sehr unterschiedliche Art wenigstens Persönlichkeiten, nein, auch Monika Gürkle hatte zu seinen Bettgenossinnen gezählt. Ausgerechnet die unscheinbare, übergewichtige Moni, der sie nur deshalb gelegentlich Beachtung schenkte, weil sie sich, wie Anna-Maria fand, ausgesprochen unvorteilhaft kleidete und darüber hinaus häufig nach Curry oder Knoblauch roch. Nachdem Selina ihr am gestrigen Abend unter dem Siegel der Verschwiegenheit von Moni und Tom erzählt hatte, war Anna-Maria mit dem dringenden Bedürfnis nach einer Dusche heimgefahren. Die Vorstellung, ihren Körper, ihre Haut, an denselben Körper gepresst zu haben, der auch Monika Gürkle in intimster Weise umschlungen hatte, hinterließ ein schales Gefühl des Beflecktwordenseins in ihr. Tom war gestorben, nicht nur in der Realität, sondern auch als Fantasie eines exquisiten und exklusiven Liebhabers. Ob nun tatsächlich, wie Selina vermutete, die offenbar von Eifersucht zerfressene Monika Gürkle für sein vorzeitiges Ableben verantwortlich war, interessierte Anna-Maria nur am Rande. Für sie zählte, dass ihre Familie heil aus der Sache herauskam, und dafür hatte sie soeben das Notwendige unternommen. Anna-Maria stieg in den Landrover und fuhr ins Büro.

# 19

Die Morgenlage der Soko *Denkmal* hatte keine wesentlichen neuen Erkenntnisse gebracht. Von der KTU war die Nachricht eingetroffen, dass die Briefe in den flieder- und türkisfarbenen Umschlägen zwar mit Fingerabdrücken reichlich versehen waren, jedoch von einem „Bussibärchen" und einer „Feuerhexe" unterzeichnet worden waren und keine Adressen der Absenderinnen aufwiesen. An einer Schuhsohle des Toten waren Reste eines zuckerfreien Kaugummis identifiziert worden. Gitti Kerner wartete mit einigen Informationen zur künstlerischen Laufbahn Selina Sieglochs auf, die Spurensicherung hatte erstaunlicherweise in einem der Stämme des Nadelgehölzes hinter dem Denkmal zwei weitere Projektile sichergestellt, die allerdings schon seit längerer Zeit dort gesteckt haben mussten und nicht aus der Tatwaffe stammten. Tröges Schwester hatte am Telefon einigermaßen widerwillig eingeräumt, über die bevorstehende Geburt einer Nichte oder eines Neffen informiert worden zu sein, aber jede Verantwortung ihrerseits hierfür abgelehnt. Völliges Unverständnis rief der Leitartikel des Boulevardblattes hervor, das Thomas Tröge bereits vorauseilend zum Opfer von Stuttgart 21 erklärt hatte. Emmerich zitierte wutentbrannt:

„*Das süße Leben des Thomas T.: Das waren seine Freundinnen.* Was fällt denen ein? Woher kommen diese Informationen? Wenn es in dieser Sonderkommission eine undichte Stelle gibt, werde ich persönlich dafür sorgen, dass …"

„Wer sagt, dass sie ihre Informationen von jemandem aus der Soko haben?" Frenzel griff sich das Blatt. „Fotos von den Damen Filz und Hurtig finden sich im Internet, das von Frau Lindemaier war schon in der gestrigen Ausgabe. Und recherchieren können diese Leute auch, das wissen wir leider zur Genüge."

„Wir haben noch mit keinem Wort erwähnt, dass Jutta Filz oder ihre Angestellte in diesem Fall eine Rolle spielen."

„Mir kommt da eine Idee", sagte Gitti Kerner leise und sah betreten drein.

„Was denn für eine Idee?"

„Der Mann mit der schwarzen Umhängetasche. Der in der Seestraße in mich hineingelaufen ist. Ich glaube mich erinnern zu können, dass er vor Frau Lindemaiers Haus gewartet hat. Was, wenn er das Haus beobachtete und dann einfach in Hörweite hinter uns geblieben ist? Wir haben laut genug gesprochen, dass man uns verstehen konnte. Unter anderem über Jutta Filz."

Emmerich sah die Hauptkommissarin mit offenem Mund an und nahm aus den Augenwinkeln das Schmunzeln der Kollegen zur Kenntnis.

„Wie auch immer", knurrte er ungehalten. „Vor diesen Arschlöchern ist keiner sicher. Nirgendwo."

„Was werden wir also heute unternehmen?"

„Um halb zehn erwarte ich Frau Filz. Danach möchte ich mich mit der Siegloch und der Semmler unterhalten. Jemand soll bitte dafür sorgen, dass es Termine mit den beiden gibt. Außerdem steht Wurzenbach nochmals auf meiner Liste …"

„Den kann ich übernehmen", bot Gitti Kerner an. „Wir sind ja bereits miteinander bekannt."

„Dann sieh zu, dass du auch herausfindest, wer die unscheinbare Rundliche auf dem Sofa war. Moni oder so …"

„Wird gemacht." Gitti warf einen Blick in die Runde, bevor sie einem jüngeren Beamten in Zivil zunickte. „Ich nehme den Kollegen Köhler mit, wenn's recht ist."

„Ist es. Ein paar Leute sollten noch in der Wunnensteinstraße die Nachbarn befragen, auch wenn ich mir nicht viel davon verspreche. Mirko kommt mit mir. Bis heute Abend."

Emmerich und Frenzel verließen das Besprechungszimmer und betraten zwanzig Minuten nach neun Frau Sonderbars Büro.

„Ihr Besuch ist schon da", wisperte die Sekretärin mit stoischer Miene und wies auf die geöffnete Tür zu Emmerichs Reich.

„Schon da?", wiederholte der mit hochgezogenen Brauen. „Sagte ich nicht, dass ich kein Problem damit hätte, wenn …"

„Frau Filz wartet bereits seit zwanzig Minuten auf Sie. Ich, zumindest, weiß Pünktlichkeit zu schätzen."

„Tun Sie das?", fragte Emmerich grimmig, der die Wertschätzung dieser Eigenschaft mit Frau Sonderbar für gewöhnlich teilte. In diesem Fall jedoch war er davon ausgegangen, eine abweichende Übereinkunft getroffen zu haben.

„Zwanzig Minuten sind länger als eine Viertelstunde“, äußerte Frau Sonderbar dünnlippig und gab damit zu verstehen, dass die Übereinkunft von ihrer Seite eingehalten worden war. Emmerich ging, gefolgt von Frenzel, ohne ein weiteres Wort in sein Büro, wo Jutta Filz seiner auf einem der Besucherstühle harrte und mit einem silbernen Stift auf einem kleinen Bildschirm tippte.

„Tut mir leid, dass Sie warten mussten“, setzte er an und wurde unterbrochen.

„Das macht nichts.“ Jutta Filz sah nur kurz von ihrem Bildschirm auf. „Ich bin in der glücklichen Lage, mir meine Zeit selbst einteilen zu können und habe alle Termine für heute Vormittag abgesagt. Wenn Sie sich nur noch einen Augenblick gedulden wollen, ich bin gleich für Sie da.“

Emmerich sah Frenzel an und entdeckte ein anerkennendes Grinsen in dessen Gesicht. Die Galeristin, die ungerührt weitertippte, verfügte zweifellos über eine beträchtliche Portion Souveränität, von der anzunehmen war, dass sie sie im Geschäftsleben auch brauchte. Wortlos umrundete er seinen Schreibtisch, setzte sich ebenfalls und wartete, bis Stift und Bildschirm in der Handtasche seines Gegenübers verschwunden waren.

„So“, sagte Jutta Filz freundlich. „Ich stehe ganz zu Ihrer Verfügung. Was möchten Sie wissen?“

„Sie erinnern sich an unser gestriges Gespräch bei Herrn Wurzenbach?“, eröffnete Emmerich die Befragung.

„Selbstverständlich. Und ich weiß auch bereits von meiner Angestellten, dass Sie auf Widersprüche gestoßen sind. Ich will daher ganz offen zu Ihnen sein: Ich habe es Gerhard gleich gesagt, dass sich seine Anwesenheit im Park an jenem verhängnisvollen Abend nicht geheim halten ließe. Dafür ist sein Gesicht in der Öffentlichkeit einfach zu bekannt.“

„Warum wollte er sie denn geheim halten? Ihrer Ansicht nach?“

„Eine simple Frage, auf deren Antwort Sie auch selbst hätten kommen können.“ Der rügende Unterton in Jutta Filzens Stimme war unüberhörbar, und Emmerich hatte das unbestimmte Gefühl, dass das Leben der Angestellten Cornelia Hurtig kein Zuckerschlecken sein mochte. „Wir wissen, dass der Mord gegen elf Uhr verübt wurde, die Schüsse wurden gehört. Gerhard hatte sich kurz vorher von diesem Tröge verabschiedet. In seiner Position, als einer der Sprecher der Kopfbahnhoffreunde, kann er es sich in der gegenwärtigen Situation nicht erlauben, in Verdacht zu geraten.“

„Das heißt, die Geschichte mit der Bushaltestelle stimmt ebenfalls nicht?"

„Sie stimmt, hat sich aber erst eine Viertelstunde später zugetragen."

„Wurzenbach hat also für elf Uhr kein Alibi?"

„Er braucht keines, weil er es nicht war. Gerhard ist in der Friedensbewegung aktiv, seit ich ihn kenne. Er würde niemals jemanden erschießen. Nicht einmal so einen wie diesen Tröge, von dem er sich ja immerhin noch einiges erwartet hat."

„Würden Sie mir das freundlicherweise etwas näher erklären? Möchten Sie Kaffee?"

„Gerne."

Emmerich, dessen durch den Gaggenheim'schen Anruf bedingte Vorbehalte angesichts der Offenheit der Galeristin im Schwinden begriffen waren, machte ein Zeichen, das Frenzel an Frau Sonderbar weitergab.

„Gerhard Wurzenbach ist ein alter Mann geworden", sagte Jutta Filz so nachdenklich, dass Emmerich die Bemerkung, dies sei ihm auch schon aufgefallen, wieder hinunterschluckte. „In den letzten Jahren hat er ein ruhiges Leben geführt. Durch die Sache mit dem Bahnhof und noch mehr durch die Gefährdung der Bäume ist sein Widerstandsgeist neu entflammt. Gerhard plant allen Ernstes, noch das Klettern zu erlernen, Baumhäuser zu errichten und in einem davon zu wohnen, wenn die Holzfäller anrücken. Ich halte nichts davon. Er hat eine kaputte Hüfte und Probleme mit dem Kreuz. Es wäre an der Zeit, solche Dinge jüngeren Leuten zu überlassen."

Emmerich, der selbst in jungen Jahren keinesfalls auf derart kühne Ideen verfallen wäre, staunte insgeheim, ließ sich aber nichts anmerken.

„Was hat Tröge damit zu tun?", wollte er wissen.

„Wenn ich es richtig verstanden habe", entgegnete Jutta Filz mit der gewohnten Ruhe, „verfügte er über die entsprechenden Fertigkeiten. Erworben als Fassadenkletterer beim Besetzen von Häusern. Gerhard wollte eine Gruppe zusammenstellen, die mit Tröges Hilfe lernt, wie man Bäume erklimmt. Aus seiner Generation hat sich dazu allerdings niemand mehr bereitgefunden. Und die Frauen, die Sie gestern gesehen haben … nun, ja."

„Was meinen Sie damit?"

Frau Sonderbar brachte Kaffee herein und, zu Emmerichs Überraschung, eine Untertasse mit kleinen Schokoladenkugeln. Er nickte ihr dankend zu.

„Sie hatten alle was mit Tröge." Jutta Filz ignorierte die Untertasse, nippte am Kaffee und pustete. „Selbst meine Conny. Das Klettern hätten sie vielleicht gelernt. Weil sie diesem Typen imponieren wollten. Aber im Ernstfall hätten sie versagt. Um Bäume zu besetzen, bedarf es anderer Kaliber. Eine Organisation wie *Robin Wood* vielleicht. Das sind Profis. Die Dinge funktionieren nicht mehr so wie früher, selbst Protest will heute mit Know-how organisiert sein. Gerhard wird das irgendwann einsehen müssen. Genauso wie die Tatsache, dass ihm die Frauen nicht mehr so zu Füßen liegen wie vor zwanzig Jahren. Einfach lächerlich, in seinem Alter noch auf Tröge eifersüchtig zu sein."

„Wurzenbach war eifersüchtig?"

Die Galeristin nippte und nickte.

„Zumindest war er sehr darauf bedacht, ihn an diesem bewussten Abend von uns fernzuhalten. Nicht, dass er ihm Loretta oder Moni nicht gegönnt hätte, aber bei Conny und mir gingen ihm Tröges Annäherungsversuche wohl zu weit."

„Sie hatten auch …?"

„Natürlich nicht." Jutta Filz machte eine abwehrende Handbewegung. „Wofür halten Sie mich? Dieser junge Mann war so offensichtlich auf der Suche nach Geld, dass ich mich nur wundern kann, wie naiv meine Geschlechtsgenossinnen bisweilen so sind. Conny hat ihm eine beträchtliche Summe gegeben, bevor er sie zugunsten einer anderen fallen ließ. Sie können Conny nun für blöd halten, aber ich weiß, was ein plötzlicher Hormonschub bei Frauen in mittleren Jahren auslösen kann. Und Thomas Tröge wusste das auch. Die Klettergruppe war für ihn nur ein Mittel zum Zweck. Offenbar hat er sich bei einem der vorbereitenden Stammtische ein lohnenderes Objekt als meine Conny auserkoren."

„Wie kam Thomas Tröge denn zu diesem … Stammtisch? Und wer verkehrt dort noch so?"

„Ich nicht, falls Sie das meinen. Dazu kann ich Ihnen deshalb auch nichts sagen. Ich weiß nur, dass Gerhard einmal davon gesprochen hat, dieser Tröge sei ein Bekannter von Selina Siegloch. Das ist eine Künstlerin aus dem Stuttgarter Osten. Die Adresse könnte ich Ihnen eventuell besorgen."

„Eine bedeutende Künstlerin?", konnte sich Emmerich nicht verkneifen, zu fragen. Jutta Filz schien nichts dabei zu finden.

„Leider nicht", sagte sie mit leisem Bedauern. „Ihre Arbeiten sind nicht schlecht, aber vielleicht ist auch Ihnen schon aufgefallen, dass Frauen auf dem Kunstmarkt kaum vertreten sind. Wenn sie dazu noch einen solch bürgerlichen Hintergrund und Namen haben wie eine Selina Siegloch aus Stuttgart-Ost, stehen die Chancen bedauerlicherweise wirklich nicht mehr gut. Aber Sie wollten sich sicherlich nicht mit mir über Kunst unterhalten."

„Interessant wäre das wohl", schmunzelte Emmerich. „Aber Sie haben recht, dazu fehlt uns die Zeit. Wenn Sie mir nun noch einmal den wahren Ablauf des bewussten Abends schildern könnten? Fürs Protokoll, sozusagen."

„Im Wesentlichen war es so, wie wir es Ihnen schon gesagt haben. Gerhard und ich haben uns gegen sechs im Biergarten zum Essen getroffen. Moni und Conny kamen kurz vor neun dazu, danach sind wir Frauen etwa zwei Stunden quer durch den Park Patrouille gelaufen. Moni ist dann Richtung Pragfriedhof nach Hause gegangen, Conny und ich sind zur Bushaltestelle am Hauptbahnhof, wo wir Gerhard um Viertel nach elf wieder getroffen haben. Er hat einen völlig normalen Eindruck auf uns gemacht. Auffällig war nur, dass er darauf bestanden hat, selbst mit diesem Tröge zu gehen. Das hatte er bislang immer vermieden."

„Weil er eifersüchtig war?"

„Möglicherweise. Vielleicht aber auch, weil er sich sorgte, dass Tröge ein Kundschafter der autonomen Szene sein könnte. Die Bahnhofsgegner fürchten sehr, dass eines Tages Leute zu den Demonstrationen anreisen, denen es nicht um das Projekt, sondern nur um Randale um des Aufruhrs willen geht. So etwas würde sie schnell den Rückhalt in der Bevölkerung kosten. Ich dachte mir, er wolle mal mit ihm darüber reden."

„Demonstrationen, Randale, autonome Szene", wiederholte Emmerich und sah dabei die wie aus dem Ei gepellte Galeristin auf der anderen Seite seines Schreibtischs zweifelnd an. „Darf ich Sie mal etwas Persönliches fragen?"

„Bitte."

„Warum tut eine Frau wie Sie sich so was an?"

„Gute Frage." Jutta Filz gab ein leises, kehliges Lachen von sich, pustete erneut und trank einen Schluck von Frau Sonderbars nur langsam erkaltendem Kaffee. „Sie werden es niemandem erzählen, so eine Befragung ist ja wohl vertraulich. Ich bin mit Gerhard Wurzenbach seit sehr vielen Jahren befreundet. Früher war ich auch selbst auf der einen oder anderen Demo gegen Kernkraft. Eigentlich dachte ich, dies sei längst vorbei, aber ich will Gerhard nicht enttäuschen. Als Angehörige der hiesigen Kulturszene kann ich es mir außerdem schlichtweg nicht leisten, gleichgültig gegenüber oder womöglich sogar für Stuttgart 21 zu sein. Ich habe immerhin einen Ruf zu verlieren, den ich mir mühsam aufgebaut habe. Aber wenn ich ehrlich sein soll … mir ist der Bahnhofsumbau ziemlich gleichgültig."

„Wie das?"

„Ich fahre aus verschiedenen Gründen schon lange nicht mehr mit der Bahn. Das ist kein Vergleich mit früher mehr. Und diese Stadt werde ich in spätestens zwei Jahren ohnehin verlassen. Ich habe nicht vor, meine letzten Lebensjahre zwischen Baggern, Kränen und Verkehrsstaus zu verbringen. Das Engagement der Kopfbahnhoffreunde ist sicher ehrenwert, aber nicht sehr aussichtsreich. Wenn sich die hohen Tiere aus Politik und Wirtschaft einmal etwas in den Kopf gesetzt haben, bei dem so viel Geld im Spiel ist wie bei Stuttgart 21, haben normale Bürger wie Sie oder ich doch keine Chance, es zu verhindern. Daher … nichts wie weg."

„Hohe Tiere wie Herr Dr. Gaggenheim?"

Wieder lachte Jutta Filz.

„Der ist nur ein kleines Kirchenlicht. Auch wenn er vom Gegenteil überzeugt ist. Ich weiß, dass er Sie angerufen hat, aber das wäre wirklich nicht nötig gewesen."

„Ganz meine Meinung", stimmte Emmerich zu.

„Seine Frau und ich sind befreundet", fügte Jutta Filz, offenbar der Ansicht, dass eine Erklärung nicht schaden konnte, hinzu. „Sie ist auch gegen Stuttgart 21. Muss ihre Meinung aber natürlich, aufgrund der Position des Gatten in der Öffentlichkeit für sich behalten. Sie sehen, dieses Projekt ist nicht nur schlecht für den Frieden in der Stadt, sondern auch für den in manchen Familien. Gaggenheim nimmt wohl irrtümlich an, mich eines Tages als werbewirksame Unterstützerin der Befürworter gewinnen zu können, anders kann ich mir seinen Einsatz nicht erklären. Was natürlich völlig ausgeschlossen ist, ich würde mich ja unglaubwürdig machen."

„Dann täuscht mich also mein Eindruck nicht, dass es längst um mehr geht als den Bahnhof?"

„Natürlich nicht", sagte Jutta Filz mit Nachdruck. „Das muss jedem halbwegs intelligenten Menschen klar sein. Die einen gehen auf die Straße, weil es ihnen stinkt, wie mit ihren Steuergeldern umgegangen wird. Viele andere, weil sie sich den Stil der regierenden Parteien im Umgang mit dem Volk nicht mehr gefallen lassen wollen. Und dann darf man nicht vergessen, dass bald Landtagswahlen sind. Da geht es dann um Wählerstimmen. Hier sind zweifellos sehr viele Interessen im Spiel."

„Was das Ganze sicherlich nicht einfacher macht", nickte Emmerich zustimmend. „Haben Sie persönlich irgendeine Vorstellung, wer Thomas Tröge erschossen haben könnte?"

„Tut mir leid." Jutta Filz hob bedauernd die Schultern. „Ich fürchte, ich kann Ihnen da nicht helfen. Ebenso wenig wie Conny – oder Monika, die es unmöglich in den paar Minuten zwischen unserer Trennung und den Schüssen bis zum Denkmal geschafft haben kann."

„Nun", sagte Emmerich, erhob sich und bot der Galeristin die Hand. „Das erspart uns wenigstens unnötige Ermittlungen in die falsche Richtung. Haben Sie freundlichen Dank für Ihr Kommen, Frau Filz."

„Keine Ursache. Ich wünsche Ihnen viel Erfolg bei der weiteren Suche."

* * *

Horst hatte sie nur im Vorübergehen gegrüßt, als sie im Büro eingetroffen war, und den Blicken seiner Assistentin war unschwer zu entnehmen, dass schlechte Stimmung herrschte. Frau Blumenthal, etwas jünger als Anna-Maria und seit knapp fünf Jahren in Diensten der Kolb & Semmler GmbH, war eine Person, mit der sie nie so recht warm geworden war. Horst behauptete, großartig mit ihr zurecht zu kommen, was zweifellos das Wichtigste an Frau Blumenthal war, jedoch nutzte sie, soweit man wusste, ihre Freizeit für die ehrenamtliche Betreuung Prostituierter und brachte selbst, so zumindest empfand es Anna-Maria, durch Art und Auftreten stets einen Hauch von Straße mit ins Büro. In der gerechtfertigten Annahme, dass Frau Blumenthal durchaus, wie es sich für eine ordentliche Assistentin der Geschäftsleitung gehörte, über detaillierte Einblicke ins Semmler'sche Ehe- und Familienleben verfügte, respektierte Anna-Maria zwar das Vertrauensverhältnis zwischen Chef und Vorzimmerdame, wie das noch bei ihrem Vater geheißen hatte, betrachtete es aber nicht ohne Misstrauen. Frau Blumenthal machte es ebenso, und so begegneten sich beide Frauen für gewöhnlich mit höflicher Distanz. Nicht jedoch an diesem Tag, denn als Anna-Maria nach einem kurzen Gruß in ihr Büro verschwinden wollte, folgte ihr Frau Blumenthal und blieb im Türrahmen stehen.

„Ja, bitte?", fragte Anna-Maria kurz angebunden.

„Sie wissen, dass das nicht meine Art ist", sagte Frau Blumenthal und wuschelte sich durchs blondierte Haar, das dringend eines ordentlichen Schnittes bedurfte. „Ich würde Sie niemals ansprechen, wenn ich mir nicht ernstliche Sorgen machen würde."

„Sicher weiß ich das." Anna-Maria nickte abweisend, während sie ihren Rechner einschaltete. „Worüber machen Sie sich Sorgen?"

„Um Ihren Mann. Und um die Firma natürlich."

„Das müssen Sie nicht. Wir kommen auch durch diese Krise hindurch. Ihr Arbeitsplatz wird Ihnen erhalten bleiben."

„Ich spreche nicht von meinem Arbeitsplatz." Frau Blumenthal schob ihren umfangreichen Busen, der in einem viel zu engen, schwarzen T-Shirt mit Ausschnitt und silberfarbenem Aufdruck steckte, herausfordernd nach vorn. „Ihrem Mann geht es nicht gut. Er vergisst Dinge. Führt Selbstgespräche. Hält Kundentermine nicht ein. Schreit die Mitarbeiter an. Sie kennen ihn selbstverständlich besser als ich, aber …"

„Es gibt Probleme. Mit einem neuen Auftrag."

„Hat es auch früher schon gegeben. Ich meine … wir alle haben einmal einen schlechten Tag, aber bei Herrn Semmler geht das nun schon seit Freitag so. Und heute Morgen … heute Morgen hat er …"

„Ja?"

„Er hat mich als ‚Frau Glöckner' angesprochen. So etwas hat er noch nie zuvor …"

„Kommen Sie rein und machen Sie die Tür zu."

Anna-Maria deutete auf die kleine Sitzgruppe unter dem Fenster ihres Büros und wartete, bis Frau Blumenthal einen üppig gebauten Schenkel in knapper Jeans über den anderen gelegt hatte, bevor sie sich ebenfalls setzte.

„Sagt Ihnen der Name Glöckner etwas?"

„Ihnen?", fragte Frau Blumenthal vorsichtig zurück.

„Wenn Sie schon gackern, dann legen Sie bitte auch das Ei dazu. Ich weiß, dass mein Mann in einer geschäftlichen Beziehung zu einem gewissen Glöckner steht, kenne aber nicht die Einzelheiten. Vermutlich haben Sie mir da etwas voraus."

„Ich darf eigentlich nicht darüber reden. Habe ich Ihr Wort, dass Sie mich nicht verraten?"

„Natürlich haben Sie mein Wort. Und nun heraus mit der Sprache. Das Schicksal der Kolb und Semmler GmbH geht uns alle an und fordert manchmal auch ungewöhnliche Maßnahmen."

„Eben das habe ich mir auch gedacht." Frau Blumenthal zupfte nervös an einem Ohrclip, der entfernt an eine Wäscheklammer erinnerte, und lehnte sich zurück. „Herr Glöckner verkehrt seit ungefähr vier Wochen hier im Haus. Immer dann, wenn Sie nicht da sind. In letzter Zeit, wenn ich mir die Bemerkung erlauben darf, waren Sie häufig nicht da."

„Ich weiß. Das hatte … äh … private Gründe und wird sich nun wieder ändern."

„Alles sagt mir Ihr Mann natürlich auch nicht. Wenn ich es richtig verstanden habe, vermittelt Herr Glöckner geschäftliche Kontakte."

„So weit bin ich selbst schon orientiert, es …"

„Meiner Ansicht nach ist dieser Herr ein Betrüger."

„Das würde mich nicht wundern. Ich habe mir die Mühe gemacht und ihn in seinem Büro aufgesucht."

„Dann wissen Sie schon alles?" Frau Blumenthal sah beleidigt drein.

„Glöckner hat sich geweigert, mit mir über seine Geschäfte mit Horst zu reden. Ich weiß nur, dass es um die Arbeiterunterkünfte auf der Alb gehen soll."

„Ich habe die Ausschreibungsunterlagen auf meinem Schreibtisch. Glauben Sie ernsthaft, dass ein kleiner Familienbetrieb wie wir in diesem Konzert der Großen mitspielen kann?"

Anna-Maria schüttelte den Kopf.

„Nein. Horst scheint anderer Ansicht zu sein. Um es ehrlich zu sagen, ich habe bislang nicht verstanden, wieso er das glaubt."

„Daran ist Glöckner schuld. Er hat Ihren Mann davon überzeugt, dass man nur an den richtigen Stellen nachhelfen muss, um solch einen Auftrag zu ergattern."

„Was soll das heißen? Nachhelfen?"

„Herr Glöckner nennt es ‚Landschaftspflege'." Frau Blumenthal zuckte die Schultern und sah angewidert drein. „Andere sagen ‚Schmiergeld' dazu. Wir waren bislang immer ein anständiges Unternehmen. In dem man guten Gewissens arbeiten konnte."

„Sie dürfen mir glauben, dass dies auch so bleiben wird", entgegnete Anna-Maria energisch. „Das bin ich dem guten Namen meines Vaters schuldig. Wollen Sie mir sagen, dass Horst bereits damit angefangen hat, solche Gelder …"

„Ich habe mitbekommen, dass Herr Glöckner zweimal einen größeren Betrag erhalten hat. Allerdings glaube ich nicht, dass er damit irgendwelche maßgeblichen Leute schmiert. Ich glaube, dass er sich dieses

Geld in die eigene Tasche steckt. Glöckner macht auf mich nicht den Eindruck, als ob er über die entsprechenden Kontakte verfügt."

„Nun, da haben wir etwas gemeinsam." Etwas, das sich nach Anna-Marias Ansicht zum ersten Mal ergab, seit Frau Blumenthal im Haus war. Die schien es ähnlich zu sehen, denn sie beugte sich vor und schlug einen vertraulichen Ton an, den Anna-Maria noch nie bei ihr gehört hatte.

„Wenn Sie mich fragen ... es steckt noch mehr hinter der Sache. Wir müssen aufpassen, dass uns der Kerl nicht die Firma ruiniert."

„Das wird er nicht, solange ich es verhindern kann. Wenn ich nur wüsste, woher Horst einen solchen Menschen überhaupt kennt."

„Soll ich versuchen, es herauszufinden?" Frau Blumenthal machte ein eifriges Gesicht.

„Wenn Sie das können?"

„Ich habe meine Tricks."

Dies war nicht gerade eine Antwort, die Anna-Maria gerne hörte. Horst auszutricksen, betrachtete sie als das ureigene Vorrecht einer Ehefrau, es erschien ihr jedoch klug, im Moment nicht näher auf Frau Blumenthals Bemerkung einzugehen.

„Wie Sie meinen", sagte sie stattdessen eine Spur kühler, als beabsichtigt. „Tun Sie, was Ihnen möglich ist."

„Da wäre noch eine Kleinigkeit." Frau Blumenthal sah zur Decke.

„Bitte."

„Die Polizei hat angerufen. Ein Kommissar Emmerich möchte Sie sprechen."

„Die Polizei? Mich?" Obwohl ihr Herz seine Schlagzahl beträchtlich erhöhte, gelang es Anna-Maria mit ruhiger Verwunderung zu reagieren. „Sagten sie, worum es geht?"

„Leider nicht." Ein Umstand, den Frau Blumenthal ebenso zu bedauern schien wie sie selbst. „Der Kommissar wird kurz nach Mittag hier sein. Wenn Sie keine Zeit haben, möchten Sie sich bitte melden." Horsts Assistentin reichte ihr einen Zettel. „Hier ist die Nummer."

„Weiß mein Mann davon?"

„Ich fürchte, ja. Allerdings sagte er vorher, dass er zum Mittagessen wegmuss."

„Hat er deswegen so schlechte Laune?"

„Ich bin mir nicht ganz sicher." Frau Blumenthal schien mit sich zu ringen. „Sie haben's nicht von mir", platzte sie schließlich heraus. „Aber ich glaube, die Sache mit den Unterkünften auf der Alb, die ist endgültig gestorben. Nichts Genaues weiß ich nicht, aber …“

„Dieses Gespräch bleibt unter uns“, versicherte Anna-Maria sachlich. „Das gilt für beide Seiten, hoffe ich.“

„Natürlich.“ Frau Blumenthal schickte sich an, das Büro zu verlassen. „Wir wissen schließlich alle, dass dies eigentlich Ihre Firma ist.“

# 20

„Eine eindrucksvolle Frau“, bemerkte Emmerich, nachdem Jutta Filz das Büro verlassen hatte. „Ich frage mich, ob sie den Artikel schon gesehen hat? Den, mit ihrem Foto. Eigentlich hatte ich erwartet, dass sie mich wegen diesem Geschmiere alles heißen wird. Aber sie hat es mit keinem Wort erwähnt.“

„Jutta Filz sieht nicht aus, als zählte sie zu den Lesern *dieses* Blattes“, meinte Frenzel gleichgültig. „Wo stehen wir jetzt?“

„Leider wohl immer noch am Anfang.“ Emmerich seufzte leise. „Wenn du schon so fragst.“

„Eben.“ Frenzel verließ mit verdrießlicher Miene seine Position neben der Tür, ließ sich auf den Stuhl fallen, den eben noch die Galeristin eingenommen hatte und schlug die Beine übereinander. „Wir haben gar nichts.“

„Das stimmt nicht ganz“, korrigierte ihn Emmerich und kratzte sich am Kopf. „Wir kennen immerhin die Tatzeit, haben die Aussage von Edamer und außerdem die Waffe. Dazu wissen wir, dass neben dem Täter eine zweite Person in den Fall verwickelt ist. Wir haben schon mit weniger beginnen müssen. Außerdem können wir, nach meiner Ansicht, auch bereits einige Dinge ausschließen.“

„Die da wären?“

„Einen Zusammenhang mit Stuttgart 21, hoffe ich doch. Tröge war erst seit kurzem in der Stadt, seine Berührungspunkte mit der Demonstrantenszene waren nach allem, was wir bislang wissen, nur ganz lose. Wenn wir Frau Filz Glauben schenken können, war er auf der Suche nach einer reichen Frau.“

„Mit Frauen scheint er es ganz gut gekonnt zu haben“, griente Frenzel zustimmend und machte eine Kopfbewegung zur Pinnwand in Emmerichs Büro, wo einige Abzüge der eindeutigen Fotos aus Tröges Wohnung befestigt waren. „Ich jedenfalls habe von meinen wenigen Gespielinnen keine solchen Aufnahmen.“

„Da fällt mir ein … wie war deine Verabredung?“

„Welche Verabredung?“

„Am Samstag. Du weißt schon … die Blumen … der Anzug …“

„Anstrengend." Mirko ersetzte das Grienen durch eine Grimasse. „Meine Oma hat ihren Fünfundsiebzigsten gefeiert."

„Und ich dachte, du hättest endlich einmal was am Laufen."

„Tut mir leid. Wahrscheinlich bin ich einfach nicht charmant genug. So wie dieser Tröge."

„Wer sagt, dass er charmant war?"

„Na … irgendwas muss er ja wohl gehabt haben …"

„Seine Ex-Freundin meinte, er war ein echter Wichser."

„Ex-Freundinnen haben öfters solche Ansichten."

„Sie war es jedenfalls nicht", sagte Emmerich, zum eigentlichen Gegenstand der Unterhaltung zurückkehrend. „Diana Walters hat ein Alibi. Die Familienangehörigen aus Donaueschingen und Rottweil können wir ebenfalls vergessen. Denke ich." Das Telefon summte, Emmerich nahm den Hörer ab, machte Frenzel ein Zeichen und drückte die Lautsprechertaste. „Dezernat Tötungsdelikte, mit wem spreche ich?"

„Mein Name ist Schmidt", verkündete näselnd eine männliche Stimme. „Ich könnte Ihnen was erzählen. Über den Mord im Schlossgarten."

„Dann tun Sie es doch. Ich bin ganz Ohr."

„Wie hoch ist die Belohnung?"

„Eine Belohnung ist derzeit nicht ausgesetzt."

„Oh." Die näselnde Stimme legte eine kleine Pause ein, bevor sie fortfuhr. „Meinen Sie nicht, dass Sie darüber noch einmal nachdenken sollten, Herr …"

„Emmerich. Kriminalhauptkommissar Emmerich."

„Meine Hinweise gibt es nur gegen Honorierung. Eine angemessene Honorierung, versteht sich."

„Woher soll ich wissen, ob sie etwas taugen? Ihre Hinweise?"

Ein erregtes Schnaufen war zu hören, das klang, als müsse der Anrufer sich zu einer Entscheidung durchringen.

„Hören Sie mir gut zu", erklärte er schließlich. „Ich sage das nur einmal. Ich weiß, wer geschossen hat und ich weiß, wer die Waffe aus dem Park entfernt hat. Reicht Ihnen das?"

Frenzel fuhr elektrisiert vom Besucherstuhl auf.

„Die Nummer", wisperte er. „Schreib seine Nummer auf."

Emmerich deutete mit stummem Bedauern auf das Display, das keine Nummer anzeigte und sagte:

„Ich bin nicht befugt, über eine Belohnung zu entscheiden, Herr Schmidt. Vielleicht geben Sie mir ihre vollständigen Personalien und sagen mir, wo ich Sie erreichen kann, dann …"

„So läuft das nicht, Emmerich“, unterbrach ihn die Stimme brüsk. „Sprechen Sie mit Ihren Leuten. Zehntausend Euro. Ich melde mich wieder.“

Die Verbindung wurde unterbrochen und Emmerich legte nachdenklich den Hörer auf.

„Ein Mann, der sicherlich nicht Schmidt heißt, aber weiß, dass die Waffe entfernt wurde“, überlegte er laut. „Interessant.“

„Woher sollen wir zehntausend Euro nehmen?“

„Von nirgendwo. Wir werden nicht so viel bezahlen.“ Emmerich griff erneut zum Telefon und drückte eine Kurzwahltaste. „Nehmen wir an, dass der angebliche Herr Schmidt am Donnerstag ebenfalls im Park war. Vielleicht sogar selbst der geheimnisvolle zweite Mann ist. Abgesehen von Edamer, der mit seinen Flaschen beschäftigt war, haben wir nur einen weiteren Zeugen … Gitti? Bist du schon bei Wurzenbach? Vergiss die Rundliche vom Sofa. Du quetschst ihn aus, dass ihm Hören und Sehen vergeht. Jede Person, die er am bewussten Abend auch nur am Rande in der Umgebung des Tatortes wahrgenommen hat, ist wichtig.“

* * *

Dreimal hatte Anna-Maria bereits die Türklinke in der Hand gehalten, in der Absicht, zu Horst hinüberzugehen und endlich reinen Tisch zu machen. Dreimal hatte sie es bleiben lassen und stattdessen versucht, sich auf ihre Arbeit an der Broschüre über seniorengerechte Bäder zu konzentrieren. An den großen Auftrag auf der Alb hatte sie ohnehin noch nie geglaubt, aber nun war die Polizei auf dem Weg zu ihr. Sally war nicht zu erreichen und damit auch nicht hilfreich. Sie zog in Erwägung, beim Eintreffen des Kommissars ebenfalls nicht anwesend zu sein, doch war sie vernünftig genug, zu wissen, dass dies nur einen Aufschub bedeutet hätte. Tatsächlich führte wohl kein Weg daran vorbei, sich den Dingen zu stellen, und unter diesen Voraussetzungen zog sie es sogar vor, die Beamten im Büro zu empfangen, anstatt zu Hause, wo sie den Kindern in die Quere kommen konnten. Was konnte ihr schließlich schon passieren? Sie würde aussagen, dass sie sich von Tom um neun getrennt hatte und mehr gab es nicht. Reine Routine für die Polizei. Eine einfache Übung für sie. Horst galt es im Vorfeld lediglich zu beruhigen. Anna-Maria holte tief Luft, griff ein viertes Mal nach der Türklinke, trat hinaus in den Flur und steuerte Horsts Büro an.

„Ihr Mann ist vor fünf Minuten weggegangen", sagte Frau Blumenthal, die am Kopierer stand.

„Hat er ... hat er noch etwas gesagt?"

„Nur, dass er nicht wüsste, wie lange sein Termin dauert. Und dass er sich melden würde, wenn er fertig ist."

„Und konnten Sie schon ... ich meine ... hatten Sie Gelegenheit ...?"

„Tut mir leid. Herr Semmler wollte während der letzten Stunde nicht gestört werden."

„Schade." Anna-Maria sah auf ihre Armbanduhr und stand, neugierig beobachtet von Frau Blumenthal, unschlüssig im Flur herum.

„Kann ich noch etwas für Sie tun?", wollte die Sekretärin schließlich höflich wissen.

„Nein." Anna-Maria gab sich einen Ruck. „Ich habe selbst genug zu tun. Machen Sie sich um mich keine Gedanken."

* * *

Frenzel griff nach einer Schokoladenkugel, als Emmerich auflegte und verzog angeekelt das Gesicht.

„Iiih", sagte er langgezogen. „Was ist das denn für ein Zeug?"

„Vielleicht Enziankugeln", mutmaßte Emmerich und probierte ebenfalls. „Hab ich Frau Sonderbar aus Bayern mitgebracht. Ich weiß nicht, was du hast. Die sind doch lecker."

„Sie schmecken irgendwie nach Erde ..."

„Das ist das einzigartige Aroma des bayerischen Gebirgsenzians. Etwas Besseres gibt es nicht."

„Ich würde einen Wodka vorziehen. Allerdings nicht um diese Tageszeit. Und auch nicht unbedingt in Schokolade."

„Du musst die Dinger ja nicht essen. Eigentlich handelt es sich um Frau Sonderbars Geburtstagsgeschenk."

„Sie hat Geburtstag? Hättest du mir das nicht sagen können?" Frenzel stand auf und ging hinaus, wo Emmerich ihn gratulieren hörte. Wenig später lugte seine Sekretärin selbst durch die Tür.

„Ihre Termine", sagte sie und wedelte mit einem Zettel. „Frau Siegloch arbeitet heute auf der Feuerbacher Heide, kann sich aber während der Mittagspause Zeit nehmen. Bei Anna Semmler sind Sie anschließend angemeldet. Im Büro. Hier sind die Adressen."

Emmerich nahm den Zettel und sah auf die Uhr.

„Mir scheint, da sollten wir uns sputen. Wer weiß, wie lang Frau Siegloch Mittagspause hat." Er griff nach seinem Cordsamtjackett.

„Damit", äußerte Frau Sonderbar missbilligend, „können Sie nicht mehr unter die Leute. Oder haben Sie noch nicht bemerkt, wie das Futter aussieht?"

„Das Futter?" Emmerich spielte den Erstaunten und gab vor, das Jackett zu untersuchen. „Meine Güte, ja, Sie haben recht. Da ist doch tatsächlich ein Riss. Aber nur innen."

„Sie tragen Ihr Jackett doch nie geschlossen. Glauben Sie, das sieht man nicht?"

„Ich habe keine andere Jacke dabei."

„Soll ich mich nach einer umsehen? Vielleicht kann Ihnen ein Kollege aushelfen?"

„Keine Zeit." Emmerich schlüpfte in sein geliebtes Kleidungsstück. „Wird schon so gehen."

„Nein", brummelte kopfschüttelnd Frau Sonderbar. „So geht es keinesfalls. Ich werde etwas unternehmen."

Während Frenzel die Bemerkung mit einem kurzen Zwinkern quittierte, achtete Emmerich nicht weiter darauf.

„Kommst du?", winkte er Mirko und eilte hinaus.

Die Fahrt auf die Feuerbacher Heide währte nur kurz, und dennoch konnte man sich des Eindrucks nicht erwehren, in eine andere Stadt gelangt zu sein. Abseits vom Trubel und Verkehrslärm der Innenstadt dominierte hier die Natur, Häuser und Villen innerhalb großzügiger Gärten bestimmten das Bild.

„Sicher verdammt teuer hier", meinte Mirko bedauernd, als er den Wagen, unweit der Adresse auf Emmerichs Zettel, parkte. „Von unserem Gehalt werden wir uns so was nie leisten können."

„Deshalb bekommen wir ja in zwanzig Jahren günstige Stadtwohnungen mit Parkanbindung", spöttelte Emmerich ironisch. „Sobald das Gleisfeld vor dem Hauptbahnhof erst mal abgetragen ist."

„Günstig? Der Baugrund in der Innenstadt gehört doch jetzt schon zu den teuersten in der ganzen Republik."

„Sag bloß, du glaubst die schönen Versprechungen nicht?"

„Im Ernst. Wer soll denn da wohnen? Mitten im Kessel? Unter dem ganzen Dreck und Feinstaub, der sich dort so sammelt? Reiche Senioren zwischen OBI und ALDI oder was? Da lachen doch die Hühner."

„Bin ich Stadtplaner?", wollte Emmerich lakonisch wissen und stieg aus. „Die werden schon wissen, was sie tun."

„Ha“, schnaubte Frenzel verächtlich. „Wir werden das Ergebnis ja noch sehen. Wenn das neue Viertel so daherkommt wie die neue Bibliothek, dann gewinnen wir irgendwann den Wettbewerb für die hässlichste Stadt Europas. Weißt du, wie das Ding im Volksmund heißt?“

„Ich hatte noch nicht mal Zeit, es mir anzusehen.“

„Stammheim Zwei. So nennen es die Leute. Und sie haben recht.“

„Siehst du.“ Emmerich steuerte ein hölzernes Gartentor, von dem die Farbe abblätterte, an. „Das sind die Vorteile des Alters. Ich muss mir solche Scheußlichkeiten nicht mehr so lange ansehen wie du. Meinst du, wir sollen klingeln oder lieber rufen? Frau Siegloch arbeitet hier angeblich im Garten.“

„Warum versuchst du es nicht auf ihrem Handy?“

„Mach du das.“ Emmerich hielt Frenzel seinen Zettel hin.

„Brauche ich nicht“, wehrte Mirko ab, während er sein Telefon ans Ohr hielt. „Ich hab die Nummer von gestern Abend noch im Speicher.“

Hinter einer wild wuchernden, blickdichten Buchsbaumhecke erklangen stampfende Beats, bevor eine Frauenstimme unüberhörbar „Hallo“ rief.

„Kriminalpolizei“, sagte Frenzel. „Wir stehen auf der anderen Seite. Von der Hecke, meine ich.“

„Komme schon.“

Bevor Mirko das Handy wieder eingeschoben hatte, erschien eine Frau Anfang vierzig am Gartentor, die einen ausgesprochen robusten Eindruck auf Emmerich machte. Lehmige Hände wurden an einer ebensolchen Arbeitshose abgewischt, bevor die Künstlerin eine davon über das Tor streckte.

„Selina Siegloch, guten Tag.“

Emmerich berührte die lehmige Hand nur flüchtig und stellte sich vor.

„Wollen wir einen Spaziergang machen?“, fragte Selina Siegloch. „Vielleicht hinauf zum Bismarckturm? Ich möchte dieses Gespräch ungern hier, unter den Augen meines Kunden, führen.“

„Wie Sie wollen.“

„Eine knappe Stunde habe ich für Sie.“ Die Frau öffnete das Gartentor, ging hinaus auf den Gehweg und zeigte nach links. „Da geht es lang.“

„Was arbeiten Sie denn hier?“

„Ich installiere eine Brunnenplastik. Wenn Sie möchten, können Sie sie nachher ansehen. Viel erkennt man allerdings noch nicht.“

„Nicht so wichtig. Es sei denn, Ihre Plastik hätte irgendwas mit Thomas Tröge zu tun."

„Kaum." Selina Siegloch stieß ein kurzes Lachen aus. „So schön war der nun auch wieder nicht. Und mit den Entwürfen war ich schon beschäftigt, lange bevor ich Thomas kennen lernte."

„Fein, dass Sie gleich zur Sache kommen." Emmerich und Frenzel gingen nun rechts und links der Künstlerin bergan und folgten ihr auf einen Spazierweg, der entlang einer großen, grünen Wiese führte. „Wie haben Sie ihn denn kennen gelernt?"

„Wie so viele andere auch, kann ich nur von meiner Kunst nicht leben. Ich muss mir was dazuverdienen. Legal, versteht sich. Ich habe ein Kleingewerbe angemeldet und gehe putzen. Unter anderem. Das habe ich auch bei Thomas Tröges Patentante getan."

„Aber doch wohl nicht bei Tröge selbst?"

„Nein, natürlich nicht. Allerdings hatte ich schon seit Jahren einen Wohnungsschlüssel. Da hat mich der Hausverwalter gebeten, ab und zu nach der Wohnung zu sehen, bis nach dem Tod der Tante der Nachlass geregelt war. Und so war ich diejenige, die die Wohnung an Thomas übergeben hat. Wir haben uns auf Anhieb gut verstanden. Und weil er neu in Stuttgart war, habe ich ihm angeboten, ihn mit auf die Piste zu nehmen."

„Auf die Piste?"

„Was man halt darunter so versteht. Was zusammen trinken gehen. Ihm die Stadt zu zeigen. Solche Sachen. Rechts hoch jetzt."

Selina Siegloch bog auf einen kleineren Weg ab, und der Bismarckturm, mit dessen monumentaler Architektur Emmerich zwar seit Kinderzeiten vertraut war, die ihm aber dennoch jedes Mal seltsam bedrohlich erschien, kam in Sicht.

„Das heißt, Sie kannten sich relativ gut?", wollte er wissen.

„Relativ ist das richtige Wort." Selina Siegloch blieb stehen und schien nachzudenken. „Ich kannte eine Fassade. Was dahintersteckte, ist schwer zu sagen. Anfangs hielt ich ihn einfach für einen netten, jungen Kerl. Später habe ich dann meine Meinung relativiert."

„Würden Sie uns das erklären?"

„Er hat wenig über sich gesprochen. Hatte wohl eine ziemlich verkrachte Vergangenheit hinter sich. Ich könnte mir sogar vorstellen, dass er auch schon mal ein Zimmer mit Aussicht auf Staatskosten genossen hat, und ich vermute, dass er mit der autonomen Szene in Hamburg oder Berlin zu tun hatte. Allerdings nicht, weil er besonders politisch motiviert gewesen wäre, sondern eher, weil er einfach so hineingeraten ist. Thomas Tröge war irgendwie nicht der Typ für ein geregeltes Leben. Das allein allerdings hätte ihm in meinen Augen nicht geschadet, ich gehöre auch nicht zu den Leuten, die morgens in ein Büro gehen, nur um es abends wieder zu verlassen."

„Glaub ich Ihnen gerne." Auch Emmerich hielt Selina Siegloch allein schon durch Kleidung und Aussehen nicht gerade für den Typus einer Sachbearbeiterin. „Was war es dann?"

„Seine Art, mit Frauen umzugehen", erklärte die Künstlerin rund heraus. „Thomas konnte unheimlich gut den Kavalier geben. Dabei verachtete er uns. Seine Einstellung zu Frauen war ungefähr so wie die anderer Männer zu ihrem Werkzeug. Oder vielleicht zu ihrem Auto. Ich hab ein paar Wochen gebraucht, bis ich das bemerkt habe. Da hatte ich ihn allerdings schon einigen Leuten vorgestellt ..."

„Welchen Leuten?"

„Wollen wir uns vor dem Turm auf eine Bank setzen? Man hat von dort eine tolle Aussicht und ich könnte mein Vesper essen. Sie wissen ja, dies ist meine Mittagspause."

Emmerich sah Frenzel an und überlegte, ob der wohl bereits an einen Leberkäswecken dachte. Falls dem so war, ließ er sich zumindest nichts anmerken, denn er nickte nur und sagte:

„Von mir aus."

„Von ihm aus", bestätigte Emmerich, ging hinter Selina Siegloch her um den Turm herum und registrierte nebenbei die vielen Scherben, die im Kies um die dort aufgestellten Aussichtsbänke lagen. Sie folgte seinen Blicken.

„Nicht besonders schön, das, oder? Ich weiß nicht, warum die Leute ihre Flaschen nicht aufräumen können, anstatt sie zu zertrümmern. Wenn sie hier schon unbedingt Saufgelage abhalten müssen."

„Sinn für Ordnung zeichnet nicht jeden Menschen aus." Emmerich kickte das Fragment eines Flaschenhalses zur Seite, bevor er sich auf eine der Bänke setzte und wartete, bis auch seine Begleiter Platz genommen hatten. „Welchen Leuten haben Sie Tröge vorgestellt?"

„Ich gehe regelmäßig zu einem Stammtisch." Selina Siegloch fasste in eine der Taschen ihrer Weste, holte ein dick belegtes Brot heraus und wickelte es aus seiner Folie. „Wird Ihnen nicht gefallen, es handelt sich um einen Stammtisch von Stuttgart-21-Gegnern."

„Es ist jedermanns gutes Recht, gegen dieses Projekt zu sein", warf Frenzel ein. „Noch leben wir in einem freien Land."

„Wie meinen Sie denn das?“, fragte Selina Siegloch aufmerksam.

„Es ist auch jedermanns Recht, dafür zu sein“, erklärte Emmerich, der bereits eine innerliche Wette abgeschlossen hatte, wie lange es dauern mochte, bis das Stuttgarter Dauerthema zur Sprache kommen würde, nicht ohne Strenge. „Erzählen Sie uns von diesem Stammtisch.“

„Da gibt es nicht viel zu erzählen. Wir sind insgesamt etwa zwanzig Leute, meistens kommen aber nur zwischen sechs und acht. Wir überlegen, was wir tun können, wenn die im Herbst tatsächlich anfangen zu bauen. Im Moment hoffen wir alle, dass das gar nicht erst passiert. Dass das Ganze noch irgendwie verhindert werden kann.“

„Machen Sie sich keine Illusionen“, versuchte Emmerich das Thema abzukürzen. „Sie haben Tröge also zu diesem Stammtisch mitgenommen. Wen hat er dort so kennen gelernt? Hat er sich den Gegnern angeschlossen?“

„Das musste er wohl, um an unserem Tisch zu sitzen. Zumindest hat er so getan, als ob. Mein Eindruck war allerdings, dass ihm der Bahnhof völlig wurscht war. Er hat unsere Runde nur genutzt, um sich an meine Freundinnen heranzumachen.“

„War er erfolgreich?“

„Wie man's nimmt. Monika Gürkle beispielsweise – die hat er im Sturm erobert. Was aber auch kein Wunder ist.“

„Bitte?“

Selina Siegloch knüllte die Folie zusammen und biss in ihr Brot.

„T'schuldigung“, nuschelte sie undeutlich. „Ich bin am Verhungern. Moni ist leider nicht besonders attraktiv und, was Männer anbelangt, ausgesprochen unbeholfen. Was glauben Sie, wie die sich gefreut hat, dass sich endlich mal einer für sie interessierte?“

„Gehört auch ein Gerhard Wurzenbach zu diesem Stammtisch?“

Selina Siegloch kaute und nickte.

„Einer von denen, die nicht regelmäßig kommen. Er dürfte so ziemlich der am meisten engagierte Projektgegner von uns sein. Einige von uns weichen ihm inzwischen aus. Weil er jedes Mal irgendwelche Jobs zu verteilen hat, die man guten Gewissens nicht ablehnen kann. Flyer verteilen, Mails verschicken, T-Shirts oder Jutetaschen bedrucken, was weiß ich. Selbst einen wie Thomas hat er rumgekriegt.“

„Was zu tun?“

„Er sollte Gerhard und einigen anderen Leuten beibringen, wie man Bäume erklettert. Dazu ist es nun ja nicht mehr gekommen.“

„Vielleicht ist das besser so. Für Sie und Ihre Freundinnen.“

„Wer weiß." Selina Siegloch fasste in eine andere Tasche und holte einen Apfel hervor. „Ich hätte da sowieso nicht mitgemacht."

„Wissen Sie noch von weiteren Damenbekanntschaften des Herrn Tröge?"

„Mmmh", machte Selina Siegloch, den Mund jetzt voller Apfel. „Da wäre Loretta zu nennen, aber bei der waren Sie ja schon. Dann gibt's noch eine gewisse Conny, die ist sich zu fein für unseren Stammtisch, aber …"

Emmerich nahm unwirsch zur Kenntnis, dass Loretta offenbar nichts Besseres zu tun gehabt hatte, als in kürzester Zeit die halbe Stadt über seinen Besuch zu informieren, gestand sich aber ein, dass dies nicht anders zu erwarten gewesen war.

„Was ist mit einer Anna Semmler?", fragte er weiter. „Kennen Sie die auch?"

Selina Siegloch nahm einen besonders großen Bissen von ihrem Brot, kaute ausgiebig und schwieg.

„Sie hat mehrfach auf Tröges Handy angerufen. Als er schon tot war", gab Emmerich vorsichtig etwas von seinem Wissen preis. „Wir nehmen an, dass sie das kaum getan hätte, wenn sie von dem Mord gewusst hätte. Frau Semmler ist daher für uns eine wichtige Zeugin, aber keine Tatverdächtige."

„Sie kriegen es ja sowieso heraus", brummte die kauende Künstlerin resigniert. „Wahrscheinlich haben Sie auch die Fotos von ihr längst gefunden. Anna Semmler ist meine beste Freundin, und sie hat sich eine Riesendummheit geleistet."

„Sie hat sich mit Thomas Tröge eingelassen?"

„So ist es. Und das, obwohl sie seit zwanzig Jahren halbwegs glücklich verheiratet ist."

„Weiß der bedauernswerte Gatte von dieser Affäre?"

„Kann ich mir nicht vorstellen", mampfte Selina Siegloch gemütlich. „Der gute Mann hat schließlich kaum Zeit für seine Frau. Und so bedauernswert, wie Sie vielleicht jetzt glauben, ist er auch nicht."

„Nicht?"

„Nein. Der ist auch kein Kind von Traurigkeit. Ist noch gar nicht lange her, da hab ich ihn zufällig mit einer durchaus attraktiven Blondine im Auto gesehen. Was ich ihr gegenüber aber für mich behalten habe."

„Der Blondine?"

„Meiner Freundin Anna gegenüber."

„Ach. Und ich dachte immer …" Emmerich unterbrach sich, weil ihm einfiel, dass es jemanden wie Selina Siegloch gar nichts anging, was er sich so dachte. Die jedoch schien keine Mühe zu haben, diese Gedanken zu erraten.

„ … dass Frauen keine Geheimnisse vor ihren besten Freundinnen haben? Falsch gedacht, Herr Kommissar. Nicht jede Information ist für den Seelenfrieden eines anderen Menschen von Nutzen. Annas Ehe geht mich samt ihrem Ehemann überhaupt nichts an. Warum sollte ich mich einmischen, und die beiden womöglich noch ins Unglück stürzen? Die sollen das selbst miteinander ausmachen."

„Sehr vernünftig", konnte Emmerich nicht umhin, die Künstlerin mit einem Kompliment zu bedenken.

„Eben." Selina Siegloch warf mit kräftigem Schwung das Kerngehäuse des Apfels in ein Gebüsch. „Gehört sich auch nicht, ich weiß", meinte sie mit einem Zwinkern. „Aber das verrottet wenigstens. Haben Sie noch weitere Fragen? Sonst würde ich nämlich jetzt gerne zurück an meine Arbeit gehen."

„Wir begleiten Sie." Emmerich stand auf und klopfte sich ein paar Blätter vom Jackett. „Unser Wagen steht in der Nähe des Gartens."

Frenzel, der der Befragung bislang mit gleichmütiger Miene gelauscht hatte, tat es ihm nach.

„Haben Sie irgendeine Ahnung, wer Thomas Tröge erschossen haben könnte?", wollte er überraschend wissen. „Ihrer Ansicht nach?"

Selina Siegloch sah ihn an und zog die Schultern hoch.

„Es gab Gerüchte. Dass es Monika gewesen sei. Sie war rasend eifersüchtig, als Tom mit ihr Schluss gemacht hat. Obwohl sie allenfalls ein Abenteuer für ihn war. Aber, wie man hört, kann sie es nicht gewesen sein. Weil sie zwar im Park, aber an einer ganz anderen Stelle war. Dafür gibt es Zeuginnen."

„Wir kennen sie bereits." Emmerich sah noch einmal auf den Stuttgarter Talkessel, der von dieser Stelle aus tatsächlich einen imposanten Anblick bot, bevor sie sich auf den Rückweg machten. „Sie scheinen gut vernetzt zu sein in dieser Stadt."

„Stuttgart ist ein großes Dorf", versetzte Selina Siegloch lächelnd. „Das ist das Schöne an der Stadt und ich hoffe, dass es auch so bleibt."

„Ganz meinerseits. Und nun, der Vollständigkeit halber, noch eine Routinefrage: Wo waren sie in der Nacht von Donnerstag auf Freitag?"

„In meiner Stammkneipe. Bis gegen Mitternacht. *Schlampazius* heißt sie, das ist …"

„Kennen wir“, fiel ihr Frenzel ins Wort. „Gibt es dafür Zeugen?“

„Natürlich. Den Barkeeper und einige Gäste.“

„Na, dann …“ Frenzel sah Emmerich, der zustimmend nickte, fragend an. „… war es das wohl fürs Erste. Da wären wir. Falls wir noch weitere Fragen haben, rufen wir Sie an. Schönen Tag und oben bleiben.“

„Ebenfalls“, wünschte Selina Siegloch und verschwand hinter der Buchsbaumhecke.

# 21

Auf Anna-Marias Schreibtisch klingelte das Telefon, das Display zeigte die Worte „Horsti Handy“ an. Ein alberner Scherz seinerseits, den er sich beim Einprogrammieren der Nummer erlaubt hatte, denn niemand, außer seiner Mutter, rief ihn so. Anna-Maria, die sich schon hundertfach versucht gefühlt hatte, herauszufinden, wie das „i“ entfernt werden könnte, es aber bislang aus Respekt vor den Tücken der Telefonanlage unterlassen hatte, nahm den Hörer ab.

„Wo ist mein Revolver?“, brüllte Horst ohne Einleitung.

„Schatz, ich ...“

„Gestern war er noch da. Seit dem Amoklauf in Winnenden sehe ich jeden Abend vor dem Zubettgehen nach, ob er an seinem Platz liegt.“

„Du weißt, dass ich nichts von Waffen in der Nachttischschublade halte. Eben, weil ...“

„Papperlapapp. Was soll schon passieren? Die Munition bewahre ich schließlich getrennt davon im Büro auf.“

„Horst ...“

„Ich will wissen, wo das Ding ist? Außer dir weiß niemand ...“

Anna-Maria holte tief Luft.

„Ich hab ihn weggeschmissen.“

„Bist du wahnsinnig? Weshalb denn?“

„Weil ..., ich hatte Angst. Dass etwas Dummes passiert!“

„Angst, dass etwas Dummes passiert?“, wiederholte Horst, und sie stellte sich sein verwundertes Gesicht dabei vor.

„Ja“, entgegnete sie fest.

„Anni.“ Er schien nach den richtigen Worten zu suchen. „So hat das keinen Zweck. Ich komme jetzt zu dir ins Büro. Es wird Zeit, dass wir uns unterhalten.“

„Nicht jetzt. Deine Assistentin hat einen Termin für mich vereinbart. Mit einem Kommissar von der Polizei.“

„Ach, ja“, erinnerte sich Horst enttäuscht. „Sie hat's mir gesagt, ich hab's vergessen.“

„Du fragst gar nicht, was er von mir will.“

„Weißt du es denn?“

„Ich … nein. Woher auch?“

„Ruf mich an, wenn er weg ist. Ich warte zu Hause.“

„Frau Blumenthal meinte, du hättest einen Termin. Zum Mittagessen.“

Horst gab ein Seufzen von sich, das Abgründe erahnen ließ.

„Vergiss ihn, ich mache mir ein paar Ravioli warm“, sagte er müde und fügte zögernd hinzu: „Vielleicht hattest du ja recht. Mit dem Revolver, meine ich.“

★ ★ ★

„Was machen?“ fragte Emmerich irritiert, während sie vom Gartentor auf der Feuerbacher Heide zurück zum Wagen gingen.

„Oben bleiben“, wiederholte Frenzel grinsend.

„Wo oben?“

„Überirdisch. Mit den Gleisen. Das ist der Gruß der Stuttgart-21-Gegner.“

„Schlachtruf. Wolltest du wohl sagen.“

„Nein, wollte ich nicht.“ Mirko sperrte den Wagen auf und stieg ein. „Wann begreifst du endlich, dass es sich bei diesen Gegnern nicht um die üblichen linken Chaostruppen handelt? Sondern um einen Querschnitt durch die Bürgerschaft der Stadt? Es gibt Kollegen, die haben jetzt schon Angst, dass sie im Herbst, wenn die Bauarbeiten beginnen, auf den Demos ihren eigenen Kindern gegenüberstehen.“

„Den eigenen Kindern?“ Emmerich versuchte sich Jule und ihre Freundinnen im Angesicht einer Phalanx schwarz uniformierter Polizisten vorzustellen und spürte, wie er eine Gänsehaut bekam. „So weit wird es doch hoffentlich nicht kommen.“

„Du wirst noch an meine Worte denken“, orakelte Frenzel düster. „Ich jedenfalls möchte nicht in der Haut dieser Kollegen stecken.“

„Nein“, brummte Emmerich nachdenklich, während er den Sicherheitsgurt anlegte und das Fenster einen Spalt weit öffnete. „Aber weißt du, es war noch nie ganz einfach, die Guten von den Bösen zu unterscheiden. Ich, zum Beispiel, war nie von Kernkraftwerken überzeugt und musste trotzdem …“

„Ich weiß, was du mir sagen willst“, unterbrach ihn Mirko. „Aber das hier … das hat eine andere Qualität. Es ist unsere Aufgabe, die Bürger dieser Stadt zu schützen. Ich werde das Gefühl nicht los, dass die Politik uns zwingen wird, genau das Gegenteil zu tun. Und damit hab ich ein Problem."

„Du willst doch nicht den Dienst quittieren?", schnaufte Emmerich entsetzt und sah Mirko von der Seite kritisch an.

„Das nicht. Aber ich dachte schon daran, mich versetzen zu lassen. Nützt aber nichts. Das Problem bleibt das Gleiche. Wo geht es hin?"

„Zu Anna Semmler. In der Nähe vom Gaskessel." Emmerich klaubte seinen, inzwischen recht zerknüllten, Zettel heraus und nannte Mirko die Adresse. Von den luftigen Höhen der Feuerbacher Heide in die Niederungen des Stuttgarter Ostens benötigten sie eine knappe halbe Stunde und parkten schließlich vor einem Schild, das den Platz davor als „Nur für Kunden der Kolb & Semmler GmbH" auswies. In den Firmenräumen empfing sie eine etwas zu blonde Frau und führte sie zu einer Bürotür.

„Frau Semmler wartet schon", erklärte sie nicht ohne Neugier, bevor sie die Türe öffnete. Die Frau, die im Büro hinter einem Schreibtisch hervorkam, war mit einem natürlichem Blond gesegnet und in Hose und Blazer von unauffälliger Eleganz gekleidet. Emmerich, der durch die Fotos aus Tröges Wohnung ebenso wie Frenzel wusste, wie es unter der eleganten Kleidung aussah, musste unwillkürlich an die kleine Krake denken, die sich Anna Semmler auf der linken Brust hatte tätowieren lassen und riss sich zusammen. Die Fotos zu erwähnen, schien ihm zum gegenwärtigen Zeitpunkt noch nicht angebracht zu sein. Er würde es gar nicht tun, wenn es sich vermeiden ließ.

„Bitte setzen Sie sich doch", sagte Anna Semmler höflich, nachdem alle sich vorgestellt hatten. „Vielen Dank, Frau Blumenthal, ich glaube nicht, dass ich Sie im Moment noch brauche. Wie kann ich Ihnen helfen?"

Emmerich wartete, bis die Tür sich hinter der enttäuscht blickenden Blondierten geschlossen hatte.

„Wir haben Hinweise darauf, dass Sie mit einem gewissen Thomas Tröge bekannt sind", begann er etwas umständlich die Unterhaltung.

„Das ist richtig", sagte Anna Semmler ruhig.

„Vielleicht haben Sie schon gehört …"

„ … dass er umgekommen ist? Ja, das habe ich."

„Umgekommen ist nicht ganz das korrekte Wort. Thomas Tröge wurde erschossen."

Anna Semmler Stimme zitterte kaum merklich, als sie antwortete: „Auch das weiß ich bereits."

„Erzählen Sie uns etwas? Über die Art Ihrer Bekanntschaft mit Thomas Tröge?"

„Ich … da gibt es wenig zu erzählen. Wir kannten uns seit ungefähr sechs Wochen …" Eine Handymelodie erklang, Anna-Maria Semmler fasste in die Tasche ihres Blazers, wandte sich mit einer entschuldigenden Geste ab und murmelte: „Sally? Nein, ich kann jetzt nicht … bist du verrückt geworden … wie konntest du nur … immerhin nett von dir, dass du mir Bescheid gibst … ja, ich melde mich."

„Ihre Freundin? Selina Siegloch?", wollte Emmerich wissen, nachdem sein Gegenüber das Handy wieder eingesteckt hatte. „Wir kommen justament von ihr."

„Hat sie mir soeben mitgeteilt", nickte Anna-Maria Semmler säuerlich. „Ich gebe daher zu, dass ich mit Tom eine Affäre hatte, erwarte aber von Ihnen, dass Sie diese Information für sich behalten. Mit seinem Tod habe ich nicht das Geringste zu tun."

„Wann haben Sie ihn das letzte Mal gesehen?"

„Kurz zuvor. Ich meine, kurz bevor er …"

„Am Donnerstagabend?"

„Wir waren spazieren. Im Schlossgarten. Gegen neun Uhr haben wir uns getrennt. In der Nähe des Denkmals beim Landespavillon. Ich bin dann nach Hause."

„Und Tröge?"

„Thomas war mit Gerhard Wurzenbach verabredet. Ich nehme an, Sie wissen, wer das ist?"

„Selbstverständlich", trumpfte Emmerich leichthin mit Kenntnissen auf, die im noch vor wenigen Tagen abgegangen waren. „Wie gut kannten sich die beiden? Was glauben Sie?"

„Nicht besonders gut." Anna-Maria Semmler zupfte Fusseln vom Ärmel ihres Blazers und schien nachzudenken, bevor sie weitersprach. „Ist ja egal, jetzt wo er tot ist. Tom hatte für die Stuttgart-21-Gegner wenig übrig. Idealistische Spinner seien das, hat er mir einmal gesagt. Wenn der Staat etwas durchsetzen wolle, dann tue er das. Auch gegen den Willen der betroffenen Bürger. Tom hielt auch nicht viel von unserem Staat."

„Aber Sie hielten viel von Tom?"

„Nicht von seinen Ansichten. Unser Verhältnis war mehr … mehr …"

„Schon gut", unterbrach Emmerich, um seiner Gesprächspartnerin das peinliche Eingeständnis zu ersparen, dass es sich um eine rein körperliche Angelegenheit gehandelt hatte. „Sie haben sich also gegen neun getrennt und sind dann nach Hause. Gibt es dafür Zeugen?"

„Gerhard hat gesehen, wie ich gegangen bin. Meine Kinder können Ihnen sagen, dass ich etwas später heimkam. Es wäre mir aber sehr unrecht, wenn Sie sie dazu befragen würden."

„Vielleicht wird es nicht nötig sein. Was ist mit Ihrem Mann?"

Anna-Maria Semmler ließ ein erschrecktes Glucksen hören.

„Horst? Der hat nichts damit zu tun."

„Könnte er uns Ihr Alibi bestätigen?"

„Nein. Nein, das könnte er nicht. Horst war an diesem Abend nicht daheim. Das heißt … er kam später zurück, als ich. Wann genau weiß nicht, ich habe schon geschlafen …"

Emmerich machte eine Pause und beobachtete, wie sich auf der Stirn der blonden Frau ihm gegenüber feiner Schweiß zu bilden begann. Ein Umstand, der auch Frenzel nicht zu entgehen schien, denn er beugte sich vor und fragte:

„Und Sie sind sich wirklich sicher, dass Sie bei dieser Aussage bleiben wollen? Sie sind nicht zufällig umgekehrt und zum Beispiel noch eine Weile hinter Wurzenbach und Tröge hergegangen? Vielleicht so lange, bis auch diese beiden sich getrennt hatten? Und weil sie böse auf Tom waren, haben sie ihn kurz darauf … peng … erschossen?"

„Sie … Sie …" Anna-Maria Semmler war aufgesprungen und starrte die beiden Beamten voller Panik an. „Sie sind ja völlig übergeschnappt."

„Vorsicht." Frenzel machte eine besänftigende Geste. „Immer schön höflich und auf dem Teppich bleiben."

„Warum hätte ich böse auf Tom sein sollen?"

„Wegen seiner Weibergeschichten", mutmaßte Emmerich und nahm zur Kenntnis, dass Anna-Maria Semmlers Teint sich ins Rötliche verfärbte. „Möglicherweise."

„Ich wusste zu diesem Zeitpunkt nichts über … Weibergeschichten", entgegnete sie gepresst. „Es ist mir egal, was Sie von mir denken, aber ich war der Überzeugung, dass es außer mir keine gab. Wir wollten gemeinsam in den Urlaub fahren. Eine Woche Dänemark. Darüber haben wir gesprochen, an diesem Abend, und wir haben uns beide sehr darauf gefreut."

„Was meinen Sie damit? Zu diesem Zeitpunkt?"

Anna-Maria Semmler hielt inne, sah Emmerich irritiert an, setzte sich wieder und schwieg.

„Sie sagten, Sie wussten zu diesem Zeitpunkt nichts über Weibergeschichten. Hat sich daran etwas geändert?"

„Selina hat es mir erzählt. Dass Tom mit ihr … und mit vielen anderen auch …. Aber erst, als er schon tot war. Sie hat gleich vermutet, dass er es war, den man erschossen hat. Als es in der Zeitung stand. Selina sagte, sie habe mir den Spaß nicht verderben wollen." Anna-Maria Semmler ließ die Schultern hängen und sah bekümmert drein. „Dabei war es für mich mehr als Spaß. Ich dachte … ich glaubte … ich war ganz einfach verliebt. Anzüge hab ich ihm gekauft und einen Fernseher. Selbst Bargeld hat Tom von mir bekommen. Weil er mir versprochen hat, sich damit eine berufliche Zukunft aufzubauen. Irgendwas mit Sport. Zuletzt habe ich ihm dabei geholfen, Teilnehmer für einen Kletterkurs zu finden. Jetzt halten Sie mich wohl für ziemlich dumm, oder?"

„Keine Sorge." Emmerich winkte ab. „Uns ist kaum etwas Menschliches fremd. Sie sind nicht die erste oder die einzige Frau, der so etwas passiert."

„Ich könnte mich dennoch in den A… in den Hintern beißen."

„Das ist Ihr Problem. Haben Sie irgendwas im Park beobachtet, das uns weiterhelfen könnte? Etwas, das anders war als sonst? Ungewöhnliche Personen?"

„Was hätte ich denn beobachten können? Ich war doch längst weg, als es passiert ist."

„Bitte denken Sie nach. Es ist wichtig."

Anna-Maria Semmler sah aus, als käme sie der Bitte nach, Frenzel sah auf seine Uhr und Emmerich zum Fenster hinaus, wo es nichts Besonderes zu sehen gab.

„Mir fällt nichts ein", erklärte Anna-Maria Semmler schließlich unsicher. „Das Einzige, worüber ich mich gewundert habe, war ein Mann mit einer Kappe, der im Park fotografiert hat. Ich fand, dass es dafür schon reichlich dunkel war, aber ich verstehe nichts vom Fotografieren. Vielleicht hatte er ja einen speziellen Film oder so etwas."

„Ein Mann mit einer Kappe", wiederholte Frenzel und schien Entsprechendes zu notieren. „Was für eine Kappe?"

„Eine Schildmütze, glaube ich. Oder eine Baskenmütze?"

„War er klein und rundlich? Dieser Mann?"

„Möglich. Ich weiß es nicht." Anna-Maria Semmler runzelte die Stirn. „Darauf habe ich nicht geachtet. Woher hätte ich wissen sollen, dass …"

„Trug er vielleicht eine Tasche?"

„Nein. Oder doch? Er musste eine haben, nicht wahr? Für die Fotoausrüstung?"

„Wir fragen Sie. Nicht umgekehrt."

„Dann … also, nein. Nein, er hatte keine Tasche. Keine zumindest, an die ich mich erinnern könnte."

Mirko vervollständigte seine Notizen, was Emmerich zum Anlass nahm, sich wieder einzumischen.

„Sie erwähnten dieses Denkmal", sagte er und sah Anna-Maria Semmler prüfend an. „Wissen Sie, dass Tröge dahinter gefunden wurde?"

„Ja", nickte sie einsilbig.

„Ist Ihnen dort etwas Ungewöhnliches aufgefallen?"

„Nein." Anna-Maria Semmler schüttelte jetzt mit Nachdruck den Kopf. „Hören Sie, ich kann Ihnen nicht helfen. Das einzig Ungewöhnliche an diesem Abend war die Tatsache, dass Tom direkt vor diesem Denkmal in einen Kaugummi getreten ist, den er kaum mehr von seinem Schuh abbekam. Wir sind deshalb extra noch ein wenig ins feuchte Gras gestanden, aber es hat nichts geholfen."

„Haben Sie Flecken bemerkt? Auf dem Weg vor dem Denkmal?"

„Flecken?"

„Feuchte Flecken. Wie von geschmolzenem Vanilleeis?"

„Nein. Ich weiß noch, dass wir gelacht haben. Weil weit und breit nur dieser eine Kaugummi lag und ausgerechnet in den musste Tom … Da waren keine Flecken."

„Sind Sie sicher?"

„Ziemlich sicher."

„Und Sie haben keine Ahnung, wer Thomas Tröge erschossen haben könnte?"

Wieder konnte Emmerich feststellen, dass sein Gegenüber ins Schwitzen geriet und fragte sich, weshalb wohl. Anna-Maria Semmler jedoch schüttelte den Kopf und sagte mit fester Stimme:

„Nein. Ich habe keine Ahnung."

„Schön, Frau Semmler." Emmerich stand auf und überreichte eine Visitenkarte. „Dann nehmen wir das vorerst einmal so zur Kenntnis. Wenn Ihnen doch noch etwas einfällt, rufen Sie uns bitte an."

„Was soll das heißen? Vorerst?"

„Vorerst heißt, dass wir natürlich weiterhin ermitteln. Falls dabei Dinge zutage treten sollten, die weitere Fragen notwendig machen, melden wir uns wieder."

# 22

Auf dem Rückweg ins Präsidium gerieten sie in einen Stau und Emmerich ins Grübeln. Auch wenn es immer mehr danach aussah, als habe der Fall Thomas Tröge nichts mit Stuttgart 21 zu tun, begann das Projekt ihn zu beschäftigen. Mirkos Bemerkung hinsichtlich der eigenen Kinder spukte in seinem Kopf herum, Jule, das wusste er, lehnte den Bahnhofsumbau ebenso ab wie Gabi. Es stand zu befürchten, dass auch ihm über kurz oder lang nichts anderes übrig bleiben würde, als seine neutrale Haltung aufzugeben und Position zu beziehen, was bedeutete, dass er sich zumindest innerlich gegen seinen Dienstherren zu stellen hatte. Eine Aussicht, die Emmerich schon beinahe körperliches Unwohlsein bereitete. Im Präsidium kam das Thema meist nur hinter vorgehaltener Hand zur Sprache, noch wagte sich keiner der Kollegen aus der Defensive. Frenzel jedoch hatte sich ihm gegenüber nun schon mehrfach unmissverständlich geäußert und schien Ähnliches von ihm zu erwarten. Hinter dem Wagenburgtunnel, angesichts der sachte im Wind wogenden alten Bäume im Schlossgarten, gab er sich einen Ruck:

„Du bist gegen das Projekt, habe ich recht?“, wollte er unvermittelt wissen.

„Welches Projekt?“ Frenzel schien gedanklich woanders zu sein.

„Der Bahnhof.“

Anstatt der erwarteten, uneingeschränkten Bejahung seiner Frage, wiegte Mirko bedächtig das Haupt.

„Ich war mal dafür“, räumte er ein. „Die Idee, Platz für ein ganz neues Stadtviertel zu bekommen, hat mir eigentlich ganz gut gefallen.“

„Und heute nicht mehr?“

„Wenn man anfängt, sich damit zu beschäftigen, kommen Zweifel auf. So ein Bahnhof funktioniert nicht von heute auf morgen. Die Logistik basiert auf den Erfahrungen von Jahrzehnten und gehört zu den besten auf dem Kontinent, wie ich mir habe sage lassen. Dazu kommen die Kosten und die wohl doch erheblichen Risiken beim Bau. Mein eigentliches Problem ist aber ein anderes.“ Frenzel passierte den noch in seiner denkmalgeschützten Gesamtheit dastehenden Hauptbahnhof, der immerhin eines der wenigen Gebäude der Stadt war, das die Bomben des

Zweiten Weltkriegs überstanden hatte, und bog nach rechts ab. „Es sind die Lügen."

„Welche Lügen?"

„Weißt du", sagte Mirko langsam, als wolle er jedes Wort abwägen, was im Allgemeinen nicht seiner Art entsprach, „ich will niemanden etwas unterstellen, aber meinen Eindruck, dass hinter diesem Projekt mehr steckt, als zugegeben wird, den werde ich einfach nicht los. Erinnerst du dich an den Wahlkampf um das Amt des Oberbürgermeisters im Jahr 1996? Wir haben uns da noch nicht gekannt."

Emmerich durchforstete sein Gedächtnis und erinnerte sich. Manfred Rommel, das überaus und überall beliebte Stadtoberhaupt, hatte damals aus Altersgründen sein Amt aufgeben müssen. An die vierzig Bewerber, von der Presse schnell und überwiegend als „Juxkandidaten" abgetan, waren angetreten, um ihn zu beerben. Dabei war es einigen von ihnen durchaus ernst gewesen. Einen bibeltreuen Christen beispielsweise hatte es gegeben, rechts- oder linksextreme Protagonisten sowieso, aber auch einen selbsternannten Hofnarren und einen sogenannten „Yogischen Flieger", der mit Gleichgesinnten im Schneidersitz auf einer Matratze herumgehopst war und behauptet hatte, es müssten nur wenige Menschen das Gleiche tun, und schon kämen Wohlstand und Reichtum von selbst. Auf der anderen Seite aber hatte ein langmähniger Lehrer sich beworben, der Emmerich in Erinnerung geblieben war, weil er Proberäume für Rockbands gefordert hatte und dann, natürlich, ein stadtbekannter Rechtsanwalt als Kandidat der GRÜNEN, der fast so viele Stimmen erhalten hatte wie der heutige Amtsinhaber. Beide hatten sich, damals schon, gegen die Tieferlegung des Bahnhofs ausgesprochen.

„Es war das erste Mal, dass ich einen Oberbürgermeister wählen durfte", fuhr Frenzel bereits fort. „Ich habe mich mit den Programmen aller Kandidaten beschäftigt. Und ich frage mich, weshalb heute versucht wird, uns weiszumachen, der Protest gegen Stuttgart 21 sei ein völlig neues Phänomen. Das stimmt einfach nicht, es gab ihn schon vor vierzehn Jahren."

„Ja", stimmte Emmerich, der die entsprechenden Behauptungen kannte, aufmerksam zu. „Was noch?"

„Es wird uns ständig erzählt, die Demonstranten seien gewaltbereit. Ich weiß, dass auch das nicht stimmt, schließlich habe ich selbst schon vor dem Nordflügel des Bahnhofs gestanden. Bislang nur, um zu sehen, was da so abgeht, aber …"

Emmerich erinnerte sich an die Gaggenheim'schen Worte sowie an die seiner Gattin hinsichtlich der Demonstranten, gab Mirko ein zweites Mal recht und setzte hinzu:

„Was, aber?"

„Wenn es so weitergeht, stecke ich mir demnächst auch einen grünen Button an. Oder kannst du mir erklären, weshalb die Bahn die Wirtschaftlichkeitsberechnung für das Projekt als geheime Verschlusssache behandelt?"

Nun erinnerte sich Emmerich an gar nichts, was ihn zu der Bemerkung veranlasste, noch nie vom Vorhandensein einer solchen Berechnung gehört zu haben.

„Kein Wunder", meinte Frenzel lakonisch. „Weil so getan wird, als gäbe es sie nicht. Und auch das stimmt nicht."

„Politiker erzählen einem immer nur die halbe Wahrheit", machte Emmerich einen letzten Versuch, Mirkos Argumente in den Bereich des Gewohnten zu verbannen. Der reagierte jedoch mit ungewohnter Heftigkeit:

„Dann steck doch weiterhin den Kopf in den Sand. Wenn *du* in einem Land leben willst, in dem nur noch gelogen und betrogen wird, wirst du ja hoffentlich wissen, warum du das willst. Ich hab noch ein paar Jahre mehr als du vor mir und ich hab da keinen Bock mehr drauf. Bezahlen sollen wir für den ganzen Scheiß ja schließlich auch."

Es war nun dies das Argument, dem Emmerich am wenigsten entgegensetzen konnte. Nicht, dass er gegen das Erheben und Entrichten von Steuern im Grundsätzlichen etwas einzuwenden hatte, schließlich wurden auch seine Bezüge aus diesen Mitteln bestritten, wohl aber beschäftigte ihn seit einigen Monaten die Verwendung oder vielleicht auch Verschwendung derselben in zunehmendem Maß. Der Steuerzahler hatte neuerdings für die seltsamsten Dinge aufzukommen, die Sanierung ganzer Banken beispielsweise einschließlich der exorbitanten Gehälter ihrer Manager, die Schulden fremder Länder oder die Kosten des Gesundheitssystems, die eigentlich aus Versicherungsbeiträgen zu bezahlen waren. Weil das Geld dafür aber hinten und vorne nicht reichte, wurden Schulden angehäuft. Schulden, die eine schwindelnde Höhe erreicht hatten und von denen Emmerich sich nicht vorstellen konnte, wie und von wem sie jemals zurückbezahlt werden sollten. Sein gesunder Menschenverstand, der ihm sagte, dass eine solche Politik dauerhaft nicht gut gehen konnte, erwies sich dabei in globalen Finanzfragen offenbar als minderbemittelt, denn er lieferte ihm keine Antworten auf derartige Fragen.

Die staatlichen oder kommunalen Kassenwarte blieben sie jedenfalls schuldig, reduziert auf einen, für ihn überschaubaren Bereich, ergaben sich nur schlichte Tatsachen: In den Schulen bröckelte Putz von den Wänden, und es drohten Decken einzustürzen, kulturellen oder sozialen Einrichtungen wurden die Mittel zusammengestrichen, Schlaglöcher in den Straßen konnten nicht mehr repariert werden und ehemals lebendige, mit Läden und Gastronomie bestens versorgte Stadtviertel verödeten zu einem Mekka für Billigbäcker und Spielhallen. Wobei, Emmerich rief sich zur Ordnung, man dies sicherlich nicht mehr so ausdrücken durfte, denn bei Mekka handelte es sich um ein Heiligtum, dessen Erwähnung im Zusammenhang mit Spielhallen heutzutage vermutlich keineswegs mehr statthaft war.

Auf der anderen Seite dagegen standen für die Realisierung einer Computeranimation, die wenig mehr zeigte als weiße Züge, die in eine weiße Halle hinein- und wieder hinausfuhren, Milliarden zur Verfügung und es kam anscheinend nicht darauf an, ob man zwei, vier oder auch elf davon benötigen würde. Für diesen Gegenwert, so wurde vollmundig versprochen, erhielt der weltläufige Stuttgarter unter anderem die Chance, sechsundzwanzig Minuten schneller als zuvor nach Ulm zu gelangen oder in wenigen Stunden nach Bratislava, was sicherlich ein reizvolle Aussicht für Leute war, die dorthin wollten, aber solche Leute kannte Emmerich nicht. Wenn man den Erfindern und Befürwortern des Projektes Glauben schenken durfte, ergaben sich noch weitere Vorteile wie zum Beispiel die Erreichbarkeit des Flughafens mit dem ICE, statt mit der S-Bahn. Dessen Gäste jedoch kamen, soweit Emmerich es wusste, vorwiegend aus dem Stuttgarter Umland, und es erschien ihm schwer vorstellbar, dass der ICE in naher Zukunft Orte wie Winterbach, Pleidelsheim, Unterlenningen oder Oberboihingen anfahren würde, weshalb ihm die Sinnhaftigkeit dieses Vorteils verborgen blieb. Er selbst hatte, ähnlich der Galeristin Jutta Filz, das Reisen mit der Bahn nach und nach aufgegeben, obwohl er es lange Jahre geliebt hatte. Zu unpünktlich waren die meist überfüllten Züge geworden, kaum mehr zu durchschauen das Preis- und Reservierungssystem. Statt entspannt zu reisen und die Landschaft zu betrachten, raste man heute durch Tunnels, die einen unangenehmen Druck in den Gehörgängen verursachten, während einen auf den freien Abschnitten die Telefonate der Mitreisenden nervten. Gabi, die in ihrer Jugend mit der Bahn halb Europa bereist hatte, verweigerte die Züge auf längeren Strecken inzwischen ohnehin, weil die Raucherabteile abgeschafft worden waren. Wobei dies natürlich persönliche

Entscheidungen waren, die für ein zukunftsweisendes, der Allgemeinheit nutzendes Bauvorhaben keine Rolle spielen durften. Aber offensichtlich entwickelte diese Allgemeinheit inzwischen erhebliche Vorbehalte, was sich in anschwellendem Protest und zunehmenden Diskussionen niederschlug. Emmerich, der das Für und Wider des Projektes bislang nur oberflächlich verfolgt und keineswegs vorhatte, sich zu einem Fachmann für Bahnlogistik, Signaltechnik, Grundwassermanagement, Tiefengeologie, integrale Taktfahrpläne oder den Schutz des im Schlossgarten lebenden, seltenen Juchtenkäfers weiterzubilden, wie das viele seiner Landsleute gegenwärtig taten, teilte diese Vorbehalte rein instinktiv und jetzt, da die Kosten aus dem Ruder zu laufen drohten, umso mehr.

„Nur mal angenommen", sagte er deshalb, als Frenzel auf den Parkplatz des Präsidiums fuhr, „ich wäre auch dagegen. Dann würde das wohl leider nichts mehr nützen, oder?"

„Abwarten", entgegnete Mirko mit beinahe schon verschwörerischem Unterton. „Du wirst sehen … aus diesen Montagsdemonstrationen … daraus wird noch ein ganz großes Ding."

* * *

Die Kommissare hatten eine nachdenkliche Anna-Maria zurückgelassen, die zum Telefonhörer griff, kaum dass sich die Bürotür hinter den beiden Männern geschlossen hatte. Gemeinsam mit Horst war sie zu dem Schluss gekommen, dass die seit langem überfällige Aussprache ohne weitere Verzögerung und keineswegs in Reichweite von Frau Blumenthals neugierigen Ohren stattzufinden hatte, weshalb sie nach ihren Autoschlüsseln griff und das Büro eine Viertelstunde später verließ. In der Gerokstraße traf sie einen hoch nervösen Horst an, der ihr noch weitaus erregter zu sein schien, als die Situation es verlangte.

„Anni", empfing er sie schon im Hausflur. „Es tut mir so leid … es war alles mein Fehler … ich hätte dir schon viel früher …"

„Dein Fehler?", wiederholte Anna-Maria einigermaßen verblüfft, entledigte sich ihres Blazers und ging ins Wohnzimmer, wo sie sich neben den immer noch vorhandenen Flecken im Teppichboden auf das Chintz-Sofa fallen ließ. „Horst, wovon redest du überhaupt?"

„Die Firma. Glöckner. Unsere Ehe …"

„Ist das nicht ein bisschen viel auf einmal?"

„Manchmal", sagte Horst und fuhr sich mit resignierter Geste durchs Haar, „glaube ich, dass alles mit allem zusammenhängt. Auch wenn es beinahe schon esoterisch klingt."

„Was willst du damit sagen?"

„Du kennst das Sprichwort: Ein Unglück kommt selten allein. Ich lerne gerade, dass so ein Sprichwort nicht grundlos entsteht."

„Warum setzt du dich nicht zu mir? Soll ich uns einen Kaffee machen?"

„Nein." Horst kam ihrer Aufforderung nach, wählte aber statt des Sofas einen Sessel gegenüber. „Keinen Kaffee. Ich könnte etwas Stärkeres gebrauchen, aber das würde mir im Augenblick vielleicht gar nicht gut tun."

„Sicherlich nicht", stimmte Anna-Maria in Anbetracht der nachmittäglichen Stunde nicht ohne Strenge zu und betrachtete ihren Gemahl aufmerksam. Blass war er und fast ein wenig abgemagert, zumindest schien er ihr schmaler als gewöhnlich zu sein, und sie fragte sich, warum ihr dies nicht zuvor schon aufgefallen war. Natürlich war sie mit sich selbst beschäftigt gewesen, doch konnte man dies sicherlich nicht Horst vorwerfen, und er hatte keinen Grund, sich einzubilden, dass es sich dabei um einen Fehler seinerseits handelte. Dies ließ nur den Schluss zu, dass er andere Sorgen hatte als ihre Affäre, was Anna-Maria gleichermaßen beruhigte und beunruhigte.

„Komm", sagte sie daher sanft und beugte sich leicht über den Couchtisch. „Wir konnten ein Leben lang offen miteinander reden. Erzähl mir einfach, was dir auf dem Herzen liegt."

„Es fällt mir schwer." Horst stützte den Kopf in die Hände. „Aber es muss sein. Du weißt, dass die Firma seit der Finanzkrise in Schwierigkeiten steckt?"

„Ich weiß, dass wir kämpfen müssen. Bislang dachte ich allerdings, es wäre …"

„Vor sechs Wochen hat die Bank unsere Kreditlinie zum zweiten Mal gekürzt. Zu wenig Eigenkapital. Sagen sie."

„Soll das heißen, dass wir pleite sind?"

„Noch nicht." Horst schüttelte den Kopf und sah zu Boden. „Ich habe meine Lebensversicherung aufgelöst und das Geld in die Firma gesteckt."

„Du spinnst", entfuhr es Anna-Maria spontan. „Das ist deine Altersvorsorge, wovon sollen wir denn später einmal …"

„Warte, bis ich zu Ende bin.“ Horst schien das Sprechen zunehmend schwerer zu fallen, einige Sekunden spielte er verlegen mit einer der Troddeln, die die Zierde der Sitzgruppe bildeten, bevor er tief Luft holte. „Es hilft ja nichts, wenn ich schweige“, sagte er leise. „Ich habe eine Dummheit gemacht. Genauer gesagt, sogar mehrere.“

„Du meinst“, folgerte Anna-Maria entsetzt und legte eine Hand an ihre Wange, „das Geld ist weg?“

„Ich habe mit Mama gesprochen.“

„Worüber?“

„Über unsere Schwierigkeiten. Und die Lebensversicherung. Mama hat es ihrer Nachbarin erzählt. Und die ihrer Tochter.“

„Ich fürchte, ich verstehe nicht ganz …“

„Diese Tochter ist eine ausgesprochen attraktive, blonde, junge Frau. Sandra heißt sie. Gar nicht wie aus dem Rotlichtviertel. Sie hat mich angesprochen, als ich Mama besucht habe. Vor ungefähr vier Wochen, die näheren Umstände muss ich hoffentlich nicht erläutern. Ich weiß nicht, wie ich es erklären soll … ich war so verzweifelt, und du ständig mit diesen Leuten unterwegs … kurzum, ich bin mit ihr ausgegangen und anschließend … anschließend …“

„Du warst mit ihr im Bett?“

„Ja.“ Horst hob den Kopf und die Erleichterung darüber, dass er endlich ausgesprochen hatte, was auszusprechen war, stand ihm deutlich ins Gesicht geschrieben. Anna-Maria, die aufgrund ihres eigenen Fehltritts diese Mitteilung weitaus gelassener aufzunehmen in der Lage war, als sie es je von sich gedacht hatte, war in Gedanken jedoch schon einen Schritt weiter.

„Handelt es sich bei dieser Tochter zufällig“, so wollte sie wissen, „um die Büroangestellte des Herrn Glöckner?“

Horst nickte überrascht.

„Wie hast du das erraten?“

„Weibliche Intuition“, entgegnete Anna-Maria, Selinas Hinweis für sich behaltend, leichthin.

„Durch sie wurde ich mit Glöckner bekannt“, erläuterte Horst nunmehr flüssig. „Aber bevor ich das erzähle … hast du mir nicht auch noch etwas zu sagen?“

# 23

Im Präsidium trennte sich Emmerich von Frenzel, ging zu seinem Büro und wappnete sich innerlich gegen weitere Anmerkungen Frau Sonderbars bezüglich des Zustands seines Jacketts. Seine Sekretärin jedoch schien zwischenzeitlich andere Sorgen zu haben.

„Der Chef hat angerufen“, empfing sie ihn mit indignierter Miene. „Aus Portugal.“

„Ja, und?“

„Sie möchten sich bitte an die Anweisungen des Dr. Gaggenheim halten.“ Frau Sonderbar schnupfte vernehmlich, bevor sie ungehalten hinzufügte: „Das ‚Bitte‘ hätte er weglassen können. Bei dem Ton, den er mir gegenüber angeschlagen hat.“

Emmerich, keineswegs sicher, ob sich Frau Sonderbar nun mehr über den Ton oder mehr über den Inhalt des Telefonates echauffierte, bemühte sich um Gelassenheit. Eine missgelaunte Frau Sonderbar war geeignet, ihm den Rest des ohnehin schon anstrengenden Tages in besonderer Weise zu vergällen. Er wollte es nicht darauf ankommen lassen und hakte daher vorsichtig nach:

„Welche Anweisungen?“

„Wer ist das überhaupt?“, verlangte Frau Sonderbar mit bereits bedenklich gefurchter Stirn, statt einer Antwort zu wissen. „Der Dr. Gaggenheim?“

„Irgendein Ministerialer“, versetzte Emmerich achselzuckend. „Sie wissen doch, wie wichtig die es manchmal haben.“

„Es kann sich nur um einen Niemand handeln“, insistierte Frau Sonderbar dezidiert. „Sonst hätte ich bereits von ihm gehört. Seit wann hat ein Niemand das Recht, Ihnen Anweisungen zu erteilen? Oder den Chef derart unter Druck zu setzen, dass er sich mir gegenüber im Ton vergreift?“

Emmerich kam zu der beruhigenden Erkenntnis, dass sich der Zorn seiner Sekretärin weder gegen ihn noch gegen seinen Vorgesetzten zu richten schien, und atmete erleichtert auf.

„Vielleicht ist er neu", meinte er beschwichtigend. „Neue Leute legen oft einen gewissen Übereifer an den Tag. Damit ist es meistens schnell vorbei, wie wir beide ja aus Erfahrung …"

Frau Sonderbar jedoch pumpte sich zu seiner Überraschung auf wie ein Maikäfer kurz vor dem Abflug:

„Er besaß die Unverschämtheit", fiel sie ihm erbost ins Wort, „mir zu sagen, ich hätte keine Ahnung."

„Wer? Der Chef?"

„Der Niemand. Sein Anruf kam nur fünf Minuten später."

„Nun, das geht natürlich gar nicht", zeigte sich Emmerich, inzwischen kaum weniger verärgert als Frau Sonderbar, einsichtig. „Am besten, ich spreche selbst mit ihm. Stellen Sie mir bitte eine Verbindung her …"

„Nein."

Emmerich zog die Brauen hoch und starrte seine Sekretärin sprachlos an. Zwar kam es häufig vor, dass sie anderer Ansicht war als er, was sie für gewöhnlich auch in aller Deutlichkeit zum Ausdruck brachte, eine Bitte seinerseits mit einem glatten „Nein" verweigert, hatte Frau Sonderbar jedoch noch nie. Zumindest nicht, soweit er sich erinnern konnte.

„Was soll das denn heißen? Nein?", fragte er daher einigermaßen verdattert.

„Sie rufen nicht zurück", entgegnete Frau Sonderbar bestimmt. „Wir sind hier nicht die willfährigen Helfershelfer undurchsichtiger Taktiker, deren Motivation kein Mensch versteht."

„Bitte?" Emmerich beschlich das unbehagliche Gefühl, dass es sich hier nicht lediglich um einen schlecht getroffenen Ton oder kleinkarierte Rangordnungsscharmützel handelte, sondern dass ein grundsätzlicher Konflikt am Horizont heraufzog.

„Kommen Sie mal mit in mein Büro und setzen Sie sich hin", forderte er deshalb Frau Sonderbar auf, ging voran und schloss hinter ihr die Tür. Im neuen Stuhl sitzend, dessen unerwartetes Vorhandensein er sich einmal mehr nicht getraute, zur Sprache zu bringen, machte er die außergewöhnliche Entdeckung, dass die Frau ihm gegenüber mit den Tränen kämpfte.

„Du liebe Güte", sagte er entsetzt. „So kenne ich Sie gar nicht. Was ist denn mit Ihnen los?"

„Gleich geht es wieder." Frau Sonderbar wischte sich mit einer trotzigen Handbewegung die Augen aus. „Es ist nur … ich bin so wütend. So etwas ist mir in all den Jahren, die ich hier arbeite, nicht vorgekommen. Und das sind schon ziemlich viele."

„In der Tat", nickte Emmerich zustimmend. „Was ist denn nun genau passiert? Was will der Dr. Gaggenheim?"

„Wir sollen *das* herausgeben." Frau Sonderbar öffnete eine zur Faust geballte Hand und ließ daraus einen Papierball über Emmerichs Schreibtisch rollen. Er nahm den Zettel und versuchte erfolglos, ihn glatt zu streichen.

„Was soll das sein?"

„Ein Fax. Aus dem Ministerium. Dieser … dieser Mann will, dass wir eine Pressemeldung daraus machen."

Emmerich nahm aus der obersten Schreibtischschublade seine, an eine Damenbrille aus den 50er-Jahren erinnernde Lesehilfe heraus, ignorierte Frau Sonderbars missbilligendes Hüsteln und setzte sie sich auf die Nase.

„Mal sehen", sagte er ruhig und begann laut zu lesen: „Demonstranten behindern Polizeiarbeit."

„Was sage ich", fiel Frau Sonderbar ihm, ganz gegen ihre Gewohnheit, umgehend ins Wort. „Das stimmt doch überhaupt nicht, weder donnerstags, noch freitags finden Demonstrationen statt. Die sind immer montags und nie im Park, sondern nur vor dem Nordflügel des Bahnhofs, der Mann ist überhaupt nicht informiert …"

„Wollen wir sehen, was er sonst noch schreibt?", warf Emmerich, dessen Puls sich ebenfalls beschleunigte, sachte ein und zitierte weiter: „Beim Mord im Schlossgarten sind die Ermittlungen ins Stocken geraten. Nicht zuletzt steht die Polizei vor Problemen, weil sich am Tatort zahlreiche Fußabdrücke fanden, die die Spurensuche erschweren. Auch Beweismittel wurden offenbar entfernt. Kriminalhauptkommissar Reiner Emmerich, der die Ermittlungen leitet …"

„Da sehen Sie's", ereiferte Frau Sonderbar sich abermals. „Als ob wir das in diesem Stadium an die Öffentlichkeit geben würden. Ich weiß gar nicht, wie der Gaggenheim auf so etwas kommen kann, es … „

„Kriminalhauptkommissar Reiner Emmerich, der die Ermittlungen leitet", wiederholte Emmerich, den Einwurf ignorierend, ruhig, „geht davon aus, dass Gegner von Stuttgart 21 hier am Werk waren. ‚Sie wollen dafür sorgen, dass wir nichts finden, das auf sie hinweisen kann', sagt der erfahrene Beamte im Gespräch. ‚Davon lassen wir uns aber nicht beeindrucken. Wir können nur noch einmal dringend darauf hinweisen, Demonstrationen im Park und in der Nähe des Tatortes sofort zu unterlassen.'" Er ließ den Zettel sinken und sah Frau Sonderbar entgeistert an. „Wenn das nicht eine Frechheit ist."

„Sage ich doch. Woher kann er nur von der Entfernung des Rucksacks erfahren haben?“

„Darum geht es nicht. Auch nicht um Fußspuren, die eine reine Erfindung sind. Es geht darum, dass ich das nie gesagt habe. Und auch nie sagen werde.“

„Dr. Gaggenheim geht davon aus, dass wir diesen Text heute Abend noch als Pressemeldung an die Medien geben. Als eine Pressemeldung von der Polizei, wohlgemerkt.“

„Nun, dann hat er sich eben geschnitten.“ Emmerich knüllte den Zettel wieder zusammen und beförderte ihn mit einem gezielten Wurf in den Papierkorb. „Der kann mich mal kreuzweise, der Herr Dr. Gaggenheim.“

„Aber … was ist mit dem Anruf vom Chef?“, wollte Frau Sonderbar mit immer noch gefurchter Stirn wissen. „Wir sollen uns doch an die Anweisungen aus dem Ministerium halten.“

„Der Chef ist im Urlaub. Ich nehme an, er weiß gar nicht, mit welcher Art Anweisungen wir uns hier herumschlagen müssen.“

„Bedauerlicherweise muss ich Ihnen widersprechen.“ Frau Sonderbars Stirnfalten glätteten sich, was Emmerich darauf zurückführte, dass sie sich durch diesen Widerspruch langsam wieder auf gewohntem Terrain befand. „Mein Eindruck war, dass er das sehr wohl weiß und gar nicht glücklich damit ist. Sonst hätte er meine Einwände nicht so abgebügelt, in diesem Ton, den ich bereits erwähnte …“

„Lassen wir den Ton mal weg. Auch der Chef ist nur ein Mensch. Wenn mich ein Gaggenheim im Urlaub anrufen würde, wäre ich auch nicht sonderlich erbaut.“

„Aber was machen wir denn nun?“

Emmerich fixierte den Papierkorb, kratzte sich am Kopf und dachte nach.

„Nichts“, sagte er nach einer kleinen Weile. „Was den Chef betrifft, gehe ich davon aus, dass es sich um ein Missverständnis handelt. Die Telefonverbindung war doch sicherlich sehr schlecht …?

„Oh ja“, lächelte Frau Sonderbar erfreut. „Ich habe ihn wirklich nicht besonders gut verstanden.“

„Und was mich betrifft, so kommt etwas Derartiges überhaupt nicht infrage. Ich lasse niemand mit meinem guten Namen Schindluder treiben. Schon gar nicht halte ich den Kopf dafür hin, dass diese Idioten nicht mit dem Protest der Bürger fertig werden.“

„Es soll sich dabei um ein Kommunikationsproblem handeln“, äußerte Frau Sonderbar spitz. „Bei solchen Faxen kann ich mir inzwischen tatsächlich vorstellen, dass es da ein Problem gibt.“

„Frenzel fürchtet, dass das erst der Anfang ist. Wenn jetzt schon mit solch unseriösen Methoden gearbeitet werden soll, dann will ich gar nicht wissen, was noch alles kommt. Können Sie herausfinden, wer eigentlich dieser Gaggenheim ist und was er zu sagen hat?“

„Vermutlich schon.“ Frau Sonderbar stand auf und betrachtete Emmerich mit beinahe liebevollem Stolz. „Ich wusste, dass Sie da nicht mitmachen würden“, sagte sie zufrieden. „ Und ich hoffe, dass Sie standhaft bleiben.“

„Das hoffe ich auch“, entgegnete Emmerich abschließend. „Machen Sie mir einen Kaffee?“

* * *

„Du meinst den Revolver?“, fragte Anna-Maria mit gesenktem Blick und griff ihrerseits zu einer Troddel.

„Nein“, entgegnete Horst, ohne sich wütend oder böse anzuhören. „Nein, ich meine nicht den Revolver.“

„Dann meinen Besuch bei Glöckner? Von dem ich gar nicht weiß, wie du davon erfahren hast?“

„Auch den nicht. Obwohl ich nicht behaupten kann, dass er mir gefallen hat.“

„Ich … ich will nicht, dass du denkst, ich würde dir hinterherspionieren.“ Anna-Maria rupfte ein wenig zu heftig an der Troddel und riss einen langen Faden ab.

„Bitte ruiniere nicht wegen Glöckner unser Mobiliar“, verlangte Horst geduldig. „Ich denke nichts dergleichen, auch wenn ich mich schon gewundert habe.“

Anna-Maria ließ die Troddel los und wickelte sich den Faden um den Zeigefinger.

„Es war nur … du sagtest, dass du schwimmen gehst. Dann hast du deine Tasche stehen lassen. Und auch das Handtuch lag noch da. Das fand ich seltsam, ich …“

„Es geht mir nicht um den Besuch bei Glöckner“ unterbrach sie Horst energisch. „Anni, bitte sieh mich an.“

Anna-Maria hob folgsam das Gesicht.

„Dieser Mann." Horst kniff die Augen zusammen, wie sie es von ihm gewohnt war, doch wirkte dieses Zusammenkneifen heute wie ein Ausdruck höchster Qual. „Mit dem du dich getroffen hast. Warum fällt es dir so schwer, mir von ihm zu erzählen? Jetzt, wo ich dir gestanden habe …"

„Weil das nichts mit uns zu tun hat", platzte Anna-Maria, einerseits zutiefst erschreckt, andererseits aber erleichtert, heraus. „Wie lange weißt du schon von ihm?"

„Es hat wohl mit uns zu tun." Horst ignorierte ihre Frage. „Ich sagte doch, es ist alles meine Schuld. Ich hätte es nicht so weit kommen lassen dürfen. Wenn ich mir mehr Zeit genommen hätte … für dich … für die Kinder …"

„Bitte, hör auf. Es war ganz allein mein Fehler …"

„Nein. Meiner."

„Horst …"

„Jetzt ist es ohnehin zu spät."

„Sag so was nicht. Du musst an die Kinder denken. Und an die Firma. So viele Menschen hängen von uns ab …"

„Ich denke an dich." Horsts Augenpartie entspannte sich, sein Ausdruck wurde weich. „Anni, es ist so vieles schiefgelaufen. Ich wollte, ich könnte einfach die Zeit zurückdrehen, aber das geht eben nicht. Diese Angst … dass du mich verlassen könntest … glaub mir, so eine Angst hatte ich noch nie zuvor. Ich wusste nicht mehr, was ich tun sollte. Alles, was ich weiß, ist, dass ich dich liebe."

„Aber ich liebe dich doch auch." Anna-Maria sprang auf, spurtete um den Couchtisch herum und warf sich in die Arme ihres Gatten. Horst legte die seinen um sie.

„Du liebst nicht diesen Mann? Diesen anderen …"

„Nein." Anna-Maria schluckte die ersten Tränen hinunter. „Es war nur … du hattest überhaupt keine Zeit mehr für mich … ständig warst du unterwegs … ich hatte das Gefühl, dass du vielleicht mich nicht mehr … nach den langen Jahren …"

„Dummerchen. Wie kannst du nur so etwas denken? Ich habe versucht, neue Kontakte zu knüpfen. Geldgeber zu finden. Für die Firma … für uns …"

„Warum hast du mir das nicht erzählt? Ich hätte dir doch helfen können?"

„Verzeih mir, Schatz, aber das glaube ich nicht. Du bist im Herzen eine Künstlerin, keine die hart verhandeln kann. Ich wollte dich und die Kinder nicht mit meinen Sorgen belasten."

„So schlecht kennst du mich? Deine Sorgen sind doch auch meine."

„Ach, Anni", seufzte Horst und vergrub den Kopf an ihrer Brust. „Ich wünschte, wir beide könnten einfach noch einmal von vorne anfangen."

„Aber das können wir doch. Es ist vorbei, mit diesem Mann. Ich werde ihn nie wiedersehen."

„Nein", sagte Horst bedrückt. „Das wirst du wohl nicht."

* * *

Emmerich hatte annähernd eine Stunde mit Nachdenken verbracht, war mit dem Ergebnis aber nicht so recht zufrieden. Da war, natürlich, einerseits der aktuelle Fall, dem seine Aufmerksamkeit zu gelten hatte. Andererseits jedoch beschäftigte ihn das merkwürdige Gebaren des Herrn Dr. Gaggenheim beinahe schon über Gebühr. Nicht, dass es das erste Mal in seiner Laufbahn gewesen wäre, dass sich das Ministerium in die laufenden Ermittlungen mischte, immer wieder kam es vor, dass er oder auch Kollegen unmissverständlich gebeten wurden, den einen oder anderen in einen Fall verwickelten Bürger schonend zu behandeln oder sogar unbehelligt zu lassen, wenn es sich irgendwie vertreten ließ. Noch nie jedoch hatte man ihn aufgefordert, etwas schlichtweg Unwahres zu behaupten und die Frage, warum man dies von ihm verlangte, ließ ihn nicht mehr los. Auch wenn es nicht immer und überall wirklich gerecht zuging im Lande, so war sein Vertrauen in Politik und Rechtsstaat bislang nie in seinen Grundfesten erschüttert worden. Gaggenheims frei erfundene Pressemeldung aber war geeignet, dies zu tun. Frau Sonderbar musste unbedingt herausfinden, welche Position dieser Mensch einnahm und mit welcher Rückendeckung er zu Werke ging. Bevor er dies nicht wusste, blieb ihm nichts anderes übrig, als sich bedeckt zu halten. Emmerich hoffte inständig, dass es sich bei diesem Vorgang, der sich, je länger er darüber nachdachte, als umso ungeheuerlicher darstellte, um ein wie auch immer geartetes Missverständnis handelte, das sich baldigst als solches herausstellen würde. Ohne im Fall Tröge zu Ergebnissen gekommen zu sein, erhob er sich schließlich von seinem neuen Stuhl und machte sich auf den Weg zur Abendlage. Frau Sonderbar hatte ihr Vorzimmer bereits feierabendgemäß verlassen und Emmerich gab es endgültig auf, den Stuhl zur Sprache bringen zu wollen. Wie befürchtet, hatte er sich längst an ihn gewöhnt, und es gab tatsächlich Wichtigeres zu tun, als sich mit Frau Sonderbar über Nichtigkeiten um des Grundsätzlichen willen auseinanderzusetzen. Im Besprechungszimmer musste er als Erstes feststellen, dass Gitti Kerner fehlte, danach, dass auch die Sonderkommission als solche einen dezimierten Eindruck machte.

„In der Stadt hat's mehrere Unfälle gegeben", erklärte Frenzel resigniert. „Die Kollegen mussten raus. Du weißt, wie dünn unsere Personaldecke inzwischen ist. Wenn das so weitergeht, muss demnächst der Innendienst noch los."

„Zum Kotzen", nickte Emmerich, um eine aufmunternde Haltung bemüht. „Aber was können wir dagegen tun? Bringen wir es hinter uns. Ich fasse mal zusammen, was wir haben ..."

Die Tür ging auf, Gitti Kerner hastete herein.

„Tut mir leid", keuchte sie außer Atem. „Ich hab mich noch um Diana Walters gekümmert."

„Übernehmen wir neuerdings auch noch die Arbeit vom Sozialamt?", konnte Emmerich nicht umhin, sarkastisch zu fragen. „Wundern würde mich das gar nicht, aber ..."

„Ich hab's doch versprochen. Was ich verspreche, halte ich. Jetzt bin ich ja hier."

„Und was wird nun aus Diana Walters?"

„Momentan ist sie in Tröges Wohnung. Seine Mutter ist auf dem Weg nach Stuttgart. Völlig aus dem Häuschen, wegen ihres zu erwartenden Enkels. Sie will sich um alles kümmern."

„Damit ist diese Walters einverstanden?"

„Ich hatte schon den Eindruck. Der Rest ist nicht mehr mein Problem."

„Hoffen wir's." Emmerich bezog Position vor den Stellwänden an der Stirnseite des Raumes. „Dann noch mal von vorne: Was wir inzwischen wissen, ist, dass Thomas Tröge alleinstehend war und neu in Stuttgart. In der Vergangenheit hat er sich herumgetrieben, manchmal gearbeitet, manchmal auch nicht. Es gab Berührungspunkte mit der autonomen Szene in Berlin, eventuell auch mit der in Hamburg, aber zum harten Kern scheint er nicht gehört zu haben. Seine schwangere Ex-Freundin ist ihm zwar nach Stuttgart nachgereist, hat aber ein einwandfreies Alibi für die Tatzeit. Eltern und Familienangehörige kommen, nach allem, was wir bisher herausgefunden haben, ebenfalls nicht infrage. In Stuttgart kannte Tröge noch nicht besonders viele Leute, er stand in Kontakt mit mehreren, insbesondere weiblichen Personen, die wir inzwischen alle abgeklappert haben. So weit alles klar?"

Die verbliebenen Mitglieder der Sonderkommission nickten wohlwollend, doch niemand schien etwas sagen zu wollen. Emmerich nahm einen Filzstift, schlug auf einem bereitstehenden Flipchart eine neue Seite auf und malte einen Kreis, in den er „Thomas Tröge" schrieb. Darüber setzte er den Namen „Selina Siegloch".

„Sie war wohl die Erste, mit der er hier zusammentraf", setzte er seinen Vortrag fort. „Frau Siegloch hat ihm seine Wohnung übergeben und ihn ein bisschen herumgeführt. Unter anderem hat sie ihn mitgenommen zu einem Stammtisch von Stuttgart-21-Gegnern. Frau Siegloch hat sich bei der Befragung sehr kooperativ gezeigt, hat uns aber verschwiegen, dass sie eine sexuelle Beziehung zu Tröge unterhalten hat. Dies wiederum wissen wir von ..." Emmerich notierte den nächsten Namen auf dem Flipchart „... Anna-Maria Semmler, einer Freundin von Frau Siegloch, die ebenfalls zu Tröges Bettgenossinnen zählte. Frau Semmler war eine der Letzten, die ihn lebend gesehen hat, ihren Angaben zufolge hat sie sich gegen neun Uhr am Donnerstagabend im Park von ihm verabschiedet. Dort hat sich Tröge mit Gerhard Wurzenbach getroffen. Gibt es etwas Neues von Gerhard Wurzenbach? Gitti?"

„Gibt es." Gitti Kerner stand auf und stellte sich neben Emmerich. „Ich war heute mit dem Kollegen Köhler nochmals bei ihm. Im Wesentlichen hat er die Aussage der Galeristin Jutta Filz bestätigt. Kurz vor elf hätte er sich von Tröge getrennt, die Schüsse will er nicht mehr gehört haben, er sei da schon in der Klett-Passage gewesen. Conny Hurtig und Jutta Filz hätten ihm an der Bushaltestelle berichtet, dass Schüsse gefallen seien, aber keiner von ihnen habe einen Zusammenhang mit Tröge hergestellt. Behauptet Wurzenbach. Allerdings haben uns diese Leute schon einmal angelogen und auch Frau Filz war nicht ganz aufrichtig zu uns. Dreimal dürft ihr raten, was sie uns verschwiegen hat."

„Sag bloß nicht, dass auch die mit Tröge ...?" Mirko Frenzel machte ein ungläubiges Gesicht. „Die ist doch sicher über sechzig."

„Trotzdem." Gitti grinste beinahe schon unanständig. „Den scheint es vor nichts gegraust zu haben. Wenn man Gerhard Wurzenbach glauben darf. Dem das im Übrigen mächtig auf den Zeiger ging, weshalb er Tröge während ihres Spaziergangs am Donnerstag, den Wurzenbach hartnäckig ‚Patrouille' nannte, zur Rede gestellt hat. Er könne niemanden gebrauchen in seiner Baumwächtergruppe, der ständig für Unruhe sorge. Hat er gesagt."

„Wie hat Tröge darauf reagiert?", wollte Emmerich wissen.

„Wenig einsichtig, offenbar. Sagte, dass dies seine Sache sei und Wurzenbach sich raushalten solle. Wurzenbach hat daraufhin beschlossen, seinen persönlichen Kontakt zu Tröge nach Abschluss des geplanten

Kletterkurses, der am letzten Wochenende hätte stattfinden sollen, zu beenden."

„Sicher, dass er das nicht schon vorher erledigt hat? Unter Zuhilfenahme einer Waffe, vielleicht?", fragte einer der Kollegen aus der Runde gespannt.

„Ziemlich sicher", meinte Gitti. „Er entspricht nicht der Täterbeschreibung durch den Zeugen Edamer, und mein Eindruck ist, dass er diesmal ehrlich zu uns war. Zumindest, sofern es Tröge betraf. Was er mit seinen Baumwächtern plant, hat er natürlich nicht herausgerückt. Das steht auf einem anderen Blatt."

„Also weiter." Emmerich, der Gitti Kerner angesehen hatte, wandte sich um und schrieb „Jutta Filz" und „Conny Hurtig" auf das Flipchart. „Wahrscheinlich ist es überflüssig, zu sagen, dass auch Frau Hurtig mit Thomas Tröge …"

„Heilige Scheiße", erklang die tiefe Stimme, die er von den früheren Besprechungen schon kannte. „Was hatte der, was ich nicht habe? Bei mir zicken die Weiber immer nur, wenn ich ..." Emmerich fuhr herum.

„Ach, halt die Schnauze", ranzte Mirko Frenzel ungehalten, gab aber durch nichts zu erkennen, wer der Adressat dieser wohlwollenden Empfehlung war. Emmerich, sich seiner Rolle als Vorgesetzter durchaus bewusst, nahm an, dass sich daran auch nichts ändern würde und fuhr fort, ohne den Einwurf zu beachten.

„Frau Hurtig schien auf Tröge nicht besonders gut zu sprechen zu sein. Wir können daher annehmen, dass diese Affäre bereits beendet war. Neben den Damen Filz und Hurtig gibt es noch eine Monika Gürkle, von der wir wissen." Emmerich notierte auch diesen Namen und verbat sich gleichzeitig anzügliche Zwischenrufe jeder Art. „Das Dumme daran ist, dass Frau Filz, Frau Hurtig und wohl auch Frau Gürkle, die wir allerdings noch nicht befragt haben, den bewussten Abend gemeinsam verbrachten und sich gegenseitig ein Alibi geben. Wenn alle dabei bleiben, werden wir dem schwerlich etwas entgegensetzen können. Kurzum: Die Angelegenheit ist ein wenig verfahren."

„Haben wir DNA-Material von allen Beteiligten?", erkundigte sich eine junge Frau, von der Emmerich nur wusste, dass sie eine Anwärterin für den höheren Dienst war.

„Noch nicht", beantwortete er ihre Frage und fügte hinzu: „Es würde uns im Moment auch nicht helfen. Sämtliche Personen, die wir bislang im Zusammenhang mit diesem Fall kennen, bestreiten nicht, an diesem Abend im Park gewesen zu sein. Bis auf Frau Siegloch natürlich, deren

Alibi sich aber vermutlich nach der Überprüfung als richtig herausstellen wird. Jeder DNA-Abgleich kostet uns Geld und, wie alle hier wissen, sind wir gehalten, keine unnötigen Kosten zu verursachen."

„Das heißt, wir haben gar nichts?", folgerte Frenzel wenig begeistert. „Oder sieht das jemand anders?"

„Es müsste doch möglich sein, weitere Zeugen aufzutreiben", meinte die junge Frau. „Vielleicht, wenn wir nochmals an die Presse gehen ..."

„Erst versuchen wir es ohne", erklärte Emmerich, seines Ärgers mit den Gaggenheim'schen Anweisungen gedenkend, energisch. „Lieber quetschen wir Edamer noch einmal aus. Oder Wurzenbach. Hat der sich in irgendeiner Form über weitere Personen im Park geäußert?"

„Vage." Gitti Kerner machte ein skeptisches Gesicht. „Im Eingangsbereich der Passage seien schon Leute unterwegs gewesen, aber auf die habe er nicht weiter geachtet. Erinnern konnte er sich nur an einen Mann, der Fotos gemacht hat und an eine Frau mit einer Tasche. An die Frau deshalb, weil aus der Tasche irgendwas herausgetropft ist und er sich noch überlegt hat, ob er sie darauf aufmerksam machen sollte. Was er dann aber gelassen hat, weil die Frau in den Park gegangen ist und er in die andere Richtung zur Bushaltestelle musste."

„Moment." Emmerich hob die Hand und gab so zu verstehen, dass er einen Augenblick benötigte, um nachzudenken. „Hat der Zeuge Edamer nicht gesagt, der Täter habe in der einen Hand eine Tasche gehabt?"

„Hat er", warf Mirko, wie aus der Pistole geschossen, ein.

„Und Wurzenbach? Kann er sich erinnern, ob die Frau einen Kapuzenmantel getragen hat?"

„Das habe ich ihn nicht gefragt", schüttelte Gitti den Kopf.

„Ja, dann aber nichts wie los. Ich will alles über diese Frau wissen. In welche Richtung genau sie gegangen ist, ob sie klein und rundlich war, ob er erkennen konnte, was da tropfte. Vielleicht war es ja Vanilleeis."

„Wollen wir bitte den Fotografen nicht vergessen?", bremste Frenzel die Kollegin, die bereits zur Tür strebte. „Frau Semmler hat einen Mann mit einer Schirm- oder Baskenmütze erwähnt, der trotz der Dunkelheit Bilder gemacht hat."

„Das muss doch schon gegen neun gewesen sein", tat Gitti den Einwurf ab und winkte dem Kollegen Köhler. „Da wird Herr Wurzenbach aber gar nicht glücklich sein, wenn wir schon wieder bei ihm auftauchen."

„Gerhard Wurzenbachs Gefühle interessieren mich nicht." Auch Emmerich machte eine, Einhalt gebietende, Handbewegung. „Ich denke, für den und seine Protestbewegung kann es nur von Vorteil sein, wenn der Fall bald aufgeklärt wird. Mirko hat recht, wir dürfen diesen Fotografen nicht außer Acht lassen. Wurzenbach braucht uns nur zu sagen, ob er sich auch an eine Kopfbedeckung erinnert. Die Wahrscheinlichkeit, dass am gleichen Abend, am gleichen Ort, gleich zwei Leute herumlaufen, die in der Dunkelheit knipsen, kommt mir doch recht gering vor. Vielleicht haben wir zudem noch ein bisschen Glück und der Zeuge Edamer erinnert sich auch an die beiden, die Frau und den Fotografen. Wer geht zu Edamer?"

Die junge Anwärterin für den höheren Dienst meldete sich und deutete auf ihren Sitznachbarn. „Wir würden es gerne mal versuchen."

„Gut", stimmte Emmerich zu. „Dann brauche ich noch jemand, der im *Schlampazius* das Alibi der Siegloch überprüft und eine gute Idee, wo wir nach der Frau mit der Tasche und dem Fotografen suchen sollen. Ansonsten sind wir für heute durch."

# 24

Stille erfüllte das elegante Wohnzimmer in der Gerokstraße, eine Stille, die umso schwerer lastete, je länger sie währte und sie währte nun schon mehrere, quälende Minuten lang. Anna-Maria, wieder zurück auf ihrem Sofa, konzentrierte sich auf das Spiel mit der Troddel, flocht Zöpfchen in Fransen und löste sie wieder auf. Horst schlug teilnahmslos und bar jeden Interesses die Seiten einer Jugendzeitschrift um, die Jasmin auf dem Couchtisch vergessen hatte. *Wir kommen nicht weiter,* dachte Anna-Maria verzweifelt. *Er kann's mir nicht sagen und ich kann ihn nicht fragen.* Die Stille erschien ihr wie eine Blase, in der es keine Zeit und keine Außenwelt gab und die dennoch nicht ewig halten konnte. Tatsächlich platzte die Blase im nächsten Moment, indem die Haustür geöffnet und Stimmen laut wurden. Wenig später stand Adrian, gefolgt von zwei Gleichaltrigen mit Laptops unter den Armen, im Raum.

„Tag", grüßte er, wenig erbaut, als er die Anwesenheit seiner Eltern bemerkte. „Was macht ihr denn hier? Um diese Zeit?"

Horst überließ das Antworten seiner Frau.

„Wir haben etwas zu besprechen", sagte Anna-Maria, wohl wissend, dass dies keinesfalls eine einleuchtende Erklärung für ihren Aufenthalt im heimischen Wohnzimmer zu dieser frühen Stunde war. Ihr Sohn nahm sie daher auch nur mit skeptischem Blick zur Kenntnis, während seine Begleiter sich zum Gehen wandten.

„Besser, wir verschwinden wieder", brummte der eine vernehmlich. „Dicke Luft bei den Kalkleisten."

„Bullshit." Adrian zog seinen Kumpel am Ärmel. „Wir können nach oben in mein Zimmer gehen. Stört euch doch nicht, oder? Mein Besuch?"

„Nein", schwindelte Anna-Maria. „Wir sind gleich fertig. Ihr wollt sicher gemeinsam lernen."

„Mmmh", machte Adrian ausweichend, zeigte zur Treppe, die ins Obergeschoss führte, und beobachtete seine Eltern immer noch misstrauisch.

„Ist noch was?", herrschte Horst ihn unvermittelt an.

„Nö." Adrian verdrehte die Augen und folgte seinen Freunden die Treppe hoch.

„Wir müssen die Kinder aus der Sache heraushalten", entfuhr es Anna-Maria unbedacht, noch bevor sie sich sicher sein konnte, dass der Junge außer Hörweite war.

„Wie denn?" Horsts Stimme klang zynisch.

„Ich weiß nicht. Ich ... wir brauchen einen Plan."

„Vielleicht hörst du dir erst den Rest der Geschichte an?"

„Den Rest?"

„Du hast Glöckner gesehen. Was hältst du von ihm?"

Anna-Maria, die etwas gänzlich anderes erwartet hatte, gelang es, ihre Verwunderung zu verbergen.

„Von Glöckner?", versuchte sie, sachlich zu klingen. „Ehrlich gesagt, ich werde nicht schlau aus ihm. Frau Blumenthal hält ihn für einen Betrüger."

Horst zog die Brauen hoch.

„Sie hat mit *dir* über ihn gesprochen?"

Anna-Maria nickte, eingedenk des Versprechens, das sie der Assistentin gegeben hatte, mit einem Anflug von schlechtem Gewissen.

„Allerhand", meinte Horst, sichtbar verschnupft. „Was hat sie dir sonst noch erzählt?"

„Nichts von Bedeutung. Sie sorgt sich um dich und die Firma. Frau Blumenthal hat völlig richtig gehandelt."

„Findest du?"

„Ja." Horst schien ein wenig am ungewohnten Vertrauensverhältnis zwischen ihr und Frau Blumenthal knabbern zu müssen, doch Anna-Maria war entschlossen, diesen Umstand außer Acht zu lassen. „Ich bin ganz ihrer Meinung."

„Ihr beide glaubt also, dass ich auf einen Betrüger hereinfalle?"

„Es hat den Anschein", milderte Anna-Maria, angesichts des gekränkten Blicks ihres Gatten, die Strenge ihrer Bemerkung.

„Glöckner versucht, uns zu helfen", korrigierte Horst sie aufgebracht. „Mama hat ihn mir wärmstens empfohlen. Vielleicht war es ein bisschen kühn von ihm, zu denken, dass er uns den Generalunternehmervertrag für die Arbeiterunterkünfte auf der Alb verschaffen könnte, aber was die Sanitärräume anbelangt ... also, da besteht immerhin noch eine Chance."

„Die Sanitärräume?" Anna-Maria gab ein resigniertes Schnauben von sich. „Das ist nicht viel, aber wenigstens kein Puff."

„Der Puff steht auf einem anderen Blatt." Horst grinste flüchtig. „Ist schließlich kein Teil der Ausschreibung. Dafür haben wir noch Zeit."

„Den Teufel haben wir. Solange ich in dieser Firma etwas zu sagen habe, werden wir die Finger von derartigen Etablissements lassen. Egal, was ein Glöckner dazu meint. Ebenso wenig werden wir mit Bestechungsgeldern arbeiten."

„Bestechungsgelder? Wovon redest du überhaupt?"

„Frau Blumenthal sagte, Glöckner hätte mindestens zweimal einen größeren Betrag von dir erhalten."

„Natürlich." Horst sah einigermaßen fassungslos drein. „Er hat schließlich Auslagen. Spesen. Er muss mit Entscheidungsträgern zum Essen gehen. Hin- und herfahren. Zeit aufwenden. Das gibt es nicht umsonst."

„Rechnet er sie ordentlich ab? Diese Auslagen?"

„Das wird schon noch kommen. So weit sind wir noch nicht."

„Horst." Anna-Maria schüttelte sachte den Kopf und beugte sich über den Couchtisch. „Ich kann verstehen, dass du nach Strohhalmen greifst, um die Firma zu retten. Aber Glöckner ist kein solcher Strohhalm. Wir beide sind lange genug im Geschäft, um zu wissen, dass von diesem Stuttgart-21-Kuchen für uns nichts abfallen wird. Die Sanitärräume … dafür musst du keine Entscheidungsträger bewirten. Das ist eine Frage des billigsten Anbieters und der sind nicht wir."

„Davon verstehst du nichts, du machst nur die …"

„Was hat deine Mutter mit Glöckner zu tun?"

Ihre Frage veranlasste Horst, gerade noch ganz in seinem Element als Geschäftsführer der Kolb & Semmler GmbH, überraschenderweise dazu, in sich zusammenzusinken und mit offenem Mund auf das Bildnis eines lockigen Jünglings mit tätowiertem Oberkörper zu glotzen.

„Mama", sagte er leise, bevor er wieder ein wenig Haltung annahm. „Glöckner hat etwas für sie erledigt. Weil sie doch die Nachbarin von seiner … von Sandra ist. Die Angelegenheit hat einen … wie soll ich sagen … unerwarteten Verlauf genommen. Aber, glaub mir, ohne Glöckner wäre alles noch schlimmer, es …" Sie hörte sein Handy brummen, bevor die dazugehörende Melodie einsetzte, und er es aus der Tasche nahm. „Das ist er. Einen Augenblick, Schatz."

Anna-Maria beobachtete mit wachsendem Unbehagen, wie Horst während des Telefonierens noch eine Spur blasser wurde, als er es ohnehin schon war und überdies zu schwitzen begann.

* * *

Die prallvolle Bahn, die Emmerich vom Pragsattel in die Innenstadt brachte, passierte die Brache hinter dem Hauptbahnhof. Seit Jahren schon war der größte Teil dieser Grundstücke im Herzen der Stadt unbebaut, ein hässliches Loch klaffte dort, das nichts anderes zu tun hatte, als auf die Fertigstellung des Tiefbahnhofes zu warten. Zwischen Loch und Bahnhof konnte man eine Vorstellung davon bekommen, wie der neue Stadtteil, großspurig „Europaviertel" genannt, einst aussehen mochte: Seelenlose, einhundertprozentig sterile Bürogebäude erhoben sich in den Himmel, der Raum dazwischen war selbst tagsüber meist ausgestorben. Des Nachts verirrten sich nicht einmal Obdachlose dorthin, obwohl, mangels Passanten, vermutlich keiner dort Anstoß an ihnen nehmen würde. In der Mitte des Lochs war in jüngster Zeit der Neubau der städtischen Bibliothek in die Höhe gewachsen, ein befremdlicher Kubus aus abweisend grauem Beton, mit winzigen, an Arrestzellen erinnernden Fenstern, dessen Zweck sich dem Betrachter von Emmerichs Seite aus gesehen lediglich durch den eingemeißelten Begriff „Library" erschloss. Natürlich einmal mehr, wie Emmerich missbilligend anmerkte, nur dem des Englischen mächtigen Betrachter, was auch seine Mitfahrenden in der Bahn, den Kommentaren nach zu schließen, überwiegend für einen kosmopolitisch lächerlichen Hirnfurz der Stadtoberen zu halten schienen. Dem Vernehmen nach war das Wort „Bibliothek" auf den anderen Seiten des Kubus auch in asiatischen Schriften eingeprägt worden, etwas, das Emmerich für ein Europaviertel noch weniger goutierte. Wenn schon fremde Sprachen und Schriften herhalten mussten, so wäre seiner Ansicht nach das Griechische, dem das Wort „Bibliothek" entstammte, oder das Lateinische als Fundament der europäischen Kultur angebracht gewesen, aber Fundamente interessierten heute niemanden mehr. Wichtig waren Märkte und Wachstum sowie der damit verbundene Konsum, was Stuttgart in Bälde ein gigantisches Einkaufszentrum in unmittelbarer Nachbarschaft der Bibliothek einbringen sollte. Eine Aussicht, die selbst Emmerich, im Allgemeinen kein Anhänger von Verschwörungstheorien, schon auf die Idee gebracht hatte, dass es sich hier um nichts anderes als eine perfide Strategie handelte, mit der noch den letzten, alteingesessenen Geschäften in der Stadt die Kaufkraft entzogen werden sollte, auf dass man in naher Zukunft auch die Gebäude entlang der traditionellen Einkaufsmeilen würde abreißen und in verglaste Türme verwandeln können.

„Furchtbar isch des", schimpfte neben ihm eine Frau mit lindgrünem „Oben-bleiben"-Button an der seniorenbeigen Jacke, als hätte sie seine

Gedanken gelesen. „Scho deshalb gang i jetzt demonschtriera. Damit meine Enkel des net erleba müsset."

„Richtig wüscht", stimmte eine andere zu. „Was d'r Ami net g'schafft hott, em Kriag, des schaffet die."

Die Bahn verschwand im Untergrund, als ein Mann sich einmischte:

„Jetzt denken Sie doch an die Zukunft, meine Damen. Die vielen Arbeitsplätze. Der Anschluss an das europäische Hochgeschwindigkeitsnetz ..."

„Was? Arbeitsplätz? Doch net für onsere", herrschte ihn umgehend die erste der beiden Frauen an, während die zweite hinzufügte:

„So arg pressiera kann's mir gar net, dass i so a Netz brauch. Was moinet Sie?"

„Nix." Emmerich wich dem auffordernden Blick der Kombattantin aus, indem er am Hauptbahnhof eilig die Bahn verließ. Im Schlossgarten standen diskutierende Menschen vor dem dürren Geäst, das den Namen „Widerstandsbaum" trug, weiter hinten waren Spruchbänder um die Stämme altehrwürdiger Riesen gewickelt worden. Mit einem Gefühl der Beklemmung verließ Emmerich seinen geliebten Park Richtung Neckarstraße. Was jahrelang niemand mehr geglaubt hatte, rückte nun in bedrohliche Nähe. Die Bäume würden fallen, um des Fortschritts willen, der Geschwindigkeit zuliebe und weil das Alte, zu dem Emmerich sich inzwischen getrost selbst rechnen durfte, nichts mehr wert war. Vor der heimischen Haustür befand er sich in einer zutiefst melancholischen Stimmung, die entweder durch das Hören des letzten Johnny-Cash-Albums vertieft oder mittels einer AC/DC-Scheibe gehoben werden konnte, doch die Entscheidung wurde ihm abgenommen. Hinter der Tür juchzte Madonna „Like a virgin", im Wohnzimmer standen Gabi, Loretta, Jule und ein weiteres Mädchen in deren Alter um den, mit allerlei Bastelmaterialien bedeckten, Esstisch herum.

„Huch", sagte Gabi überrascht, als sie seiner ansichtig wurde. „Wieso bist du denn schon da? Wir dachten, du müsstest Überstunden machen", während Jule rief: „Das ist Nicki. Du weißt schon, ihr Vater arbeitet bei der Bahn."

„Was soll das hier werden?", wollte Emmerich, keineswegs erfreut über das, in seinen Augen zur Unzeit überfüllte Zimmer, mürrisch wissen.

„Wir machen uns Schilder", klärte ihn seine Tochter begeistert auf. „Für die nächste Montagsdemo."

„Habt ihr den Mörder schon gefunden?", fragte Loretta scherenschnippend und Nicki kicherte: „Der soll ja halb Stuttgart gevögelt haben, wie man so hört", was ihr einen vorwurfsvollen Knuff von Jule eintrug.

„Nein", schnauzte Emmerich biestig und sah Gabi Hilfe suchend an. „Ich bin müde und habe Hunger."

„Dann leg dich doch", schlug ihm seine Gattin gut gelaunt vor, „einfach noch ein Stündchen ins Bett. Wir kochen nachher gemeinsam Spaghetti. Pesto oder Carbonara?"

„Hackfleisch", brüllte Emmerich wütend, hängte sein Jackett an die Garderobe, verschwand im Schlafzimmer und knallte die Tür zu.

# 25

Die eheliche Aussprache in der Gerokstraße hatte durch die Heimkunft der Tochter des Hauses eine Unterbrechung erfahren. Jasmin schien, im Gegensatz zu ihrem Bruder, nichts Außergewöhnliches an der Anwesenheit beider Elternteile, weit vor der Essenszeit zu finden, sondern diesen Umstand vielmehr als Chance zu begreifen. Sie beabsichtige, so erklärte sie mit dem sonnigsten aller Teenagergesichter, im Sommer erstmals alleine in den Urlaub zu fahren. Eine Jugendfreizeit auf Sardinien, zehn Tage lang, dem Einüben von Standardtänzen gewidmet. Die Hälfte des Reisepreises für Unterkunft, Verpflegung und die jeweils sechsundzwanzigstündige An- und Abreise mit dem Bus habe sie gespart, für den Rest rechne sie mit einem Zuschuss. Was die Eltern davon hielten?

„Wie viel?", fragte Horst lapidar, während Anna-Maria einige Sekunden benötigte, um von Ehe- und Geschäftsfrau auf Mutter umzuschalten.

„Wer fährt denn mit? Wer veranstaltet die Reise? Ist das ein seriöses Busunternehmen?"

Jasmins Miene verdüsterte sich umgehend, die Beantwortung derart banaler Fragen schien eine unnötige Mühsal darzustellen, die lediglich um des gewünschten Erfolges willen auf sich genommen werden musste. Sie streifte ihre Chucks von den Füßen und setzte sich neben ihren Vater.

„Also …", begann sie zu sprechen, was Horst veranlasste, sich zu erheben.

„Ich geh duschen. Wir reden später weiter."

„Hab ich euch gestört?" Jasmin riss mit gespielter Unschuld die Augen auf.

„Nein … nein, natürlich nicht." Anna-Maria nahm sich zusammen. „Erzähl nur." Unkonzentriert lauschte sie einer euphorischen Schilderung bevorstehender Vergnügen ihrer Tochter und erklärte schließlich, darüber nachdenken zu wollen. Während der nächsten Stunden ergab sich keine Gelegenheit, mit Horst alleine zu sein und das unvollendete Gespräch fortzusetzen. Anna-Maria tat, was sie immer tat: kochen, essen, Küche aufräumen, sich mit den Kindern unterhalten. Adrian vertrat die Ansicht, dass ein Zuschuss an Jasmin aus Gründen der ausgleichenden Gerechtigkeit in gleicher Höhe auch an ihn ausbezahlt werden müsse, wenn auch für einen anderen Verwendungszweck. Eine lebhafte Auseinandersetzung entstand, aus der Horst sich, wie üblich, heraushielt. Stattdessen erklärte er noch vor dem Ende der Hauptnachrichten, ins Bett gehen zu wollen. Anna-Maria blieb einigermaßen konsterniert zurück. Obwohl seit Jahren vertraut mit der Taktik ihres Gatten, Unangenehmes im Privatleben vor sich herzuschieben, wenn nicht ganz zu verdrängen, musste ihm doch klar sein, dass diese Strategie in der jetzigen Situation nicht funktionieren konnte. Man konnte es drehen und wenden, wie man wollte, es kam nur eine Lösung infrage, auch wenn Horst diese Lösung zwischen Glöckners Anruf und Jasmins Heimkommen als vollkommen abwegig verworfen hatte.

„Der Revolver", war alles, was er gesagt hatte. „Wenn du den nicht weggeworfen hättest …"

Anna-Maria aber war längst zu der Ansicht gelangt, dass die Entsorgung dieser Waffe zum Besten gehörte, was sie seit Wochen geleistet hatte, und entschlossen, die Angelegenheit auf ihre Art zu Ende zu bringen. Sie wartete daher, bis auch die Kinder sich nach oben verzogen hatten und befolgte, um sich Mut zu machen, den Ratschlag ihrer Freundin Selina, indem sie sich aus der Hausbar zwar keinen Grappa, aber ein Gläschen Schwarzwälder Sauerkirsch gönnte. Solcherart gestärkt begab sie sich ins Schlafzimmer, schaltete das Licht ein, richtete den Blick auf Horst, der im Schlafanzug mit hinter dem Kopf verschränkten Armen völlig wach in den Kissen lag und sagte:

„Wenn du nicht zur Polizei gehst, dann gehe ich."

„Anni, nein." Horst machte nicht einmal den Versuch, sich aufzurichten. „Das kannst du nicht tun."

„Und ob ich kann."

„Lass mir noch diese Woche."

„Was würde das nützen?"

„Dann diese Nacht. Und den morgigen Tag."

„Hör auf damit. Es hat doch keinen Zweck."

Horst bedachte sie mit einem Ausdruck tiefster Resignation.

„Wenn du den Revolver nicht weggeworfen hättest, wäre mir das erspart geblieben. Ich hätte mich erschießen können. Oder ihn."

„Beides wäre keine gute Lösung gewesen. Nicht für mich und die Kinder."

„Ihr hättet es ohne mich geschafft. Vielleicht sogar besser als mit mir."

„Was hast du vorhin gesagt? Dass du nur an mich denken würdest? Wenn das deine Art ist, an mich zu denken, dann bedanke ich mich ganz herzlich und …"

„Du hast recht." Horst schlug die Decke zurück und schwang die Beine aus dem Bett. „Aber du gehst nicht alleine. Wir stehen die Sache zu zweit bis zum Ende durch. Ich habe mir etwas überlegt."

* * *

Als Emmerich erwachte, war es dunkel und statt der Stimme Madonnas hörte er das Läuten des Telefons. Der Wecker auf seinem Nachttisch zeigte eine kaum glaubhafte Uhrzeit an, sein Magen knurrte und ein Fuß war eingeschlafen. Wobei unter „Fuß", wie im Schwäbischen üblich, das gesamte Bein zu verstehen war, was Emmerich das Aufstehen nicht unerheblich erschwerte. Vorsichtig auftretend öffnete er die Schlafzimmertür und hörte Gabi gerade noch sagen:

„Vielen Dank. Wirklich lieb von Ihnen. Bis zum nächsten Mal."

„Wer war das?", raunzte er unwirsch.

„Aufgewacht?", fragte Gabi ihn munter. „Das war Frau Sonderbar. Hat sich für das Geschenk bedankt."

„Warum bei dir?"

„Weil wir wissen, was wir aneinander haben", entgegnete Gabi zu Emmerichs Verdruss mit spöttischem Lächeln und setzte hinzu:

„Soll ich dir die Spaghetti wärmen?"

„Bloß nicht." Auch wenn Emmerich keineswegs für sich in Anspruch nahm, ein Gourmet zu sein, so waren aufgewärmte Spaghetti doch etwas, das einer lange zurückliegenden Vergangenheit angehören musste. „Ich hau mir ein paar Eier in die Pfanne."

„Wenn noch welche da sind." Gabi ging zurück ins Wohnzimmer, wo die Nachrichten liefen, Emmerich begab sich in die Küche und fand im Kühlschrank tatsächlich noch zwei Eier, einen halben Ring Fleischwurst und einige Zwiebeln. Kurz entschlossen schnippelte er Wurst und Zwiebeln in kleine Stücke, briet alles an, gab die Eier darüber und verquirlte das Ganze zu einer unansehnlichen, aber wohlriechenden Masse. Mit der Pfanne und einem Stück Brot ging er zu Gabi ins Wohnzimmer, setzte sich aufs Sofa und begann zu essen.

„Es sind keine Vitamine da drin", sagte Gabi nach dem dritten Bissen, ohne den Blick vom Fernseher abzuwenden.

„Stimmt nicht", widersprach Emmerich mit vollem Mund. „Vitamine sind überall drin."

„Aber die falschen. Und viel zu viel Fett."

„Du meinst, aufgewärmte Spaghetti wären gesünder?"

Emmerich registrierte befriedigt, dass er einen Treffer gelandet hatte, denn Gabi antwortete nichts mehr. Im Wohnzimmer lehnten Schilder an der Wand, „Vertiefte Bildung statt vertiefter Bahnhof" stand auf einem und „Lügenpack" auf dem anderen.

„Meinst du nicht?", fragte Emmerich und zeigte auf das zweite Schild, „dass das ein bisschen derb ist? Für die Gattin eines Staatsdieners?"

„Es ist Jules Schild", sagte Gabi achselzuckend. „Sie ist volljährig und hat das Recht auf freie Meinungsäußerung."

„Schon. Aber muss man denn gleich beleidigend werden?"

„Wir fühlen uns auch beleidigt. Weder sind wir Berufsdemonstranten oder Querulanten noch senile Zukunftsverweigerer, wie ständig behauptet wird. Wir sind mündige Bürger, die sich Sorgen um die Zukunft ihrer Stadt und die kommunalen Finanzen machen. Und wir mögen es nicht, wenn in der Presse Lügen über uns verbreitet werden."

*Wenn sie wüsste, was man heute von mir verlangt hat,* dachte Emmerich sich still und befand, dass das gegenseitige Trefferkonto für diesen Abend ausgeglichen war. Schweigend schaufelte er sein Eiergericht in sich hinein und verfolgte die Nachrichten, bis eine für ihr Alter etwas zu jugendlich gekleidete Moderatorin anhand eines Strömungsfilms die Wetteraussichten erläuterte. Was Gabi nicht mehr zu interessieren schien.

„Gibt es Neuigkeiten?", wollte sie wissen. „Von deinem Fall?"

„Wenig", brummte Emmerich, der annahm, dass nicht zuletzt Lorettas Neugier hinter ihrer Frage steckte, wortkarg. „Wär's ein Krimi, würde ich sagen *Vier Frauen und ein Mord.* Tatsächlich sind es noch ein paar mehr, aber ob es eine von ihnen war …?"

„Haben Sie Partner? Diese Frauen? Eifersüchtige Ehemänner vielleicht?"

„Bislang wissen wir nur von einer, die verheiratet ist."

„Und den Mann habt ihr schon überprüft?"

„Noch nicht." Emmerich trug die leere Pfanne zurück in die Küche, ließ Wasser hineinlaufen und wischte sie aus, was für seine Begriffe genug gespült war. Aus dem Kühlschrank holte er sich sein Weizenbier und kramte gerade in der Schublade nach dem Flaschenöffner, als das Telefon wieder klingelte.

„Geh du", rief er nach draußen, doch Gabi stand schon in der Tür und reichte ihm den Hörer.

„Der Nummer nach sind das Kollegen von dir", meinte sie wenig begeistert. Emmerich stellte das Bier zur Seite und drückte die grüne Taste. Es meldete sich das Polizeirevier in der Ostendstraße. Man habe ein Ehepaar Semmler vor Ort, das ein Geständnis in der Mordsache Tröge ablegen wolle.

„Jetzt?", fragte Emmerich unwillig und sah auf seine Armbanduhr. Sie zeigte fünfzehn Minuten nach elf.

„Besser jetzt als nie, oder?", befand die Kollegin am anderen Ende der Leitung. „Sollen wir die Leute hier behalten oder aufs Präsidium schicken?"

„Behaltet sie da und schickt mir einen Wagen, der mich abholt", entschied Emmerich nach kurzem Nachdenken. „Außerdem brauche ich den Kollegen Frenzel oder die Kollegin Kerner. In fünfzehn Minuten stehe ich unten vor meiner Haustür."

Mit einem bedauernden Blick stellte er das Weizenbier zurück in den Kühlschrank und sah Gabi an.

„Du musst noch mal weg, richtig?", folgerte sie aus Blick und Telefonat.

„Leider. Aber mit etwas Glück ist der Fall anschließend gelöst."

„Warum stehst du dann noch hier herum?"

„Ich geh ja schon." Emmerich tauschte Haus- gegen Straßenschuhe, langte routinemäßig an der Garderobe nach seinem Cordsamtjackett und griff ins Leere. „Wo ist meine Jacke?"

„Nimm die da." Gabi reichte ihm die leichte Regenjacke. „Mit der anderen kannst du dich nirgendwo mehr sehen lassen. Gott sei Dank hat Frau Sonderbar mich darauf hingewiesen."

„Ich lasse ein neues Futter hineinmachen."

„Aber sicher", entgegnete Gabi verdächtig ruhig. „Jetzt troll dich."

Emmerich bedachte sie mit einem misstrauischen Blick, bevor er sich auf den Weg nach unten machte.

# 26

Vor dem Revier in der Ostendstraße wartete Gitti Kerner auf ihn.

„Sie hat einen Kapuzenmantel getragen. Die Frau mit der tropfenden Tasche. Sagte der Wurzenbach."

„Immerhin, es geht voran. Jetzt noch dies hier und dann ..."

„Kommt mir beinahe zu simpel vor", sagte Gitti skeptisch. „Ein Geständnis. Einfach so."

„Es soll Leute geben, die noch ein Gewissen haben", meinte Emmerich achselzuckend. „Da lastet so eine Tat dann unter Umständen schwer darauf. Für Frau Semmler vielleicht zu schwer."

„Warum für sie? Ich dachte, sie hätte sich von Tröge gegen neun Uhr getrennt?"

„Das hat sie gesagt. Muss ja aber nicht so gewesen sein."

„Und wenn er es war? Herr Semmler, meine ich?"

„Wir werden es gleich erfahren." Emmerich öffnete die Tür zum Revier. „Gehen wir rein."

Man hatte das Ehepaar in einem beengten Raum platziert und vorsorglich sogar zwei Stühle für ihn und Gitti Kerner bereitgestellt. Emmerich reichte Anna-Maria Semmler die Hand, stellte sich Horst Semmler vor und setzte sich. Für Menschen, die unmittelbar davorstanden, einen Mord zu gestehen, wirkten beide merkwürdig ruhig.

„Damit wir uns richtig verstehen", sagte er sachlich. „Dies hier kann natürlich nur eine erste Vernehmung sein. Ihre eigentliche Aussage müssen wir samt Protokoll im Präsidium aufnehmen. Und nun schießen Sie los. Wer von Ihnen hat es getan?"

„Von uns?", fragte einstimmig das Ehepaar Semmler und starrte Emmerich ungläubig an. „Wieso denn von uns?"

Der wechselte einen verblüfften Blick mit Gitti, die ebenfalls Platz genommen hatte.

„Wir wurden hergerufen, um ein Geständnis aufzunehmen", erklärte sie vorsichtig. „Ihr Geständnis, wie man uns sagte."

„Da haben Ihre Kollegen meine Frau falsch verstanden", sagte Horst Semmler steif. „Ich kam her, um eine Anzeige zu erstatten."

„Eine Anzeige?"

„Horst." Anna-Maria Semmler drückte den Unterarm ihres Gatten. „Wir hatten doch ausgemacht …"

„Eine Anzeige", wiederholte Semmler mit bockiger Miene. „Gegen einen Herrn Hans Georg Glöckner. Wegen Erpressung."

„Einen Moment", mischte Emmerich sich ein. „Nur wegen einer Anzeige hätten mich die Kollegen vom Revier sicherlich um diese Zeit nicht mehr von zu Hause weggeholt. Was hat Ihre Frau denn gesagt?"

„Ich sagte …"

„Meine Frau hat sich schlecht ausgedrückt. Das kommt gelegentlich vor."

„Aber Ihr Besuch hier hat etwas mit dem Fall Tröge zu tun?"

„Das schon. Wie ich bereits sagte, werde ich erpresst."

„Ich fürchte, das müssen Sie mir genauer erklären." Emmerich zog die Regenjacke aus, hängte sie über die Lehne seines Stuhls und sah Gitti Kerner an. „Ob man hier wohl so was wie einen Kaffee bekommen kann?"

„Ich frag mal." Gitti stand auf und kam wenig später mit vier Bechern zurück. Zwei stellte sie den Semmlers hin.

„Hier, für Sie. Und jetzt bitte von Anfang an."

„Meine Frau", setzte Semmler an, um sich gleich wieder zu unterbrechen.

„Der Kommissar weiß von meiner Affäre mit Tom", erklärte Anna-Maria, als versuche sie, ihrem Mann den Einsteig zu erleichtern. „Vielleicht sagst du ihm, wie du davon erfahren hast."

„Bitte", forderte Emmerich sein Gegenüber höflich auf.

Semmler schien damit Schwierigkeiten zu haben.

„Sie erwähnten einen Herrn Glöckner", soufflierte Gitti Kerner behutsam.

„Ja", brummte Semmler schwerfällig. „Der hat mir von der … von dieser Sache erzählt."

„Und wer genau ist das?", wollte Emmerich wissen. „Dieser Herr Glöckner?"

„Ein … wie soll ich sagen … er selbst bezeichnet sich als einen privaten Ermittler."

„Ein Detektiv?"

„Möglich. Ich weiß nicht, ob er über eine entsprechende Lizenz verfügt."

„Und Sie hatten diesen Detektiv beauftragt, Ihre Frau zu …"

„Nein, nein. So war es nicht. Er kam selbst auf mich zu."

„Das heißt", versuchte Emmerich, Semmler richtig zu verstehen, „Herr Glöckner entdeckte, dass Ihre Frau eine Affäre hat, setzte Sie davon in Kenntnis und versucht nun, Sie damit zu erpressen? Wie kommt er dazu? Weshalb Sie und nicht Ihre Frau?"

„Meine Frau?" Semmler glotzte verständnislos. „Warum denn meine Frau?"

„Weil das logisch wäre", erklärte Emmerich nüchtern. „So läuft es im Normalfall. Was Sie mir da erzählen, hört sich ein bisschen seltsam an."

„Es geht ja nicht um meine Affäre", warf Anna-Maria ein. „Glöckner erpresst uns mit etwas anderem."

„Sie beide?"

„Nein", sagte Semmler. „Nur mich."

„Tut mir leid, ich kann ihnen nicht folgen." Emmerich unterdrückte ein Seufzen, zog für einen Augenblick in Erwägung, das Paar getrennt zu befragen, entschied sich dann aber aufgrund der späten Stunde dagegen. „Womit werden Sie erpresst?"

„Dieser Tröge." Semmler sprach den Namen aus, als handle es sich um ein giftiges oder extrem ekeliges Lebewesen. „Der wurde doch erschossen."

„Das ist nichts Neues. Aber wenn Sie's nicht waren, verstehe ich nicht, warum …"

„Ich war in der Nähe, als es passiert ist. Danach sah ich mich … ich sah mich veranlasst, die Mordwaffe zu entfernen."

Gitti Kerner und Emmerich zogen synchron die Brauen nach oben.

„Wieso das denn?", fragte sie und „Warum?", wollte er wissen.

„Ich dachte – irrtümlich, wie ich heute weiß –, dass es meine Frau gewesen wäre", erklärte Semmler und sah erleichtert drein.

„Aha", kommentierte Emmerich trocken. „Was haben Sie mit der Waffe gemacht?"

„Ich habe sie aufgehoben. Dann wusste ich nicht recht, wohin damit. Ich war mir auch gar nicht sicher, ob dieser Tröge wirklich tot war. Also bin ich zu ihm hin und habe seinen Puls gefühlt. Da war nichts mehr. Dafür entdeckte ich seinen Rucksack. Ich habe die Waffe hineingetan und den Rucksack auf dem Heimweg in einen Papierkorb gesteckt. Gleich hier um die Ecke."

„Soweit korrekt", stimmte Emmerich zu. „Wir haben den Rucksack gefunden."

„Tatsächlich", äußerte Semmler zerstreut. „Ich dachte, in so einem Papierkorb, das ist ja ein öffentlicher Papierkorb, da würde man ihn nicht, also nicht, bevor der Papierkorb geleert …"

„Wie auch immer", fiel Emmerich ihm ins Wort. „Was ich nicht verstanden habe, ist Ihre Vorgehensweise. Dazu kommen wir gleich. Was will nun dieser Glöckner?"

„Er … äh … hat mich gesehen."

„Und Sie haben irgendeinen Beweis für diese Erpressung? Abgesehen von Anrufen, deren Inhalt er jederzeit leugnen kann?"

Statt einer Antwort fasste Semmler in die Tasche seiner Lederjoppe und zog ein grünstichiges Foto heraus. Emmerich, ohne seine Lesehilfe mit halber Blindheit geschlagen, warf einen kurzen Blick darauf und reichte es weiter an Gitti Kerner, die es zwar gewissenhaft studierte, aber mit zweifelnder Miene meinte:

„Viel erkennt man nicht. Das Denkmal und eine dunkle Gestalt …"

„Die Gestalt bin ich", erklärte Semmler bestimmt.

„Das muss man aber schon dazusagen, mit Verlaub."

Semmler ließ Gittis Einwurf unbeachtet.

„Glöckner rief mich am Sonntag an, verlangte ein Treffen und gab mir die Aufnahme. Zehntausend Euro will er dafür."

„Die Sie natürlich nicht bezahlen wollen", mutmaßte Emmerich.

„Heute rief er ein zweites Mal an. Er könne sich die zehntausend Euro auch von der Polizei holen. Als Belohnung. Mein Eindruck war, dass er das Geld dringend benötigt. Er hat mir Zeit bis morgen gegeben. Bis morgen um zwölf Uhr."

*Der Fotograf,* folgerte Emmerich unschwer und im Stillen. *Gleichzeitig wohl auch der unbekannte Herr Schmidt. Der angeblich den Täter kennt. Wenigstens den hätten wir.* Laut fasste er zusammen:

„Glöckner und Sie waren also in der Nähe des Denkmals, als die Schüsse fielen. Unabhängig voneinander und ganz zufällig?"

„Äh … ja", sagte Semmler und entfernte mit einer ungeduldigen Bewegung die Hand seiner Frau, die abermals mahnend seinen Unterarm ergriffen hatte.

„Bisschen viel Zufall, finden Sie nicht?" Emmerich sah Anna-Maria Semmler an, deren Mimik auf innere Kämpfe schließen ließ. Sie wich seinem Blick aus, indem sie die Augen niederschlug und die Hände faltete. Er beschloss, sie schmoren zu lassen, und wandte sich wieder an ihren Mann:

„Wo wohnt dieser Glöckner?"

„Sein Büro ist in der Mozartstraße. Die private Adresse kenne ich nicht."

„Versuch du mal dein Glück." Emmerich nickte Gitti zu, die zurücknickte und nach draußen verschwand. „Und jetzt noch einmal von vorne: Sie sind Ihrer Frau gefolgt, weil Sie von ihrem Treffen mit Thomas Tröge wussten. Weil Sie – das nehme ich jetzt einmal an – diesen Detektiv damit beauftragt haben, sie zu observieren. Sie haben gesehen, wie Ihre Frau Tröge erschossen hat und weggelaufen ist. Deshalb haben Sie die Waffe entfernt. Dabei hat Glöckner, der immer noch am Observieren war, Sie fotografiert. War es nicht so?"

„Nein!" Semmler sprang auf. „So war es nicht. Überhaupt nicht. Ich habe nicht gesehen, wie er erschossen wurde. Nicht einmal gehört habe ich es."

„Warum waren Sie in der Nähe des Denkmals? Bitte setzen Sie sich wieder."

Semmler leistete der Aufforderung, wenn auch unwillig, Folge und schwieg.

„Horst", sagte Anna-Maria kleinlaut. „Am Sonntag … da dachtest du doch noch, dass er dir helfen wolle …"

Emmerich erhob Einhalt gebietend die Hand.

„Ich habe Ihren Mann etwas gefragt."

„Ich war d … d … dort", stotterte Semmler aufgeregt, „w … w … weil ich mit ihm verabredet war. Mit Glöckner. Er hatte mich angerufen. Auf dem Handy."

„Und Sie gebeten, in den Park zu kommen?"

Semmler nickte.

„Warum?"

„Er behauptete, meine Frau habe Tröge erschossen."

„Aber so war es nicht?"

„Nein. Die Kinder können Ihnen jederzeit bestätigen, dass meine Frau am Donnerstagabend gegen halb zehn zu Hause war und mit ihnen ferngesehen hat."

Nun nickte Anna-Maria.

„Aber wer hat dann Tröge erschossen?"

Semmler zog die Schultern hoch und machte eine Geste des Nichtwissens, während seine Frau erneut die Augen niederschlug. Gitti Kerner kam wieder herein und gab durch ein Zwinkern zu erkennen, dass die Suche nach Glöckners Adresse erfolgreich gewesen war.

„So kommen wir nicht weiter“, entschied Emmerich. „Was haben Sie gemacht, bevor Sie in den Park gegangen sind? Weit weg können Sie ja nicht gewesen sein.“

Semmler wand sich einige Sekunden, bevor er antwortete:

„War ich auch nicht“, räumte er ein. „Ich befand mich gegenüber. Da ist ein Hotel. Ich war dort mit … mit einer Bekannten.“

„Wusste Glöckner davon?“

„Ja.“

„Dann darf ich Sie beide bitten, morgen ins Präsidium zu kommen. Vereinbaren Sie einen Termin mit meiner Sekretärin, hier ist die Nummer.“ Emmerich reichte den Semmlers eine Karte. „Danke, dass Sie sich gemeldet haben und einen angenehmen Abend noch.“

„Aber …“, sagte Semmler verblüfft. „Was ist denn nun mit meiner Anzeige?“

„Die können Sie natürlich bei den Kollegen draußen machen. Viel Erfolg werden Sie aber wohl nicht damit haben, dieses Foto ist nicht gerade aussagekräftig, und einen anderen gerichtstauglichen Beweis haben Sie nicht. Tut mir leid.“

„Und was passiert mit mir? Ich meine, weil ich doch die Waffe …“

„Das werden wir noch sehen. Und nun entschuldigen Sie uns, wir sind etwas in Eile.“

# 27

„Warum hast du ihnen nicht die Wahrheit gesagt?", fragte Anna-Maria auf dem Weg zum Auto. „Diese hanebüchene Geschichte, die nimmt dir doch keiner ab."

„Ich konnte nicht", entgegnete Horst kurz angebunden. „Du an meiner Stelle hättest es auch nicht über dich gebracht. Außerdem ist die Geschichte nicht ganz falsch. Sollen sie den Rest doch selbst herausbekommen."

„Das werden sie wohl auch. Wenn sie jetzt zu Glöckner fahren."

„Immerhin haben wir noch ein wenig Zeit. Ich bringe dich nach Hause und …"

„Was? Was hast du vor?"

„Irgendwas." Horst wandte sich ab und machte sich schnellen Schrittes von dannen. Anna-Maria hastete hinterher.

„Du kannst jetzt nicht … lass den Dingen ihren Lauf … sei froh, dass wir es hinter uns gebracht haben …"

„Bin ich. Glaub mir. Aber jetzt muss ich …"

„Du musst nicht." Anna-Maria griff mit beiden Händen nach der Lederjoppe ihres Gatten.

„Doch." Horst blieb stehen, fasste ihre Arme und hielt beide fest. „Das ist meine gottverdammte Pflicht. Wenn ich mich nicht mit dieser Sandra eingelassen hätte, wenn ich gleich mit dir gesprochen hätte, als ich von deinem … deinem Verhältnis mit Tröge erfuhr, wenn ich es nicht zugelassen hätte, dass sich dieser Glöckner überhaupt in unser Leben einmischt … dann wäre all das nicht geschehen. Wobei, das muss ich ehrlich sagen, es mir um diesen Tröge nicht mal leid tut."

„Du kannst nichts dafür. Wer hätte denn ahnen sollen, dass es so weit kommt?"

„Ich."

Anna-Maria sah Horst in die Augen, erkannte, dass es zwecklos war, weiterhin in ihn zu dringen, und gab auf.

„Versprichst du mir", fragte sie leise, „dass du nichts Unüberlegtes tust?"

„Ich weiß gar nicht, was ich tun soll." Horst schien wieder bleich zu sein, doch das mochte täuschen in der Dunkelheit. „Aber mir wird etwas einfallen."

* * *

Gitti fuhr zügig durch die nächtliche Stadt. Im fahlen Orange der Straßenlaternen, auf der Bundesstraße, die man einst im Sinne einer autogerechten Metropole mitten durch Stuttgart gebaut hatte, überkam Emmerich mit einem Mal das Gefühl, in einer Betonwüste zu wohnen. Sei es, dass ihn sein melancholischer Gang durch den Schlossgarten plötzlich sensibilisiert hatte oder dass er zum ersten Mal mit Bewusstsein erkennen musste, wie die Neubauten des Innenministeriums zukünftig den Blick auf die verbleibenden Bäume im Park versperren würden, oder vielleicht auch einfach nur, weil es Nacht war: Emmerich sah seine Heimat plötzlich mit anderen Augen. Was er sah, gefiel ihm nicht besonders gut, die Stadt, die einst damit geworben hatte, zwischen Wald und Reben und damit mitten im Grünen zu liegen, veränderte ihren Charakter in einer Art, die ihr in Emmerichs Augen nicht zum Vorteil gereichte. Die Vorstellung, dass dazu nun auch noch eine Großbaustelle von zehn- bis zwanzigjähriger Dauer kommen sollte, machte das Ganze nicht besser. Emmerich gab einen abgrundtiefen Seufzer von sich.

„Ist was?", fragte Gitti besorgt.

„Ich werde alt", entgegnete Emmerich lakonisch.

„Jetzt im Moment? In meinem Auto?"

„Nein. Generell. Ich hadere mit den Dingen."

„Ist das eine Frage des Alters?"

„Es kommt mir so vor. Von dem ganzen Fortschritt um den Bahnhof herum werde ich überhaupt nichts mehr haben. Nur ertragen soll ich ihn noch."

„Ach, darum geht es." Gitti zog den Wagen nach rechts, verließ die Stadtautobahn und steuerte Richtung Stuttgarter Süden. „Ob das ein Fortschritt wird, muss sich erst noch zeigen."

„Du bist auch dagegen?"

„Weiß nicht. Eigentlich betrifft es mich nicht. Ich fahre nicht mit der Bahn, ich wohne nicht in der Nähe. Wenn wir uns den Umbau wirklich leisten können, woran ich so meine Zweifel habe …"

„Wir schon", meinte Emmerich geknickt. „Wir wohnen in der Nähe."

„Muss das so bleiben?"

„Ich habe noch nie darüber nachgedacht, woanders hinzuziehen."

„Dann wird es vielleicht Zeit dafür?", schlug Gitti Kerner vor. „Manchmal stellt einem das Leben Aufgaben, die man annehmen muss."

„Ach, was? Ist das aus einem dieser Glücksratgeber? Die Frauen gerne lesen?"

„Ich weiß nicht, was deine so Frau liest." Gitti kicherte. „Zu meiner Lektüre gehören diese Ratgeber jedenfalls nicht. Ich spreche aus Erfahrung."

„Wovon du, in deinem zarten Alter, natürlich mehr hast als ich?"

„Mein zartes Alter beträgt achtunddreißig Jahre", sagte Gitti trocken. „Aber mir ist schon klar, dass ich mich da mit einem Methusalem wie dir nicht messen kann."

„Jetzt werd bloß nicht frech. Nur weil wir uns inzwischen duzen. Wo fahren wir überhaupt hin?"

„Mozartstraße. Glöckner wohnt und arbeitet offensichtlich unter einem Dach."

Die Parkplatzsuche erwies sich, wie um diese Zeit nicht anders zu erwarten, als erfolglos, Gitti manövrierte den Wagen auf eine gepflasterte Fläche, die eigentlich Fußgängern vorbehalten war, und stellte das Blaulicht aufs Dach. Den Rest des Weges gingen sie zu Fuß, fanden das Hinterhaus und dort die Haustür offen. Die Tür zu Glöckners Wohnung dagegen öffnete sich erst nach dem dritten, sehr nachdrücklichen Klingeln. Das Gesicht, das sich zwischen Tür und Rahmen schob, war von bereits schütter werdendem, langem Haar umgeben, befand sich etwa auf der Höhe von Emmerichs Kinn und machte, vorsichtig ausgedrückt, einen etwas verwüsteten Eindruck.

„Häääh?", krächzte eine raue Stimme.

„Sind Sie Herr Hans Georg Glöckner?", vergewisserte sich Emmerich. „Ich hoffe, wir haben Sie nicht geweckt."

„ … sssin Sie?", nuschelte der Mann, dem das Gesicht gehörte, undeutlich.

„Kriminalpolizei Stuttgart." Emmerich stellte sich und Gitti Kerner vor. „Oder spreche ich eventuell mit Herrn Schmidt? Wir haben ein paar Fragen an Sie. Im Zusammenhang mit dem Mord im Schlossgarten."

„Häääh?"

„Herr Glöckner, bitte machen Sie uns auf, oder wir lassen Sie offiziell auf dem Präsidium vorführen", mischte Gitti sich energisch ein.

„ …sssidium." Die Tür öffnete sich und gab den Blick auf den Körper des Mannes frei, der in einem Morgenmantel aus dunkelgrauer Seide steckte. Dahinter wurde eine Blondine im roten Pendant dazu sichtbar, die geringschätzig über die Schulter des Morgenmantelträgers äugte. „Mausi, das sssin Leute vom …sssidium."

„Die sind von der Polizei, du Pfeife", zischte die Blondine vernehmlich. „Hätte ich mir denken können, dass das nicht gut ausgeht."

„Dass was nicht gut geht?" Emmerich schob einen Fuß zwischen Tür und Rahmen. „Wer sind Sie?"

„Ich bin nur zu Besuch und haue gleich ab."

„Irrtum." Gitti betrat die Wohnung, indem sie den Langhaarigen einfach beiseiteschob. „Sie bleiben wenigstens so lange, bis wir Ihre Personalien festgestellt haben. Ist dies hier Herr Glöckner?"

Die Blondine nickte biestig und schob die Hände in die Taschen ihres roten Morgenrocks, während Glöckner selbst Halt suchend nach dem Türrahmen griff.

„Haussss … fffriedens … bruch", lallte er schwerfällig. „Das is Hausss … fffriedensbruch."

„Ist der Herr betrunken?", fragte Emmerich interessiert.

„Sieht man doch", ätzte die Blondine.

„Dann sorgen Sie doch bitte mal für etwas Nüchternheit. Unsere Fragen dulden nämlich keinen Aufschub."

„Und wie soll ich das machen? Ihrer Ansicht nach?"

„Kaltes Wasser und Kaffee wirken manchmal Wunder", sagte Gitti praktisch. „Wo ist hier die Küche?"

„Rechts", erklärte die Blondine widerstrebend, schob Glöckner in die angegebene Richtung und schloss die Wohnungstür. Emmerich nahm im Vorbeigehen zur Kenntnis, dass der Flur aufgeräumt und wie der Empfangsraum eines Büros eingerichtet war, bevor er hinter den beiden ein Wohnzimmer betrat, dessen Erscheinungsbild man lediglich als chaotisch beschreiben konnte. Glöckner schwankte nach links, auf ein schwarzes Ledersofa zu, ließ sich fallen und kippte den Inhalt einer halbvollen Sektflöte in einem Zug hinunter. Die Blondine raffte verstreut herumliegende Kissen und Kleidungsstücke zusammen, warf sie rechter Hand auf ein zerwühltes Bett und breitete eine Steppdecke darüber, während Emmerich an Schrankwand und Designerlampe Siegel des Gerichtsvollziehers entdeckte. Mit einer Bewegung seines Kinns wies er Gitti Kerner darauf hin.

„Die Küche", mahnte die, mit Blick auf die Blondine.

„Ist nur eine Teeküche", lautete die Antwort. „Eine richtige Wohnung ist das hier nämlich nicht. Und schon gar nicht meine."

„Aber fließend Wasser gibt es wohl?“, nahm Gitti sarkastisch an. „Frau … äh …“

„Unterländer. Sandra Unterländer.“

„Ein nasses Handtuch reicht mir.“

Die Blondine verschwand maulend in einem Nebenraum, kehrte mit dem Gewünschten zurück und überreichte es mit spitzen Fingern.

„Ich geh dann mal.“

„Sie bleiben.“ Emmerich deutete auf das Sofa neben Glöckner, der zwischenzeitlich die Augen geschlossen hatte und laut und vernehmlich schnarchte. Auf dem Couchtisch lagen Aktenordner und amtlich aussehende Papiere zwischen vollen Aschenbechern, Erdnussflips und Chips. Hinzu kamen ein Sektkühler nebst Flasche und zwei Gläsern sowie ein fast leeres Behältnis, das, dem Etikett zufolge, Wodka enthalten hatte. „Setzen Sie sich hin. Hat der Herr Probleme? Vielleicht solche finanzieller Art?“

„Probleme?“ Die Blondine gab ein verächtliches Schnauben von sich, setzte sich gemäß Emmerichs Anweisung und zündete sich eine Zigarette an. „Dem steht das Wasser bis zum Hals.“

„Und Sie sind seine … Lebensgefährtin?“

„Glaube ich kaum.“ Sandra Unterländer versetzte Glöckner einen Knuff, der mit einem gemurmelten „Lasss … asss, Mausi“ quittiert wurde.

„Soll ich?“, fragte Gitti und schwenkte das Handtuch.

„Noch nicht.“ Emmerich blätterte flüchtig ein paar Ordner und Papiere durch. „Das sieht nicht gut aus. Mahnungen, Zahlungsbefehle, Säumniszuschläge und Zwangsgelder. Wie er wohl zu Geld kommen wollte, der Herr Glöckner? Was meinen Sie?“ Emmerich sah die Blondine an.

„Keine Ahnung. Mir schuldet er jedenfalls auch noch welches.“

„Aber Sie sagten vorhin, Sie hätten gleich gewusst, dass etwas nicht gut ausgehen könne.“

„Hab ich das?“

„Haben Sie.“ Emmerich räumte ein paar hochglanzpolierte Cowboystiefel von einem Sessel und setzte sich gegenüber.

„Ich kann mich nicht erinnern.“

„Doch, natürlich können Sie. Stellen Sie sich nicht blöder, als Sie sind. Sagt Ihnen der Name Semmler etwas? Horst und Anna-Maria Semmler?“

„Nicht, dass ich wüsste.“

„Ihr … äh … Gastgeber hat die beiden nie erwähnt?"
Sandra Unterländer schüttelte den Kopf, zog an ihrer Zigarette und schwieg.
„Denken Sie noch mal darüber nach", empfahl Emmerich mit Nachdruck. „Wo waren Sie am Donnerstagabend?"
Seine Frage hatte zur Folge, dass Sandra Unterländer die Zigarette beinahe entglitt. Vor Schreck, wie er berechtigterweise annahm.
„Am Donnerstag?", wiederholte sie elektrisiert. „Wieso ich? Was hab ich denn damit zu tun?"
„Womit?"
„Na, mit … mit … Sie fragen mich das doch nicht einfach so."
„Selbstverständlich nicht." Gitti schien ein Grinsen nur mit Mühe unterdrücken zu können. „Aber wenn Sie mit ‚Womit-auch-immer' nichts zu tun haben, können Sie die Frage meines Kollegen ja ohne weiteres beantworten."
„Ich weiß gar nicht, wovon Sie sprechen", versuchte die Blondine auszuweichen, drückte ihre Zigarette aus, zog den Morgenmantel zusammen und sah beleidigt drein. Glöckner schnarchte.
„Das wissen Sie genau." Emmerich beugte sich vor und starrte einige Sekunden lang dorthin, wo kurz zuvor noch ein großzügiges Dekolleté zu sehen gewesen war und wagte einen Versuch: „Wir benötigen Ihre Angaben nur, um die Aussage eines anderen Zeugen zu bestätigen."
„Soll das heißen, Sie wissen schon, wo ich war?"
Emmerich machte eine auffordernde Geste, die als Zustimmung interpretiert werden konnte.
„Wir sollten es nur von Ihnen persönlich hören. Ich rate Ihnen zur Wahrheit."
„Wenn das so ist …" Sandra Unterländer betrachtete mit Schmollmund den schnarchenden Glöckner, bevor sie sich wieder an Emmerich wandte. „Ich war im Hotel. Am Stadtpark. Mit Semmler", erklärte sie resigniert. „Weil der da das für eine gute Idee gehalten hat."
„Na, also." Emmerich nickte liebenswürdig. „Geht doch. Wenn Sie uns nun freundlicherweise auch noch den Rest der Geschichte erzählen würden …"
„Horst hat einen Anruf erhalten und musste plötzlich weg. Gegen elf. Einen Anruf von ihm." Wieder streifte Glöckner ein geringschätziger Blick. „Mehr weiß ich nicht. Ich bin dann eingeschlafen."
„Auf Kosten von Herrn Semmler, nehme ich mal an?"
„Klar. Der da könnte sich so ein Zimmer gar nicht leisten."

„Gibt es Fotos? Von Ihren Schäferstündchen mit Herrn Semmler?"

„Dort drüben. In der Schublade."

„Und kamen die schon zum Einsatz? Diese Fotos?"

„Soweit ich weiß, noch nicht. Der da sagte, er habe jetzt etwas Besseres in der Hand."

„Etwas Besseres, so, so." Emmerich sah zu, wie Gitti Kerner die besagte Schublade öffnete, kurz darin kramte und nickte.

„In welchem Verhältnis stehen Sie denn nun zu ... dem da? Und was versteht er unter etwas Besserem?"

„Fragen Sie ihn selbst. Ich will nichts damit zu tun haben." Sandra Unterländer zog die Beine auf das Sofa und griff zur nächsten Zigarette. „Bin nur noch hier, weil ich hoffe, mein Geld bald zu bekommen."

# 28

„Das wird nicht ganz einfach", meinte Emmerich, Glöckner skeptisch musternd. „In seinem Zustand."

„Lässt sich ändern." Gitti Kerner umrundete die Sitzgruppe, wand das Handtuch zu einem Strang und klatschte es dem Schnarchenden unsanft auf die Stirn. „Aufgewacht, Herr Glöckner."

„Wassss …?"

„Aufwachen. Wir wollen uns mit Ihnen unterhalten."

„Wer?"

„Die Polizei, mein Süßer", kam ihr unerwartet die Blondine zu Hilfe. „Semmler hat ihnen alles schon erzählt. Du kannst deinen tollen Plan vergessen. Und die Belohnung sicher auch. Jetzt sprich mit ihnen, ich will heim."

Glöckner schlug die Augen auf, sah erst Gitti irritiert und dann Sandra Unterländer erschrocken an.

„Polizei? Semmler? Was redest du denn da?"

„Lieber Gott, reiß dich doch zusammen." Sandra Unterländer stand auf, ging zum Bett, suchte unter der Steppdecke einige Kleidungsstücke heraus und ging in Richtung Teeküche. „Und damit du es gleich weißt", erklärte sie abschließend, „ich kündige."

„Sandra!" Glöckner rappelte sich auf. Im Gegensatz zu ihr trug er unter seinem Morgenmantel T-Shirt und Freizeithose, was ein Ordnen des reichlich derangierten Stückes überflüssig machte. „Mausi! Das kannst du doch nicht machen. Gerade jetzt, wo ich dich dringend …"

„Du schuldest mir noch zwei Gehälter. Hast du vor, mir eines davon heute zu bezahlen?"

„Im Moment ist es gerade schlecht. Mausi, du weißt doch … ich habe dir versprochen, dass …"

„Ich kündige", wiederholte Sandra Unterländer und verschwand im Nebenraum.

„Ist die Dame Ihre Angestellte?", fragte Emmerich.

„Meine Assistentin", nickte Glöckner, den Kopf in beide Hände stützend. „Mann, hab ich ein Schädelweh."

„Sie werden sich wohl eine neue suchen müssen", sagte Gitti ungerührt. „Falls Sie sie bezahlen können."

„Was geht Sie das an?" Glöckner begann mürrisch, sich die Schläfen zu massieren. „Wer sind Sie überhaupt?"

„Kriminalhauptkommissar Emmerich, Hauptkommissarin Kerner", stellte Emmerich geduldig sich und Gitti ein zweites Mal vor. „Wir haben telefoniert, Herr Schmidt. Wegen der Belohnung."

„Ach, ja", äußerte Glöckner schwerfällig und zerstreut, griff nach der Wodkaflasche, besann sich eines Besseren und stellte sie wieder hin.

„Sie sagten, Sie wüssten, wer geschossen hat", fuhr Emmerich, der das Manöver stirnrunzelnd beobachtet hatte, fort. „Auf Thomas Tröge. Im Schlossgarten. Am Donnerstag."

„Ich glaube, Sie verwechseln mich", sagte Glöckner reserviert.

„Glaube ich nicht." Emmerich sah sein Gegenüber scharf an. „Das hat doch keinen Zweck. Warum wollen Sie den Anruf in Abrede stellen, wo Sie ihn doch gerade eben zugegeben haben?"

„Natürlich war er's." Sandra Unterländer kam, in engen Jeans, Stiefeln und kurzer Jacke aus der Teeküche. „Und wenn es eine Belohnung gibt, können Sie die gleich an mich bezahlen. Kann ich jetzt endlich gehen?"

„Erst die Personalien." Gitti Kerner zückte ein Notizbuch. „Ihren Ausweis, bitte."

„Hab ich draußen. In meinem Schreibtisch."

Emmerich wartete, bis die Frauen den Raum verlassen hatten, bevor er sich erneut an Glöckner wandte.

„Jetzt mal ernsthaft. Unter Männern. Gegen Sie liegt eine Anzeige vor. Wegen Erpressung. Sie tun sich keinen Gefallen, wenn sie schweigen."

„Eine Anzeige? Von wem?"

„Kann ich Ihnen so nicht sagen. Ich nehme aber an, Sie wissen es. Oder versuchen Sie Ihr Glück bei mehreren Personen?"

„Ich … nein." Glöckner, der nun ausgesprochen müde aussah, lehnte sich zurück, fasste in die Tasche seines Morgenmantels, nahm etwas heraus und band sich damit das schüttere Haar im Nacken zusammen. „Ist sowieso alles egal. Ich bin am Ende."

„Wenn Sie kooperativ sind", lockte Emmerich, „lasse ich mit mir über eine Belohnung reden. Allerdings nicht in der von Ihnen vorgeschlagenen Höhe."

„Ein Tropfen auf den heißen Stein", winkte Glöckner mutlos ab und zeigte auf den Couchtisch. „Sie sehen ja, wie es um mich bestellt ist."

„Da müssen Sie alleine durch", antwortete Emmerich mitleidslos. Typen wie Glöckner, die dazu neigten, über ihre Verhältnisse zu leben, und ihre Qualifikationen überschätzten, kannte er seit Jahren. Sein Verständnis hielt sich dabei in engen Grenzen, letzten Endes war er froh, nichts mit ihnen zu tun haben zu müssen. Von diesem hier benötigte er nur eine Aussage, der Rest ging ihn nichts an. „Ich könnte mir vorstellen", sagte er deshalb zurückhaltend, „dass Ihnen jeder Euro hilft. In Ihrer Situation. Die Qualität Ihrer Informationen wirkt sich sicherlich auf die Summe aus, die ich für Sie locker machen könnte. Vielleicht wissen Sie ja nicht nur dass, sondern auch warum Frau Semmler Thomas Tröge erschossen hat? Haben Sie sie nicht beschattet?"

„Mmmh", machte Glöckner widerwillig. „So würde ich es zwar nicht nennen, aber bitte …"

„Dann erzählen Sie doch mal."

„Was soll ich da erzählen? Es hat zweimal ‚Bumm' gemacht, und das war es dann für Tröge. Den Rest kennen Sie. Von Semmler, wenn das stimmt, was Sandra vorhin sagte." Glöckner sah zur Tür, als erwarte er die Rückkehr der Blondine. Emmerichs Augen folgten seinem Blick.

„Aber mir fehlt der Hintergrund, verstehen Sie?", schlug er einen vertraulichen Ton an und hoffte, dass die Tür sich nicht im nächsten Moment öffnen und Gitti, oder, schlimmer noch, die Blondine hereinkommen würde. „Das Motiv. Wenn er's getan hätte, könnte ich das nachvollziehen, aber sie? Warum sie?"

„Weil er drauf und dran war, die Ehe zu zerstören." Glöckner zog eine Grimasse, die als Reaktion auf Emmerichs Begriffsstutzigkeit gedeutet werden konnte. „Dieser Tröge. Dann wäre auch ihr Leben ruiniert gewesen. Wirtschaftlich gesehen, meine ich. Die sind doch alle darauf angewiesen, dass ihre schöne Firma funktioniert. Da kann nicht einfach jemand aus der Reihe tanzen und sein eigenes Süppchen kochen, sie müssen alle bei der Stange bleiben. Wenn Sie bedenken, was so eine Scheidung kostet … am Ende bleiben nur Verlierer. Sehen Sie mich an, ich spreche aus Erfahrung. Ich habe nicht immer so gehaust, das dürfen Sie mir glauben."

„Wenn Sie meinen." Emmerich wiegte nachdenklich das Haupt. Die Erklärung schien ihm wenig plausibel zu sein, doch es galt, Glöckners Auskunftsfreudigkeit zu nutzen, bevor sie unterbrochen wurden, oder er ins Lamentieren über seine private Situation geraten konnte. „Was mir zudem noch fehlt, ist ein Beweis", dirigierte er die Unterhaltung zu ihrem Gegenstand zurück. „Haben Sie zufällig auch den Augenblick der Tat fotografisch festgehalten?"

„Logisch." Glöckners Stimme klang gelangweilt. „Man erkennt bloß nichts, es war zu dunkel. Bis auf die Tasche. Diese ekelhafte Tasche, die sie ständig mit herumschleppt und in der immer irgendetwas gammelt. Die, falls Sie sie suchen, steht in ihrer Küche. Neben dem Besenschrank, wenn es Ihnen hilft."

„In Frau Semmlers Küche?", vergewisserte sich Emmerich, der sich des Gefühls, etwas Entscheidendes verpasst zu haben, nicht erwehren konnte. Glöckner nickte.

„An diesem Abend war's Vanilleeis. Für die Kinder. Hat sie in einem Supermarkt gekauft, bevor Sandra sie am Hauptbahnhof abgesetzt hat. Natürlich ist das Zeug geschmolzen, während sie hinter der Schwiegertochter und ihrem Lover her war. Hätten wir ihr nicht erzählt, dass die beiden im Park herumbussierten, wäre der Tröge vielleicht noch am Leben. Aber für derartige Auskünfte hat sie mich bezahlt. Mit dem Geld, das eigentlich ja ihr gehört. Der Schwiegertochter, meine ich. Lustig, was?" Glöckner griente freudlos.

„Ich fürchte", sagte Emmerich angestrengt, „ich kann Ihnen nicht mehr folgen. Die Kinder sind noch Jugendliche und keineswegs verheiratet, wenn ich es richtig weiß. Und wofür hat Anna-Maria Semmler Sie bezahlt?"

„Anna-Maria?" Glöckner sah Emmerich an, als dämmere in ihm die Ahnung, sein Wissen zu billig verkauft zu haben. „Ich rede doch nicht von Anna-Maria Semmler."

„Ach, nein? Von wem denn dann?"

„Na, von der Mutter. Der Alten von dem guten Horst. Sie war es, die geschossen hat. Weil sie genau gewusst hat, dass es mit der schönen Rente, die der Sohnemann ihr zahlt, vorbei gewesen wäre, wenn die beiden sich getrennt hätten. Das ganze Geld, die Firma – gehört schließlich alles Anna-Maria."

„Du meine Güte." Emmerich benötigte ein paar Sekunden, um das Gehörte zu verdauen. „Das ist doch sicher schon eine recht alte Dame."

„Die Senioren von heute sind eben aktiv", meinte Glöckner zynisch. „In jeder Hinsicht, sozusagen."

# 29

Sandra Unterländer, die die sich ergebende Mitfahrgelegenheit sofort erkannt und auch genutzt hatte, lotste sie durch den Stuttgarter Osten zu einer Adresse im oberen Bereich der Schwarenbergstraße.

„Margarete wohnt im Erdgeschoss", informierte sie Emmerich und Gitti beim Aussteigen. „Ich gehe gleich nach oben durch. Die Haustür lasse ich Ihnen offen." Weg war sie, strebte der besagten Türe zu und verschwand wenig später in einem beleuchteten Flur.

„Was nun?", fragte Emmerich unsicher.

„Wir gehen rein", entschied Gitti forscher.

„Ich kann es gar nicht glauben. Eine Seniorin zu verhaften … in was für Zeiten leben wir?"

„Wenn sie es war, ist es doch egal, wie alt sie ist."

„Mir ist halt nicht wohl dabei."

Gitti, derartigen Skrupeln offenbar abhold, stieg aus und schlug die Tür zu. Der Knall dazu fiel um ein einiges lauter aus, als man es erwarten konnte. Gitti fuhr auf dem Absatz herum und rannte los.

„Was soll das denn?", protestierte Emmerich lautstark, sich aus dem Kleinwagen der Kollegin quälend.

„Das war ein Schuss", brüllte Gitti über die Schulter zurück nach hinten. „Er kam aus diesem Haus."

„Ein Schuss?" Emmerich bemühte sich, Schritt zu halten. „Bist du sicher?"

„Natürlich bin ich sicher." Gitti läutete bereits Sturm an der Tür zur Erdgeschosswohnung, deren Klingelschild den Namen „Margarete Semmler" trug. „Aufmachen, verdammt noch mal. Aufmachen, oder wir brechen die Türe auf."

Weiter oben wurden verwunderte Stimmen laut, Schritte näherten sich durchs Treppenhaus.

„Oben bleiben", rief Emmerich hinauf, trat hinzu und studierte das Klingelschild. „Es gibt keinen Grund, hier so einen Radau zu machen", rügte er Gitti leise. „Entweder wir kommen rechtzeitig oder zu spät, das darf der liebe Gott entscheiden. Nützt nichts, das ganze Haus in Aufruhr zu versetzen." Vorsichtig legte er ein Ohr ans Türglas und vernahm Bewegung. „Da drinnen schlurft jemand herum."

Gitti drückte ein weiteres Mal auf die Klingel, bis die Tür geöffnet wurde.

„Herr Semmler", sagte Emmerich überrascht. „Was machen Sie denn hier? Und was haben Sie da in der Hand?"

„Eine Mauser, Kaliber 38", entgegnete Horst Semmler fassungslos. „Sie hat damit auf mich geschossen."

„Wer?"

„Meine Mutter. Sie hat einfach abgedrückt."

„Wurden Sie getroffen?"

„Was?"

„Der Mann steht unter Schock", stellte Gitti nüchtern fest. „Wir brauchen Sanitäter."

„Wo ist Ihre Mutter jetzt?", ließ Emmerich den Einwurf unbeachtet, obwohl er Gittis Ansicht teilte. Semmler stand da und sah aus wie eine Wachspuppe, die im nächsten Moment zusammenschmelzen konnte.

„Im Wohnzimmer", sprach die Puppe tonlos.

„Wie kommt sie zu der Waffe?"

„Ein Erbstück. Mein Vater war ein Waffennarr. Sie hat nicht eine davon hergegeben. Obwohl meine Frau gedacht hat ... Anni dachte, ich hätte sie verkauft. Und jetzt hat sie auf mich geschossen."

„Sie erwähnten es bereits. Warum hat sie das getan?"

„Weil ich ... mit ihr verreisen wollte. Aber sie hat auf mich geschossen."

„Hat sie noch mehr Waffen zur Verfügung?", mischte Gitti sich wieder ein. „Ihre Mutter?"

„Ja", antwortete Semmler schlicht und mechanisch, ließ die Mauser fallen und sah Emmerich mit leeren Augen an. „Stellen Sie sich das bloß mal vor. Ich bin doch ihr Sohn. Ihr einziger Sohn. Und jetzt hat sie auf mich geschossen."

„Das hab ich ja nun verstanden ...", reagierte Emmerich gereizt und wurde unterbrochen.

„Mist. Was sollen wir jetzt tun?" Gitti bedachte Semmler mit einem kritischen Blick und nahm vorsichtig seine Hand. „Sie kommen erst einmal hier heraus", sagte sie und zog die Wachspuppe behutsam in den Flur. Vor Emmerichs geistigem Auge entstand das Bild einer waffenstarrenden Alten, die wehrhaft in einem Fernsehsessel hockte.

„Vielleicht brauchen wir das SEK", überlegte er laut. „Auf jeden Fall schusssichere Westen und …"

„Oh, nein." Semmler taumelte mehr, als dass er ging. „Sie brauchen nur zu warten."

„Bitte?"

„Ich habe ihr ein Schlafmittel gegeben. Bevor ich ihr sagte, dass wir verreisen würden. Weil ich Angst hatte, dass sie dagegen sei. Sie wollte auch nicht mit, doch diese … diese Reise, die ließ sich nicht verschieben, verstehen Sie? Aber Mama hat kein Wort gesagt, sie hat nur auf mich geschossen."

„Nur auf Sie …", wiederholte Gitti empört. „Na, hören Sie mal, das ist doch allerhand."

„Man muss Mama verstehen", beschwor Semmler sie bleich und eindringlich. „Sie ist nicht mehr die Jüngste. Gewohnt, dass sich alle nach ihr richten. Dann komme ich und verlange mir nichts, dir nichts … also, Knall auf Fall, dass sie mit mir verreisen soll. Damit hatte sie nicht gerechnet, sie hat sich sehr erschrocken. Was blieb ihr da anderes übrig? Das alles ist zu viel für sie. Mama ist ein zarter Mensch. Man kann sie nicht so überfordern. Seit mein Vater tot ist, hat sie nur noch mich. Mich und diese Wohnung. Mit den Bildern von Papa. Das darf man ihr nicht nehmen, da ist es doch ganz klar, dass sie sich zur Wehr setzt. Papa war ein starker Mann. Ich dagegen habe versagt, ich …"

„Ist ja gut, Herr Semmler." Gitti geleitete den Mann, der offensichtlich am Zusammenbrechen war, zur Treppe und nötigte ihn mit sanftem Druck, sich zu setzen. „Wir warten mit Ihnen. Gleich kommt Hilfe. Bleiben Sie ganz ruhig."

Emmerich suchte nach seinem Handy und musste feststellen, dass er die falsche Jacke trug. Das Gerät schlummerte zu Hause, in den Tiefen seines Cordsamtjacketts. Dessen Verbleib ihm unbekannt war, wie er sich mit einem Mal erinnerte.

„Tut mir leid", flüsterte er schuldbewusst, um Semmler nicht weiter zu irritieren. „Ich habe kein Telefon dabei."

„Dann setz dich zu ihm und pass auf ihn auf", sagte Gitti praktisch. „Ich rufe die Sanis und Verstärkung."

Emmerich nahm widerwillig auf der Treppe Platz, fühlte sich unbehaglich und tastete linkisch nach Semmlers Hand. Der sah auf und fiel ihm unversehens um den Hals.

„Mama", schluchzte er laut und begann hemmungslos zu heulen. Emmerich schloss hastig seine Regenjacke.

* * *

Als er endlich zu Hause eintraf, kroch bereits das erste Tageslicht am Horizont herauf. Sanitäter hatten nicht nur den völlig erschöpften Mann versorgt, sondern sich auch der schlafenden Frau Semmler bemächtigt, die sie tatsächlich mit einer Flinte auf dem Schoss im Wohnzimmer angetroffen hatten. Die Spurensicherung war wenig später eingetroffen, hatte DNA-Material, den Kapuzenmantel und auch die Tasche sichergestellt, sodass Emmerich sich schließlich mit dem beruhigenden Gefühl, über ausreichende Beweismittel zu verfügen, vom Schauplatz des Geschehens entfernt hatte. Müde, aber dennoch aufgekratzt öffnete er die Wohnungstür, hängte die zwischenzeitlich wieder trockene Regenjacke an die Garderobe neben einen grünen Janker, an dem ein „Oben-bleiben"-Button prangte und hielt Ausschau nach seinem Jackett. Vergeblich, wie er feststellen musste, weder hing es am gewohnten Platz noch lag es in Reichweite von Gabis Nähzeug oder anderswo. Emmerich entschloss sich, die Suche zu vertagen, stattdessen noch das Weizenbier zu trinken, das ihm am frühen Abend versagt geblieben war, und wollte gerade in die Küche, als die Schlafzimmertür aufging.

„Du bist wieder da", stellte Gabi verwuschelt, aber befriedigt fest. „Ist der Fall gelöst?"

„Mmmh", nickte Emmerich und gähnte. „Wo ist meine Jacke? Ich hab mein Handy drin vergessen."

„Deine Jacke", wiederholte Gabi mit einem eigenartigen Unterton. „Du sprichst von diesem Wrack? Mit den vielen Rissen drin?"

„Ich spreche von meinem Jackett. Dem Cordsamtjackett, das ich am liebsten trage." Emmerich schwante Böses und er durfte sich sogleich bestätigt fühlen.

„Es ist weg", erklärte Gabi knapp. „Loretta hat es mitgenommen. Zur Altkleidersammlung. Damit du gar nicht erst auf die Idee kommst, es noch mal aus unserer Tonne ziehen zu wollen."

„Spatz", setzte Emmerich, ordentlich verärgert, an. „Das hättest du nicht tun dürfen. Nicht ohne Absprache mit mir. Womöglich liegt jetzt auch mein Handy bei den alten Kleidern. Und was soll ich denn nun anziehen?"

„Dies hier." Gabi langte stolz nach dem grünen Janker. „Das ideale Kleidungsstück für dich. Hab ich im Urlaub schon für dich gekauft. Aus Loden, wasserfest, robust und außerdem noch schick. Du wirst mindestens zehn Jahre Freude daran haben. Dein Handy steckt schon in der Innentasche."

„Du meinst, ich laufe hierzulande rum wie ein bayerischer Gebirgshallodri?", wehrte Emmerich sich halbherzig. Eigentlich, so überlegte er verdrießlich, hätte er es ahnen müssen. Dass das Jackett verschwinden würde. Spätestens nach Frau Sonderbars Ankündigung, etwas unternehmen zu wollen, und ihrem Anruf bei Gabi. Doch, wie so oft, hatte er sich nichts dabei gedacht, und das Jackett war ja nun tatsächlich reichlich ramponiert gewesen. „Ich hole mir ein Bier", kündigte er an, den Janker ignorierend.

„Ein Bier um diese Zeit?", fragte Gabi stirnrunzelnd.

„Ich komme gerade von der Arbeit. Für mich ist jetzt Feierabend."

„Willst du ihn nicht wenigstens mal anprobieren?" Auffordernd schwenkte sie das dunkelgrüne Teil.

„Keine Zeit." Emmerich ging in die Küche, nahm sich seine Flasche aus dem Kühlschrank, schenkte ein und begab sich samt Hefegetränk ins Wohnzimmer, wo er auf das Sofa sank. „Aaaah", machte er zufrieden, nach dem ersten Schluck.

„Jetzt versuch's halt mal", drängte ihn Gabi, den Janker in der Hand.

„Gib her", resignierte Emmerich und schlüpfte skeptisch in das Kleidungsstück. Angenehm fühlte sich das an, ein intaktes Futter ohne Riss zu haben, aus frischer, glatter Seide, das nicht unter den Armen zwickte und am Rücken spannte. Emmerich wusste, dass es Zeit war, sich den Veränderungen, die das Leben mit sich brachte, zu stellen – noch haftete Gittis entsprechende Bemerkung in seinem Ohr. Niemand allerdings hatte behauptet, dass man dies kampflos tun müsse.

„Ich könnte mich daran gewöhnen", sagte er daher gönnerhaft, während er vorsichtig den Button abnahm. „Aber dieses hier kommt weg. Damit kann ich mich im Geschäft nicht blicken lassen."

„Natürlich", lächelte Gabi nachsichtig und nahm den Button an sich. „Eines nach dem anderen und nicht zu viel auf einmal. So warst du schon immer. Ich bewahre ihn für dich auf, bis du mich danach fragst."

„Glaubst du, das werde ich?", wollte Emmerich schläfrig wissen.

„Ja", nickte Gabi liebevoll und strich ihm durchs Haar. „Das glaube ich. Du wirst sehen."

**Tatort Hölderlinplatz**

Eine alte Frau wird tot in ihrem Wohnzimmer am Hölderlinplatz aufgefunden, ihr wertvolles journalistisches Archiv ist verschwunden. Wusste Gertrud Diebold zu viel? Und was hat das alles mit der Neubebauung des alten Messegeländes am Stuttgarter Killesberg zu tun? Der erste Fall für den schwäbischen Hauptkommissar Reiner Emmerich.

Von S. Wider-Groth. 224 S.
ISBN 978-3-8062-2230-2

Auch als Hörbuch erhältlich:
ISBN 978-3-8062-2396-5

**Mord im Chinagarten**

Ein neuer Fall für Emmerich! Er feiert gerade seine Überstunden ab, als ihn ein Anruf aus der Pathologie erreicht: Ein unbekannter Toter gibt Rätsel auf. Verbindungen zur RAF, ein fehlender Ring und ein Gemüsestand in der Hand eifriger Christen – bei den Ermittlungen stoßen unser schwäbischer Kommissar und sein Team auf allerhand mysteriöse Hinweise.

Von S. Wider-Groth. 240 S.
ISBN 978-3-8062-2322-4

Mehr unter www.theiss.de

THEISS